LOCUS

LOCUS

LOCUS

LOCUS

to

fiction

to 022
美麗失敗者
Beautiful Losers
作者：李歐納・科恩（Leonard Cohen）
譯者：李三沖
責任編輯：林毓瑜
封面設計：林育鋒
法律顧問：董安丹律師、顧慕堯律師
出版者：大塊文化出版股份有限公司
台北市10550南京東路四段25號11樓
www.locuspublishing.com

讀者服務專線：0800-006689
TEL：(02)87123898 FAX：(02)87123897
郵撥帳號：18955675 戶名：大塊文化出版股份有限公司

總經銷：大和書報圖書股份有限公司
地址：新北市新莊區五工五路2號
TEL：(02) 89902588 FAX：(02) 22901658
初版一刷：2003年10月
二版一刷：2020年3月
定價：新台幣380元
ISBN：978-986-5406-55-4
Printed in Taiwan

Beautiful Losers

美麗失敗者

Leonard Cohen　著
李三沖　譯

導讀
裂縫裡的光

張照堂

這兒很寂寞，沒有人留下來受苦。

——李歐納．柯恩

有聽衆留言說，希望在自己的告別式中放柯恩的歌。柯恩聽了說：「這是我聽到最好的讚美。」再過一年，李歐納．柯恩就邁入七十高齡了。從六〇年代一路踏過來，歷經各個天眞、反叛、恐慌、挫敗、覺醒、迷亂及惘然的世代變遷，至今老邁的柯恩仍然用他低沉、憂患的嗓音、緩緩吟誦著既浪漫又悽慘的生命之歌。今天，柯恩和他所鍾愛的歌手：鮑布．狄倫、雷．查爾斯、伊狄斯．皮亞芙、梵．莫里森、簡妮斯．賈普琳、羅伊．歐畢森、瓊妮．蜜雪兒、羅．雷德、妮可及湯姆．威特等，俱已成爲當代音樂的代表品牌，他們在流行或搖滾音樂上先行引領的獨特風格，加上長年不輟的創作力道，已是音樂文化名人堂中的典範。柯恩的名聲不只在音樂界傳揚，他的文字創作更爲人津津樂道。亞倫．金斯堡曾說，做爲一名抒情詩人，柯恩愈老寫得愈好，詩中所印證的，皆是他年輕、不馴的心智徵兆。

其實，金斯堡一夥美國人代表的「垮掉的一代」在五〇年代末以獨異詩風打開視野，影響了包括柯恩這些年輕作家。柯恩在大學時代接觸了卡謬、沙特、葉慈的作品，也帶給他許多養份，而第一個感動他的詩人是羅卡（Fedrico Garcia Lorca），他在一九三六年的西班牙內戰中被暗殺身亡，十五歲的柯恩第一次讀到他的詩大爲折服，印刻至深，日後的詩作或歌曲中，可以讀到類似革命、犧牲、前線、救贖等情懷的關注延伸。

做爲一個寫作者，柯恩追求身體力行參與各種冒險體驗。一九六一年，二十七歲的他獨自混進古巴，一方面是嚮往羅卡筆下二〇年代的哈瓦那生活，一方面是對卡斯楚建立的革命社會及軍人意象深感好奇。受契・格瓦拉的形象影響，年輕的柯恩也留起鬍鬚穿上軍裝，在異國情調的巷弄與酒吧間晃蕩鬼混。隨後豬邏灣之役發生，美國與古巴陷入緊張對峙，柯恩受嫌疑被捕，經過審問發現他並不是美國奸細，才被遣離古巴。充滿過度浪漫意識的柯恩，事後回述說，他當時覺得那兒有許多偉大的事件正發生，他一定要去感受。但做爲一個十足個人主義的布爾喬亞，他承認無法融入其中，必須放棄身段，長時間進入，才能體會眞正的生命情感。雖然如此，哈瓦那的逗留與觀察，仍然提供他日後寫作的刺激靈感。

寫《美麗失敗者》這本書時柯恩已三十一歲，之前他出版了《讓我們比擬神話》（*Let Us Compare Mythologies*）（一九五六）、《大地的香料盒》（*The Spice-Box of Earth*）（一九六一）、《給希特勒的花》(*Flowers For Hitler*)(一九六四)三本詩集及一本小說《鍾愛的遊戲》(*The Favourite Game*)(一九六三),在加拿大詩誦界頗受注目。不過,早年這些書大都只印行數百本,做爲一名純詩人,在加拿大是很難糊口的。

一九六〇年,對都市生活的厭倦與困頓,在一個率性即興的決定下,柯恩買了一張單程的希臘機票,飛往雅典,再搭小船駛往愛琴海中的海德拉 (Hydra) 小島上,尋找另一個生活與寫作的空間。陽光、海水、白牆、空屋,小島上的生活極爲簡單樸素、沒有電、自己取水,只要籌足一千元美金可以在這兒過上一年,足夠應付酒與麵包,以及不受管制的毒品買賣。

《美麗失敗者》就是在這樣環境下寫成的。這本小說,其實是詩與散文體的無盡延伸,跟他的先前創作一樣,主要關切主題是愛與性的渴求、失能與自剖。柯恩採取的手法是迴避前輩作家透明自傳式的文體、混合著東方神祕主義與北美原始傳說的素材,做自嘲又誇張的拼貼堆砌。爲了置放所選擇的話題,他採用不同的敍述手法,時而痞子似的喃喃自語、哭訴或吶喊,時而又是一些神秘語彙的佈達,穿插著廣告文體般的短句,一會兒又是寫實報導文詞的腔調,極像一個毒癮發作卻仍愛慾高漲而又無助的失意者恣意荒謬地叫嚎。事實上,柯恩藉助了大量安非他命的興奮提示,以加強他既凝聚又飛散的意識力,在一九六五年底才勉力完成第一版初稿。

柯恩事後回述說,他是在一個失敗者的心境下寫這本書,當時,他徹底被擊潰,極度厭惡自己。在寫作途中，他曾誓言要將稿紙全部塗黑，或自盡算了。完成這本書之後，他徹底放蕩了十天幾乎完全崩潰。那次的極度縱慾之後，使他整整虛脫了一個禮拜，他們只得將柯恩送到小島上的診所治療。柯恩說，有一天下午醒來，他看見天空都是黑色，飛滿了鶴鳥，牠們紛紛停在所有的教堂上，直到清晨時分才展翅離開。

一九六六年三月，《美麗失敗者》在出版商猶疑下推出，反映不佳，評論普遍苛刻，對許多保守讀者來說，這本書沒有章法，粗暴專橫，色情比例太高，冗長，自戀，不正常，歹戲拖棚……當時，這本小說只賣了幾佰本，但柯恩日後仍然自信地認爲，那是一本用血寫作的書，在技巧上是一本傑作，他用詩的語言與感覺去寫它，那是他所做過的最美好的一件事。

誠然，詩的母語是不容翻譯的，它們有自己的生命與特殊韻味和體溫，更有其歷史與世代的意涵，勉強改寫，有許多遺漏缺憾，應該對照原文閱讀，才能深知其箇中三昧。

對六〇年代的讀者來說，本書呈現的耽溺、荒誕不經、晦澀或顛覆可能前衛了些，柯恩回應說，我只不過是一個微小的人，但站在生命的最前端。他的文字與音樂一向咀嚼著沮喪、抑鬱、受苦，但又要勇敢、浪漫地面對這種墮落與絕望。他永遠在訴說男性心靈的卑微與脆弱，愛與自由的永續追尋，而又不斷挫敗。本書亦是如此，它是一本救贖的小說，一段試圖拯救靈魂的練習過程。

書中引發性與藥物的放縱，曾被許多衛道者攻擊，但柯恩其實只是誠實、坦率的面對生長的裂縫與生命的困境。他說，在超載、重壓的日子中過活，色情與宗教都是一種解脫，二者的焦點都如此清晰有力，誘人倚賴，又令人困擾。他狡獪地補充說，肉體與禪學其實從未分離，他相信客觀而敏銳的讀者可以明瞭性靈與性慾之並存是可以充分自我辯證的，既不蓄意抵抗亦不存心挑釁，柯恩認爲這種並列創發了一種特殊的美感，一脈抒情的領域。

關於藥物，柯恩也有一段辯詞。他說：「很多人視毒品爲日常生活的一部分，雲裡來霧裡去。但這些雲霧都只爲一個目的服務：釋放精神能量，這只是一個藉口。事實是，每個人和毒品間都有個神話性的關係：它是有理由存在的。它不是一個打發時間的玩意兒，也不是一個逃避之徑，相反的，是爲了自我實現，我相信過它。它對我也曾是日常不可或缺之物。感謝它，至少每天有十五分鐘，我自認自己是新時代的福音佈道者。」

服藥經驗的確帶引出柯恩一段靈幻旅程，豐富他年輕世代的創作能量，但柯恩說，服用與否，也沒什麼好羞愧或誇耀的。柯恩花了十年才戒掉它，他覺得自己頂幸運的，因爲很多人至今脫身不得。他用二十年時間冥想與學禪，是爲了使腦筋更簡單、直截，不必再借助外力去拐彎抹角，找自己麻煩。

柯恩當了十五年的詩人、作家，才成爲一名歌手。但做爲詩人與歌手之外，他更是一個「人」。他曾這樣說過：「隨便走進哪一個酒館跟坐在你旁邊的人喝一杯，我從來沒有遇到一個人不談一樣的話題：找到的愛、失去的愛、失敗的戰鬥，所驕傲的、所反抗的、所忠誠的……這就是人的生活，我從來沒遇到一個人他的內心生活跟我是不同的。」柯恩反映的，就是這樣普遍的凡人心聲。

慾望與受苦，構成生命的本質，也是生命的全程。柯恩說，慾望之河只有一個堤岸，一旦你縱身跳入河中，你就無法游到彼岸。受苦是必然的，但受苦可以認清自己，受苦能讓人咬緊牙根，勇敢走下去……

回首《美麗失敗者》這段寫作因緣，柯恩狡猾地說，他的工作只是想找出一種方法來統治世界，他只是對統治世界這件事感興趣罷了，也該是失敗者站起來統治世界的時候了。

經過了卅年，柯恩說，美麗的失敗者仍佇立在那兒，我仍然是他們其中的一員。

一如柯恩所說，每一件事物都有裂縫，因此才會有光射進來。在生命的裂縫中看到光，我們該趨近光，或躲離光？光或不光，那是問題，沒有答案。

導讀
我所知道的科恩

馬世芳（music543.com 站長，廣播人，文字工作者）

第一次聽李歐納・科恩是毫無心理準備的。那是《李歐納・科恩精選輯》（*The Best Of Leonard Cohen*），一張七〇年代的精選輯。封面底色昏黃，一塊圓形穿衣鏡佔滿了畫面。鏡裡映照的是一個全身墨黑的男子，黑色的西裝，黑色的套頭衫，一手整理著領口，望著鏡中的自己，表情嚴肅，像要去參加葬禮。他跟我所認識的「搖滾樂手」形象完全不相干，那幀黑白照片裡掛著花布窗簾的房間，是另一個次元的世界。

我把ＣＤ餵進音響，按下Play，第一首就是那迭經翻唱的名作〈蘇珊〉（Suzanne）。它像夢一樣滲透到我的血液裡去：

蘇珊帶你下去／到她河畔的居處／在那裡你會聽見／船徐徐駛過
你會和她共渡今夜／你知道她半顛半狂／正因如此你想到她身邊

她餵你茶和橙子／來自遠遠的中國／你正想對她說／你沒有愛可以給她
她便讓你融入她的波長／讓河水回答一切／你一直都是她的愛人

你想和她一起旅行／你想盲目踏上旅途／你知道她會信任你
畢竟你用你的心靈／撫觸過她完美的身軀……

耶穌是個水手／當祂在水面行走／祂也花上長長的時間眺望
自那座孤懸的木塔／祂終於明白／只有溺水的人能看見祂
祂說：「那末所有人都是水手／只有海能讓他們自由」
但祂自己卻被毀壞／早在天門大開之前／被拋棄，幾乎像凡人
祂在你的智慧中沈沒／像顆岩石……

你想和祂一起旅行／你想盲目踏上旅途／你想或許可以信任祂
畢竟祂用祂的心靈／撫觸過你完美的身軀……

蘇珊執起你的手／引領你到河邊／她身上拼綴著破布和羽毛
來自救世軍的櫃檯／陽光像蜜那樣流淌／照耀著港口的守護女神

她帶引你的視線／穿越垃圾和鮮花／那兒有埋在海草中的英雄／那兒有晨光中的兒童
他們探出身軀期待愛情／探出身軀，便永遠保持那樣的姿勢
而蘇珊手裡／握著一面鏡子……

你想和她一起旅行／你想盲目踏上旅途／你知道可以信任她
畢竟她已經用她的心靈／撫觸過你完美的身軀……

多年以後我纔知道這首歌原來是一樁眞實故事，蘇珊眞有其人，彼時已經結婚，科恩和她一如歌裡所述，始終沒有肌膚相親。那座港市，正是科恩成長的蒙特婁。一九九四年科恩接受BBC訪談時，甚至還記得歌中桔茶的廠牌。如今，所有歌迷來到蒙特婁觀光，都不會忘記去看一眼歌裡提到的那座海濱聖母像。

科恩是加拿大人，從創作輩分上來看，他算得上是「垮掉的一代」（The Beat Generation）

的詩人，比狄倫、滾石和披頭年長一整個世代——仔細算下來，他比貓王還大一歲。他比所有搖滾樂手都更早嘗試迷幻藥，並且把那樣的經驗寫進了書裡（《美麗失敗者》堪稱箇中代表）。儘管科恩十三歲就學過吉他，也玩過一陣子樂團，但他很早就放棄了這條路，專心寫詩。早在五〇年代，狄倫還在高中樂隊翻唱 Little Richard 的歌，搖滾樂還在青少年你情我愛的世界打轉的時候，科恩已經在文壇卓然自成一家，甚至還有一齣以詩人科恩爲題的紀錄片《先生小姐們，李歐納・科恩》（*Ladies & Gentlemen, Leonard Cohen*）。在他以歌手身分站上一九六七年新港民謠節的舞台之前，科恩已經寫了五冊詩集、兩本小說，並且被譽爲「加拿大有史以來最重要的作家之一」。

父親留下的遺產，加上版稅和文學獎助金，讓科恩得以浪跡天涯，往來於故鄉蒙特婁、紐約東村和愛琴海的島嶼之間，過著波希米亞式的生活。就像所有嚮往流浪又自認有才氣的年輕男子所夢想的那樣，他是個離不開女人的男子。科恩早年的情史，據說可以寫成厚厚的百科全書。他在希臘一座名爲海德拉的島上擁有一間木屋，在那個年代，島上聚集了許多自我放逐的歐美藝術家，他和其中一位挪威女子瑪麗安（Marianne Jensen）同居許多年，甚至還生了孩子。這段戀情最後以瑪麗安回到前夫身邊作結，科恩的名作〈再會，瑪麗安〉（So Long, Marianne），記錄了這段感情的尾聲：

我總以爲自己是個吉普賽男孩／直到我讓你帶我回家
你知道我多麼喜歡與你同住／但你讓我徹底忘卻了這些
我忘了爲天使們祈禱／於是天使們也忘了爲我們祈禱……

我倆相識的時候幾乎還年輕／在鬱鬱蔥蔥的丁香園深處
你緊抱著我，彷彿我是一尊受難像／我倆跪著，渡過漫長黑暗的時光……
現在我多麼需要你私藏的愛／我像一把簇新的剃刀那樣冰冷……

所以再會，瑪麗安／是時候了，我們又要爲這樣的事
發笑，哭泣，哭泣，發笑，一切又要從頭開始……

也是在海德拉島上，刺眼的陽光裡，科恩用一台 Olivetti 打字機，瞇著眼，赤裸著上身，敲出了一整本的《美麗失敗者》。這部書問世時，波士頓報贊道：「喬伊斯猶在人間……他以科恩之名居住在蒙特婁。」這部書於一九六六年上市迄今，在全球各地已經賣出超過一百萬冊，並且被譽爲加拿大有史以來最前衛、最傑出的小說之一。寫完這部書，科恩便再也沒有發表小說創作——次年他在新港音樂節的演出獲得哥倫比亞唱片約翰·哈蒙（John Hammond）的注意（此

公慧眼發掘的奇才包括比莉・哈樂黛（Billie Holiday），鮑布・狄倫，艾瑞莎・富蘭克林（Aretha Franklin），布魯斯・斯布林斯頓（Bruce Springsteen）和史帝夫・雷・范（Stevie Ray Vaughan）等等，在哈蒙穿針引線之下，科恩的首張專輯在一九六八年發表，大受好評，從此「歌手科恩」的形象，便永遠取代了「詩人科恩」。

科恩出版第一張專輯的時候已經三十四歲，對喊出「別相信三十歲以上的人」口號的嬉皮世代來說，科恩簡直就是個老頭兒了。爲什麼要唱歌？根據科恩自己的說法，他覺得悶頭寫詩遲早會餓死在陰溝裡，灌唱片或許可以多賺點錢。他和紐約東村的民謠歌手廝混，也認識了不少搖滾青年。其中一段羅曼史發生在紐約著名的卻爾西旅館（Chelsea Hotel）——在旅館電梯裡，科恩結識女歌手簡妮斯・賈普琳（Janis Joplin），兩人短暫地相戀，旋即分道揚鑣。後來這故事被他寫進了 Chelsea Hotel ＃2：

你說你比較喜歡英俊的男人／但我可以是個例外……
無所謂，你說／我們都是醜陋的／然而我們擁有音樂
然後你便這麼走了，不是嗎寶貝……

李歐納・科恩從來就不是快樂的。從他的作品你可以清楚看到，他自憐、憤世、犬儒、沈

溺，但從來都不快樂。就像他的一身黑，和嘴邊那兩道深深的、刀刻一樣的法令紋。他很少笑，笑的時候也像是在自嘲，或者譏誚，那不是快樂的表情。他穿西裝，黑色的。他穿羊毛套頭衫，黑色的。他喝大量的咖啡，菸不離手。他的眼神灼灼逼人，像兩口深井反射著陽光。

從一九六八年的《李歐納・科恩之歌》（*Songs of Leonard Cohen*）開始，三十幾年下來，他總共只出了十張錄音室專輯，張張均非凡品。很多人都說科恩首先是個詩人，然後才是歌手。然而，誰能抗拒他那要死不活而又自憐低沈的嗓音呢。他的詞即使脫離旋律，仍然有著深邃動人的力量。然而，科恩的旋律也是過耳難忘的。作爲音樂人的科恩，仍然足以在樂史上投下高大的身影。只是他的詩太好，光芒往往掩蓋了他的音樂。無論和什麼樣的製作人合作，科恩的詩句永遠是壓倒性的主角，即使是菲爾・史培德（Phil Spector）那樣橫征暴斂的製作人，也不得不臣服。

科恩早年作品的編曲多半簡潔至極，只有寥落的吉他和鍵琴，偶爾配上淡淡的弦樂跟和聲。後來他開始嘗試不同的樂器編制，一路聽下來，驚奇不斷，每張專輯幾乎都是新的實驗。比如一九八八年的《我是你的男人》（*I'm Your Man*），電子合成樂的沈鬱節奏成爲專輯音色的主幹，加上妖嬈的合音天使，風格極是強烈。在人慾橫流、泡沫愈堆愈高的年代，科恩找到了他和「當代」接軌的聲腔。歌舞昇平、紙醉金迷的大殿外，病菌和戰火正在蔓延。從這個時期開始，科恩的聲嗓一路沈落下去，昔時自溺、憂鬱、脆弱的歌聲，變得粗礪迫人。這樣的聲音延續到一九九二年的《未來》(*The Future*) 和二〇〇一年的《十首新歌》(*Ten New Songs*)，那被酒浸過被菸薰過被火燒過被風吹過的聲喉，在冷漠的表情底下，是一股岩漿般的撼人力量，照亮人心最深最暗的底層。

早在浪蕩的青年時代，科恩便已經對東方玄學大感興趣。禪、道、佛學和中國古典詩，都是彼時「垮掉的一代」苦悶精神的出口，這個脈絡一直延續到科恩的晚年。一九九五年，他六十一歲，竟然剃度出家，到洛杉磯市郊的禪寺去當和尚了。他透過網路把自己的手稿和畫作交給一個歌迷網站發表，也沒有中斷寫歌，但他已經完全跟音樂圈斬斷了關係。唱片公司也無可奈何，只能等他修成正果、早日下山。我們都知道，科恩是催不得的。一九九九年，科恩終於結束禪僧生涯、重回人間，新專輯《十首新歌》卻遲至二〇〇一年冬纔問世。這張專輯在他自家錄製完成，仔細聽完，你會同意，漫長的等待確實值得。放眼樂壇，科恩仍然沒有對手。法國人曾經說他是「二十世紀後期最重要的詩人」，未必是過譽之辭。

科恩眼看著就要七十歲了。他仍然穿一身黑西裝，住在洛杉磯郊區，抽很多香菸，開一輛豐田4X4貨卡，仍然喜歡吃希臘菜。他用起E-mail十分順手，並且自學電腦編曲和電腦繪圖。其中一部份畫作交給 The Leonard Cohen Files 網站發表，他畫得比絕大多數年輕人都好。我們永遠不可能知道柯恩那顆深不見底的腦袋還會給世界帶來哪些驚歎，作爲歌迷，只能祈禱他長命百歲，下一張專輯千萬別再讓我們癡癡等上九年了。《十首新歌》不應該是他的最後一張專輯，更希望《美麗失敗者》並不是他最後一部小說。在結局揭曉之前，且讓我們按下 Play，繼續等待。

目次

給中文版讀者的信

李歐納・柯恩

親愛的讀者：

感謝你進入這本書。我年輕時候的狂亂想法能夠以漢字呈現出來，對我而言，這是一種榮譽，也是一個驚喜。譯者與出版社為了將這部怪誕的作品呈現在你面前所費的苦心，我由衷感謝。我希望你會發覺這是本有用的或有趣的書。

年輕的時候，幾個朋友和我讀過、也喜歡過一些古代中國詩人的作品。我們對愛與友情的看法，對酒與距離的看法，對詩本身的看法，都深受那些古代詩歌影響。後來，我曾拜齋殘趙州法師為師，在他的指導下修禪，每天研讀引人入勝的臨濟宗經文。所以，親愛的讀者，你應該可以理解，能夠流連於你們傳統文化的邊緣，我感覺自己有多幸運，雖然時間不長，雖然我的素養不好。

如果讀者的態度太過嚴肅，這會變成一本很難閱讀的書，就連英文版也不例外。我可以建議你，看到不喜歡的地方就跳過去嗎？隨意翻著看，說不定有一兩段，甚至一整頁，會滿足你的好奇心。過一陣子，當你夠煩或夠閒的時候，也許你就會想從頭看到尾。不管怎麼說，我很感謝你有興趣看這本怪書，它是爵士樂的連復段、普普藝術的玩笑、宗教的矯揉造作與低沈的禱告聲組成的大雜燴。在我看來，你的興趣是種很感人、卻也相當魯莽的慷慨。

《美麗失敗者》是在戶外寫的，在石頭、雜草與雛菊間的一張桌子上，在海德拉島上我家後面。那是愛琴海中的一個島，許多年前我住在那裡。那是個熾熱的夏天，而我頭上毫無遮蔽。在你手中的不是一本書，而是一種中暑的症狀。

親愛的讀者，如果我浪費了你的時間，請原諒我。

獻給史迪夫・史密斯（一九四三～一九六四）

有人說，把那捆東西拉起來。

——唱《老人河》的雷·查爾斯

第一卷

他們全體的歷史

9　他們全體的歷史

1

凱特琳・特卡魁塔，妳是誰？妳是（一六五六～一六八〇）嗎？那夠嗎？妳是易洛魁處女嗎？妳是莫霍克河邊的百合嗎？我可不可以用我自己的方式愛妳？我是個老學者，現在比年輕的時候好看多了。屁股天天坐在椅子上，這種變化就會出現在你臉上。凱特琳・特卡魁塔，我在追求妳。我想知道，那條玫瑰色毯子底下的妳是什麼樣子。我有資格這麼做嗎？我愛上了一幅描繪妳的宗教圖畫。妳站在樺樹叢中，那是我最喜歡的樹。妳那雙鹿皮鞋的花邊究竟往上編到哪個部位，我毫無概念。妳後面有一條河，應該就是莫霍克河。左前方有兩隻鳥，要是妳搔搔牠們的白色喉嚨，或在某則寓言中用牠們打個什麼比方，牠們準會很高興。我有資格以我灰敗的心靈追求妳嗎？這灰敗的心靈堆滿了書本上的垃圾知識，數量也許超過五千本。我甚至很少往鄉下跑。妳可以教我辨認樹的葉子嗎？妳懂不懂會引起幻覺的蘑菇？瑪麗蓮・夢露小姐才死不到幾年。四百年後，會有某個老學者像我追求妳一般追求她嗎？說不定那個人還是我的後代子孫呢。會嗎？會有人這麼做嗎？但是，關於天堂，現在妳肯定更了解了吧。看起來是不是就像在黑暗中閃閃發光的塑膠聖壇？如果是，我也不會在意，我發誓。星星眞的很小嗎？老學者最後會找到愛，不必再夜夜打手槍才睡得著嗎？我甚至不再痛恨書本了。我已經忘了大部分我讀過的東西，而且，說眞的，那對我或這個世界，似乎從來就不重要。我朋友F習慣以誇大的口吻說：我們必須懂得勇敢地停留在表面上。我們必須學會去愛表象。F死於一間裝了護墊的牢房中，腦子因為過度淫亂而腐爛。他整個臉變黑，這是我親眼看見的，而且他們說，他的屌縮到只剩一點點。有個護士告訴我，那東西看起來就像一條乾乾扁扁的蠕蟲。F，喧嘩的老朋友，我向你致敬！我懷疑你的記憶是否會持續下去。而妳，凱特琳·特卡魁塔，如果妳一定得知道的話，那我告訴妳，我只是個普普通通的人，所以我才會得了痛苦的便秘，這是天天趴在書桌前的下場。而我竟然滿心嚮往樺樹林，這是不是很奇怪？一個沒賺過什麼錢的老學者竟然想鑽進妳華麗的風景明信片中，這是不是很奇怪？

2

我是頗有名氣的民俗學家，研究阿—族的權威。我無意以我的興趣來羞辱這個族群。目前，純阿—族人可能只剩十個，其中有四個是少女。而且，F利用我人類學者的身分把這四個少女都搞上了。老朋友，你終於付出你的代價了。阿—族，或者更貼切地說，為數可觀的阿—族倖存者，似乎在十五世紀就登上了歷史的舞台。他們簡短的歷史，是以一連串的失敗寫成的。在所有鄰近族群的語言中，阿—這個詞本身是屍體的意思。從相關的紀錄看來，這不幸的族群沒打過半場勝仗，而他們的敵人所留下的歌謠和傳說，簡直就是綿綿不斷的勝利歡呼。我對這群失敗者的興趣，洩露了我的性格。F跟我借錢的時候常說：可愛的阿—族朋友，謝謝你啊！凱特琳．特卡魁塔，妳有在聽嗎？

3

凱特琳．特卡魁塔，我要把妳從耶穌會的手中救出來。是的，一個老學者竟然有這番雄心壯志。關於妳，我不知他們最近都說了些什麼，因爲我幾乎把拉丁文忘光了。一九二六年八月，一個名叫愛德華．勒龔普的耶穌會士在他的筆記本上寫說：「我們的期望將會變成事實，在聖壇上，我們將會看到，加拿大殉教者旁邊有個易洛魁處女—殉教者玫瑰旁的貞潔的百合花烙印。」❶那又怎樣？我不想把從前那種好勇鬥狠的習性帶到這趟莫霍克河的旅程中。耶穌連隊，請你們多包涵！F說：眞正堅強的人無法不愛上教會。凱特琳．特卡魁塔，就算他們眞的爲妳塑雕像，我們又有什麼好怕呢？我正在研究樺樹皮獨木舟的設計圖。妳的同胞已經忘了造舟的方法。而且，就算蒙特婁的每一部計程車的儀表板上都擺著妳的小塑像，那又如何？這不可能是壞事。愛無法被囤積起來。每一個模鑄耶穌受難十字架都有耶穌的一部分嗎？我認爲有。慾望改變這個世界！是什麼東西讓滿山的楓樹變紅的？安靜吧，你們這些宗教裝飾品的製造者！你們處理神聖的物質！凱特琳．特卡魁塔，我現在多激動，多希望這個世界變得又神祕又美好，妳明白

❶在原著中，引號內的文字大部分爲法文，小部分爲拉丁文。

嗎？星星眞的很小嗎？誰會哄我們睡覺？我應該把指甲保存起來嗎？物質是神聖的嗎？我要理髮師將我的頭髮埋起來。凱特琳・特卡魁塔，妳已經在處理有關我的事情了嗎？

4

瑪格麗特・布吉瓦，瑪麗-瑪格麗特・杜維爾，聖母瑪麗亞的化身，如果我能擺脫自己的軀殼，也許妳們就會讓我亢奮起來。我想滿足所有的慾求。F說，每次聽人提起女聖徒，他就想搞她們。他是什麼意思？F，可別告訴我你終於變深奧了。F曾說：我十六歲之後就不再幹臉蛋了。有一次他去參觀一家孤兒院，在那裡把了一個馬子，是個駝子，我告訴他，我覺得很噁心，結果他回我這句話。F的口氣彷彿在跟勞苦大眾說話。他還說：我憑什麼拒絕天地萬物。也許這句話根本不是對我說的。

5

易洛魁這個名字是法國人取的。給食物取名字可以不用太講究，給族群取名字就不能太隨便了，這倒不是因爲今天易洛魁人對這名字似乎很介意。如果他們從來就不介意，那我會更難過：我隨時準備承擔善良族群所遭受的屈辱，雖然有些屈辱只是傳聞，我一輩子研究阿－族就是一種證明。爲什麼每天早上醒來的時候，我心情都這麼壞？總是擔心大便是不是拉得出來。我的身體會正常運作嗎？我的腸子會蠕動嗎？這部老爺機器會把食物變成肥料嗎？我挖隧道進圖書館找受害者的資料，這是不是很離譜？虛構的受害者！不是我們親手殺害或投獄的受害者，都是虛構的受害者。我住在一小棟公寓。電梯間的底部可以由地下二樓進去。我坐在鬧區準備寫一篇有關旅鼠的報告，就在那時候，她爬進電梯間，坐在那兒，雙手抱著弓起的膝蓋（或者說，警察從那團模糊的血肉中做出這個結論）。我每天晚上十點四十分回家，跟康德一樣準時。她，我的老妻，要給我一個教訓。她常說，你和你那些虛構的受害者。她的生命已在不知不覺中整個黯淡下來，因爲，我發誓，那天晚上，也許就在她擠進電梯間的時候，我將視線自旅鼠的資料上移開，抬起頭來，閉上眼睛，回想著她年輕快樂的模樣，回想著，在歐爾湖一艘獨木舟上，她給我吹喇叭的時候，陽光在她頭髮上飛舞的模樣。地下二樓只住我們一戶，只有我們會搭電梯到地下二樓。但她沒教訓到任何人，實際情況與她所預期的不同。倒楣的是一家烤肉店的送貨員，他弄錯了包裝紙袋上的送貨地址。艾狄絲！F過來陪我。凌晨四點左右，他向我承認，認識艾狄絲這二十年當中，他和她上過五六次牀。最諷刺的是，我們跟同一家店叫了烤雞，邊吃雞，邊談我那可憐的血肉模糊的太太，弄得雙手油漉漉的，烤肉醬滴在防油毯上。五次或六次，純粹基於友誼。對他們這段小小的戀情，我能夠遙遙站在某座神聖的經驗山岳上，點著我的中國人的頭，加以稱許嗎？星星受到什麼樣的傷害啊？你這下流胚子，我說，是幾次，五次還是六次？F笑著說，唉，悲傷使人變準確！所以，我要告訴大家，易洛魁人，凱特琳・特卡魁塔的同胞，之所以被稱爲易洛魁人，是因爲法國人給他們取了這個名字。他們自稱霍得諾索尼人，意思是居住於長屋的人。他們已經發展出一種新的交談方式。他們在每一段話結束的時候加上「易洛」這兩個字，意思是：就像我所說的。如此一來，在哼哼哈哈的閒談場面中，如果有人突然想表示點什麼意見，他就可以爲自己所說的話完全負責。在易洛後面，他們加上「魁也」這兩個字，一種快樂或痛苦的叫聲，就看那是吟唱聲或嚎叫聲。他們試圖以這種方法來穿透交談者之間那道神秘的帷幕，也就是說，話頭告一個段落，說話者就退回一步，然後試圖對聆聽者解釋他所說的話，試圖以眞正的感情去顚覆會誤導人的理解力。凱特琳・特卡魁塔，請妳用易洛魁也的方式跟我說話。我沒有權利去管耶穌會的人對奴隸說什麼，但是，在我所企盼的那個聖勞倫斯河畔寒夜，當我們緊緊裹在我們的樺木火箭裡頭，肉體貼著靈魂，而我問妳我的老問題，說，星星眞的很小嗎，啊，凱特琳・特卡魁塔，請以易洛魁也的方式回答我。那天晚上F和我吵了好幾個鐘頭。我們不知道天是什麼時候亮的，因爲那間陰森的房子唯一的一扇窗對著通風管。

—你這下流胚子，到底是幾次，五次還是六次？

—唉，悲傷使人變準確！

—五次還是六次，五次還是六次，五次還是六次？

—我的朋友，你注意聽，現在電梯又通了。

—我告訴你，F，別再跟我說你那些神秘的屁話。

—七次。

—跟艾狄絲七次？

—對。

—你原本想用權宜性的謊言保護我？

—對。

—而七次可能只是另一個謊言？

—對。

—但是你原本想要保護我，不是嗎？嘁，F，你以爲我有本領從一大堆狗屎中發覺鑽石嗎？

—那些全是鑽石。

—放屁，齷齪的淫人妻者，那個回答我一點也不覺得好受。你就是喜歡擺出一副聖人的樣子，結果什麼都被你給毀了。這是個悲哀的早晨。我太太不成人形，無法安葬。他們打算去一家兮兮的洋娃娃醫院，把她的身體攤開。以後要去圖書館，在電梯裡面我該怎麼辦？別再跟我說這些鑽石屁話了，全塞進你那個神秘的屁眼吧。多幫幫朋友的忙。別爲他幹他老婆。

我們就這樣談到早上，雖然感覺不出來天亮了。他堅持他的鑽石路線。凱特琳・特卡魁塔，我想要相信他。我們直談到精疲力盡，然後我們互打手槍，就如同小時候我們在現在的鬧區所做的，但那時候，現在的鬧區還是一片樹林。

6

F很喜歡談印地安人，而且是以一種討厭的輕率態度。據我所知，在這方面，他沒有什麼專業素養，他對我的書有一種輕蔑而膚淺的認識，對我的四個年輕阿—族作了性剝削，他看過上千部好萊塢西部片，如此而已。他將印地安人和古希臘人相提並論，說二者有類似的個性，都相信每一種才能都必須在戰鬥中展現，都喜歡摔角，天生無法長時間團結在一起，而且特別重視競賽的觀念，和立志作大事的人。四個年輕的阿—族都沒有達到性高潮，他說，這肯定表示，整個族群對性都抱著悲觀的態度，因此，他認定，其他族群的印地安女人，一定都能達到性高潮。我無法爭辯。阿—族在各個方面的表現，似乎都與其他印地安人恰恰相反，這是事實。他的推論讓我有點忌妒。他的古希臘知識完全來自愛倫・坡的一首詩，他與一些餐館老板的同性戀遭遇（在市區每一家餐館的吧檯，他幾乎都可以免費用餐），以及一座石膏複製的希臘衛城。由於某種原因，他將這座希臘衛城塗上紅色指甲油。本來，他只是想塗一層具有保護作用的透明指甲油，但是，一進藥房，面對架子上那些五顏六色的樣品，就像一隊隊加拿大皇家警騎，把整個櫥櫃妝點成一座琳瑯滿目的城堡，他那愛炫耀的老毛病又犯了。他選了一種顏色，名字叫做「西藏的慾望」，他覺得這顏色很好玩，因爲名字本身充滿矛盾。整個晚上，他聚精會神，在他的石膏模型上塗塗點點。我坐在旁邊看他塗。他不時哼幾句《僞裝大師》，一首即將改變當代流行音樂的歌。他塗得不亦樂乎，我目不轉睛盯著他手中那把小刷子。白變成黏稠的紅，一根柱子接一根柱子，將血輸進小紀念品呈粉狀剝蝕的指頭。F說：我懷著一種小丑的心情。於是，魚鱗狀的齒飾和三槽板，以及代表純潔的其他波浪狀名字，一一消失，暗淡的神殿與破舊的祭壇，消失在猩紅的釉彩中。F說：朋友，來，女像柱你來塗。因此我接過刷子，就像克林頓接下地米斯托克利的棒子。F唱著歌：嘰嘰嘰嘰嘰，我是個僞裝大師，慾求太多，所以拚命僞裝……。在這種情況下，這是首稀鬆平常的歌，但沒什麼不合適的地方。F常說：千萬別忽視稀鬆平常的事物。我們很快樂！我有什麼理由抗拒讚嘆？打從青春期以來，我就沒有這麼快樂過。在這個段落的開頭，我差點就出賣了那個快樂的夜晚！不，現在我絕不出賣！我們給這具古老的石膏屍骸塗滿指甲油之後，F將它放在一扇窗子前面的一張牌桌上。太陽剛昇上隔壁工廠的鋸齒狀屋頂。窗戶呈玫瑰色，我們的手工藝品還沒乾，金光閃閃，像一顆巨大的紅寶石，一件奇異的珠寶！它看起來像個錯綜複雜的搖籃，我努力想加以保留的那點高貴而脆弱的情操，都是它孕育出來的，而且我可以將這些情操安全地留在那兒。F俯臥在地毯上，撐起雙手，托住下巴，仰望著紅色衛城與柔和的晨光。F招手叫我躺在他旁邊。他說，從這個角度看它，瞇著眼睛。我照他的話做，瞇起眼睛，結果——它突然變成一團冷豔的火光，朝四面八方散出光芒（除了下方，因爲下面是桌子）。別哭，F說，然後我們開始聊天。

—從前，在某個淸晨，當他們擡頭仰望，出現在他們眼中的，必然是這幅景象。

—古代的雅典人，我輕聲說。

—不，F說，是古代的印地安人，紅人。

—他們有這種東西嗎？他們也建造衛城？我問他，因爲我似乎已經忘記所有我知道的事情，它們已隨著小刷子的塗塗點點而消失，現在我什麼都願意相信。告訴我，F，印地安人有這種東西嗎？

—我不知道。

—那你到底在講什麼？難道你存心要我？

—躺下來，放輕鬆點。要有自制力。你不快樂嗎？

—是啊。

—你爲什麼要讓自己被剝奪呢？

—F，你就喜歡搞破壞，我們原本有個美好的早晨。

—你爲什麼要讓自己被剝奪呢？

—爲什麼你總是想羞辱我？我問得那麼嚴肅，連自己都嚇了一跳。他站起來，用打字機的塑膠套把模型蓋起來。他動作非常溫柔，帶著一種痛苦。我第一次看到F痛苦的樣子，但是不知道他爲什麼痛苦。

—我們幾乎開啓了一場完美的對話，F說，然後扭開六點的新聞。他把收音機開到很大聲，評論員正在唸一大串災難，他對著評論員的聲音大吼大叫。前進，前進，國家的船舶，車禍，新生嬰兒，柏林，癌症療法！注意聽，朋友，聽聽現在，當下這一刻，它就在我們周遭，塗著紅色、白色和藍色，像個標靶。航向標靶，像一隻箭，正中靶心，如同在一家烏煙瘴氣的酒吧。清空你的記憶，聽聽你周遭的火。別忘卻你的記憶，在某個珍貴的地方，讓它存在於它所需要的顏色中，將你的記憶張掛於國家的船舶，像一張海盜的帆，然後把自己對準叮鈴噹啷的現在。你知道這要怎麼做嗎？你知道怎麼學印地安人看衛城嗎？雖然他們並沒有衛城這種東西。很簡單，找個聖徒幹，找個小聖徒，在天堂某個舒適的角落狠狠幹她，用力戳進她的塑膠聖壇，安歇在她的銀徽章裡頭，幹到她叮鈴噹啷響，像個八音盒，幹到紀念燈免費亮起來，找個裝模作樣的小聖徒，像德雷莎，凱特琳・特卡魁塔，或萊絲比亞，她們不知道屌爲何物，只是整天躺在巧克力詩篇裡面，去找個這種稀奇古怪、荒謬透頂的屄。幹翻她，在天空上射滿精液，在月亮上面幹她，屁股塞著不銹鋼沙漏，纏在她飄渺的袍子裡，吸吮她虛無的淫水，舔、舔、舔，太空中的一條狗，然後爬下這片肥沃的土地，拖著你的石頭鞋子，踉蹌於這片沃土，承受逃亡標靶給你的撞擊，腦袋一記右鉤拳，胸口一記直拳，胯下一個迴旋踢，救命啊！救命啊！那是我的時間，我的分秒，我狗屁榮耀樹的碎片，警察，消防隊員！看看幸福與罪惡的交通，它在臘筆中燃燒，像衛城玫瑰！

諸如此類的話還多著，我寫下來的連一半都不到，我沒那個本事。他胡言亂語，像個瘋子，而且說得口沫橫飛。我猜病症已經侵入他的大腦，因爲幾年後他就是那樣子死的，胡言亂語。多奇特的一個夜晚！現在，隔著這段距離看去，我們當時的爭辯多甜美，兩個大男人躺在地板上！多完美的夜晚！我發誓我仍然可以感覺到它的溫暖，而且他與艾狄絲所做的事情我一點也不在乎，眞的，我在他們不合法的牀上與他們結婚，我衷心支持任何男女追求黑色激情的權利，那樣的夜晚多珍貴，而且有多少法律加以重重阻礙。要是我能活在這樣的觀念中，那該有多好。但是，一切都顯得來去匆匆，包括對F的記憶，充滿同志情誼的夜晚，我們所爬的梯子，以及簡單人體機械的快樂景象。狹隘的觀念很快就復萌，包括那種最可恥的不動產形式：處心積慮想占有、宰制那兩平方英寸的皮肉，也就是太太的屄。

7

易洛魁人幾乎打贏了。他們的三個主要敵人是休倫人，阿爾岡昆人，和法國人。在一六四一年，魁北克的宣教團長維蒙神父如此寫道：「假如強有力的後援無法及時趕到，新法國將會戰敗。」呀呼！呀呼！別忘記電影。易洛魁人是五個族群的聯盟，分布於哈得遜河與伊利湖之間，由東向西依次是阿尼耶人（英國人稱他們爲莫霍克人），歐尼優人，奧農達克人，哥亞可因人（或哥亞哥因人），以及鄒農陶安人。莫霍克人（法國人稱之爲阿尼耶人），分布於哈得遜河上游，喬治湖，尙普蘭湖，與黎塞留河（最初叫易洛魁河）。凱特琳．特卡魁塔是莫霍克人，生於一六五六年。她生命中有二十一年的時間是跟莫霍克人生活在一起，住在莫霍克河邊，一個道地的莫霍克姑娘。易洛魁人總數兩萬五千，能夠上陣的戰士兩千五百，或整個聯盟的十分之一，其中只有五六百人是莫霍克人，但是他們特別兇猛，不但兇猛，而且還擁有槍枝，那是用毛皮向奧蘭治堡（奧爾巴尼）的荷蘭人換來的。我以凱特琳．特卡魁塔爲榮，因爲她是莫霍克人，或曾是莫霍克人。她的同胞必定就像黑白影片中永不妥協的印地安人，我是指西部片還沒有變成心理劇的時代。我現在對她的感覺，必定就像我的許多讀者在地鐵中對一些漂亮的黑女人的感覺。面對面坐著，她們修長結實的雙腿自粉紅的私密處蹦出來。我的許多讀者永遠也無法發現的私密。這公平嗎？而且，有那麼多的女性美國公民沒見識過白種人的老二，這說得過去嗎？脫掉衣服，脫掉衣服，我想要大叫說，讓我們看看彼此的身體。讓我們來點健康教育！F說：在二十八歲的時候，我就不再幹膚色（沒錯，朋友，這需要那麼長的時間。）凱特琳．特卡魁塔，我希望妳很黑很黑。我想在妳濃密的黑髮中，嗅出一絲絲生肉和白血的氣味。我希望妳濃密的黑髮上，還殘留著一些髮蠟。或者它們現在全都埋在梵蒂岡，埋在那些神秘梳子的墓穴中？我和艾狄絲結婚第七年的某個晚上，她將身體塗上一層深紅色的油彩。那是一種管狀原料，她在戲劇用品店買的。十點四十分，我從圖書館回到家，結果，她全身光溜溜站在房間中央，想給老公一個性的驚喜。她把那管原料遞給我，對我說：我們來扮成別人。意思是吻、咬、舔、弄的新方式，我想。這有點可笑，她說，嗓音有點沙啞，但是我們來扮成別人吧。爲什麼我要貶低她的意圖呢？也許她的意思是：和我踏上一趟新的旅程吧，只有陌生人才會踏上的一種旅程，而且，當我們又變成我們自己，我們將會記住它，因此永遠不再只是我們自己。也許她心中有一片她一直想去遊玩的風景，就如同我爲我與凱特琳・特卡魁塔的神聖旅程，設想了一條北方的河，以及一個清新明亮如河中圓石的夜晚。我應該跟艾狄絲走的。我應該脫下衣服，塗上油彩才對。爲何直到現在，那麼多年之後，我的老二才對著她那荒謬的形影翹起來？當時她就那麼站著，塗得一身都是，兩個奶黑得像茄子，臉蛋像艾爾・喬森。現在才血脈賁張有個屁用？我沒有接下她那管原料。去洗個澡吧，我說。我靜聽她沖洗的水聲，同時期盼著我們的午夜點心。我卑鄙的小小勝利使我感到飢渴。

8

許多神父被殺掉，被吃掉，被有的沒有的。米克馬克人，阿貝納奇人，蒙塔格奈人，阿提卡梅克人，休倫人：耶穌連隊對他們爲所欲爲。樹林裡一定灑滿了精液，我敢打賭。易洛魁人可沒這麼好惹，他們吃神父的心臟。不知道那是什麼滋味。F說他曾吃過生羊心。艾狄絲喜歡腦髓。一六四二年九月二十九日，雷內・古畢被吃掉，第一個被吃掉的莫霍克黑袍神父。好吃，眞好吃。一六四六年十月十八日，佐格神父倒在「番人的戰斧」下。這全記在白紙黑字上。教會喜歡描述這種細節。我喜歡這種細節。某某時候出現了屁股怪異的小胖子天使。某某時候出現印地安人。十年後出現凱特琳·特卡魁塔，殉教者鮮血澆灌的土地長出的百合。F，你用你的實驗毀了我的人生。你吃生羊心，你啃樹皮，你還吃過大便。有你那些噁心的冒險經歷，叫我如何在這個世界活下去？F曾說：最令人沮喪的事，莫過於當代人的奇行怪癖。她是隻烏龜，莫霍克人最優秀的一支。我們步調很慢，但我們一定會贏。她父親是易洛魁人，蠢蛋一個，這是鐵的事實。她母親是阿爾岡昆族基督徒，在三河灣受洗和受教育，對一個印地安女孩而言，那碰巧是個很爛的城鎮（最近一位曾在那邊上過學的阿貝納奇年輕人告訴我的）。有一回易洛魁人進犯的時候，她被擄獲，那可能是她被搞得最爽的一次。來人啊，救救我，救救我粗魯的舌頭。我伶俐的舌頭跑哪兒去了？我該講的不是上帝的話嗎？她成爲一個易洛魁勇士的奴隸。她一定有條狂野的舌頭，或其他的天賦異秉，因爲他本來可以對她愛怎樣就怎樣，結果卻娶了她。她被族人接納，而且從那天起享有烏龜的一切權利。文獻上記載說，她不斷禱告。喀囉，喀囉，敬愛的上帝，用力，放個屁，慈悲的上帝，唏哩嘶嚕，呼嚕，嘎啦，打嗝，打個顫，ZZZZ，打呼嚕，我的天啊，她肯定把他的生活搞得水深火熱。

9

F說：別連結任何事物。大約二十年前，有一次他低頭看著我濕答答的老二，然後突然對我吼出那句話。我不知道他在我迷濛的眼中看到什麼，也許是種虛假的神采，彷彿我已徹底了悟天地萬物。有時候，在射完精，或即將入睡前，我的神思會逸出，踏上一條小徑，細如絲繩，而且綿綿不盡。我的神思沿著狹長的公路飄呀飄，充滿好奇，而且心領神會，無所罣礙，一路越走越遠，像一個羽毛魚鉤，奮力拋向河上燈火深處。在我難以企及又無法掌控的某個地方，魚鉤突然拉直，變成一隻矛，矛又搖身一變，化爲一根針，然後針將世界縫合。它爲骷髏縫上肌膚，爲嘴唇縫上口紅，它爲艾狄絲縫上油彩，她縮在我們陰暗的地下室（在我，這本書，或某隻永恆之眼的記憶中，她將永遠如此），它爲山岳縫上披肩，它穿透一切東西，像一道奔競不息的血流，而且血脈中充滿一種令人寬慰的訊息，一種和諧統一的美妙知識。世界的種種歧異，弔詭的正和反，問題的矛與盾，求神問卜的疑難，進退失據的良心，所有兩極分化的事物，會產生鏡像的東西，與不會產生鏡像的東西，在街道上冒出的尋常事物，這張臉和那張臉，一棟房子和一顆蛀牙，只是名稱拼法不同的一切尋常事物，我的針全加以穿透，而我自己，我貪婪的幻想，一切已經存在也確實存在的事物，我們全都是一條項鍊的一部分，美得無以倫比，而且超乎意義之外。別連結任何事物：F吼道。如果有必要的話，那就將事物並列在你的樹形圖上，但是別連結任何事物！回來吧，F吼道，手拉著我軟趴趴的老二，像拉著一條鈴繩，抖呀抖的，如同女主人搖鈴叫僕人上菜。可別上當，他大叫說。二十年前，我前面說過。現在，我在思索當時讓他突然冒出這句話的情景，一種接納天地萬物的傻笑，那樣的笑容在一個年輕人的臉上顯得很不搭調。在同一個下午，F跟我撒了一個天大的謊。

—朋友，F說，你可別對這些事情感到罪惡。

—哪些事情？

—哦，就是，互相吹喇叭啦，看黃色影片啦，塗凡士林啦，和狗胡搞啦，上班時間偷偷瞎搞啦，還有搞胳肢窩。

—我一點罪惡感也沒有。

—你有。但是不要有。你曉得，F說，這根本不是同性戀。

—啊，F，別再扯了，同性戀只不過是個名詞。

—朋友，正因爲如此，所以我才跟你說這些。你活在一個充滿名詞的世界，所以我才好心跟你說這些。

—你是想破壞另一個夜晚嗎？

—聽我說，你這可憐的阿—族！

—有罪惡感的是你，F。罪孽深重，你才是有罪的一方。

—哈哈哈，哈哈哈。

—F，我知道你要幹嘛。你想毀掉這個夜晚。雖然已經射了好幾次，屁眼也給美美地戳了一頓，你顯然還不滿足。

—好吧，朋友，算你贏。我就帶著罪惡感消失。從現在開始，我保持安靜。

—你本來打算說什麼？

—瞎掰一點我充滿罪惡感的罪孽。

—那就告訴我吧，既然你已經起了個頭。

—不要。

—告訴我，F，拜託，現在純聊天。

—不要。

—他媽的，F，你就是想毀掉這個夜晚。

—你容易感情用事。就因爲如此，你才不可以連結任何事物。猶太人不讓年輕人接觸卡巴拉傳統神祕主義。七十歲以下的公民應禁止連結任何事物。

—快告訴我吧。

—你不必對這些事情感到罪惡，因爲那不是眞正的同性戀。

—我知道那不是，我——

—閉嘴。那不是眞正的同性戀，因爲我不是眞正的男人。老實告訴你，我曾動過變性手術，我以前是女的。

—沒有人是完美的。

—閉嘴，閉嘴，好心被你當成驢肝肺。我生下來就是女的，小時候上學穿著女生的藍色束腰連身裙，前面還繡著小小的校徽。

—F，你不是在跟你的擦鞋童講話。我碰巧很清楚你的底細。我們在同一條街長大，我們一起上小學，我們念同一個班級，我在體育館的浴室裡看過你一百萬次。你念小學的時候是男的。我們在樹林裡玩過醫生看病的遊戲。你說這些究竟想幹嘛？

—一個人明明餓了，卻不肯吃東西。

—我討厭你想要結束一切的方式。

但是我突然在這個時候結束這場爭辯，因爲我發現已經快八點了，再不走，兩片同映的節目可能一部也看不成。我多喜歡那天晚上放的片子。爲什麼我覺得輕飄飄的？爲什麼我對F有那麼深的同志感？從雪中走回家的路上，我的未來似乎點醒了我：我決定放棄有關阿—族的研究，他們多災多難的歷史當時我還不大清楚。我不知道我想做什麼，但我不在乎。我知道未來會排滿節目，就像總統的行事曆。每年冬天我總是凍得卵蛋發麻，但那天晚上，寒冷卻振奮我。我對我的腦袋一向評價不高，但那天晚上，它似乎是由水晶體構成的，像一陣雪花的風暴，爲我的生命塡滿了彩虹的圖畫。然而，事與願違。阿—族找到了他們的代言人，而未來像老奶頭一樣枯萎了。在那可愛的夜晚，F扮演了什麼樣的角色？他是否已經想辦法開啓了門，是我又用力把門關上的？他想要告訴我一些事情。我仍然不了解。我不了解，這公平嗎？爲什麼我得和這麼遲鈍的朋友和在一起？我的生命本來可能會別有一番作爲的。我可能永遠不會娶艾狄絲，她，我現在承認，是個阿—族！

10

我一直想要受到共產黨與教會的愛戴。我要活在一首民歌裡，像喬・希爾。我要爲將會被我的炸彈殺傷的無辜者哀悼。我要感謝在逃亡中爲我們提供食物的農村父老。我要將袖子對折，用別針別住，敬禮舉錯手，引起人們莞爾而笑。我要對抗富人，儘管有些富人讀過但丁：其中一個富人臨死前將會知道，原來我也讀過但丁。我要人們在北京扛著我的肖像，胸膛上還提著一首詩。我要對著教條微笑，但是誓死反對它。我要與百老匯的機器爲敵，我要第五街記住它的印地安人步道。我要帶著我的無神論叔父傳授給我的粗暴態度和想法，走出一個礦城，他整天在酒吧鬼混，讓家族蒙羞。我要乘坐一列密封的火車，奔馳於美洲大地，合談會議中，我是黑人唯一接受的白人。我要帶著機槍參加雞尾酒會。我要告訴對我的方法感到震驚的老情人，革命不是發生在自助餐檯上，你不能挑三揀四，然後看著她穿的銀色禮服胯下濕成一搭。我要對抗祕密警察的接管，但是是從黨的內部。我要失去兒子的老婦人在黃泥教堂禱告時提到我的名字，並且相信她兒子所說的每一句話。聽到有人講髒話，我要在胸前畫十字。我要容忍鄉村儀式中的異教殘餘色彩，爲此和羅馬教廷力爭到底。我要偷偷從事不動產交易，成爲神祕億萬富豪的經紀人。我要在文章裡面讚美猶太人。我要把聖體帶進反佛朗哥戰場，讓他們因此而將我和巴斯克人一起處死。我要在貞操的牢固講壇上宣揚婚姻的重要性，同時看著新娘腿上的黑毛。我要用淺顯的文字寫篇文章反對節育，印成小冊子，擺在教堂門口賣，上面還附著彩色插圖，畫著流星和永恆。我要暫時壓制跳舞。我要成為採集民俗的嗑藥神父。我要因為政治因素而被調職。我剛發現某某主教收受一家婦女雜誌社的巨額賄賂，遭受到我的告解者施加的同性戀侵犯，看到農民因為現實上的需要而被出賣，但是今晚的鐘聲已經響起，這是上帝創造的另一個夜晚，而且有那麼多的人嗷嗷待哺，那麼多的膝蓋渴望跪下來，所以我又披上邋遢的教袍，踏上破舊的階梯。

11

易洛魁人的長屋需要先搞清楚。長度：在一百五十英尺到兩百英尺之間。高度與寬度：二十五英尺。橫梁支撐著由大片大片樹皮編造的屋頂，材料是雪松、白蠟樹、榆樹或松樹。沒有窗戶，也沒有煙囪，只有兩側各留一個門。光線和炊煙從屋頂上的洞進出。屋內有許多爐灶，四戶人家共用一組。住戶的小間沿兩邊長牆隔出來，中間留出長長的通道。耶穌會士愛德華・勒龔普於一九三〇年如此寫道：「這些家庭在屋子裡聚居的方式，沒有辦法防止淫亂行為發生。」他以耶穌連隊特有的專家風格，挑逗我們的性慾。長屋的設計對於「防止淫亂」起不了什麼作用。

幽暗的燧道內都發生了些什麼事？凱特琳·特卡魁塔，妳那骨碌碌的眼睛都看到了些什麼？熊皮上混合著什麼樣的汁液？會不會比電影院的情況更誇張？F說：電影院的氣氛就像一場男監獄和女監獄的夜間婚禮；囚犯對它毫不知情，雖然所有的磚塊與門已經結合在一起；圓房的過程在通風管內進行：各種氣味互相吸收。F誇張的觀察心得，與一個教士告訴我的某件事情，有暗合之處。那位教士說，在波爾多監獄，禮拜天早上，犯人列隊等著進教堂的時候，他們頭頂上有一股濃得化不開的精液味道。用鋼筋水泥和天鵝絨建造的現代化藝術電影院，是一則笑話，就像F所說的，那等於一種感情的死亡。沒有婚禮在陰森森的水泥殼子內進行，每個人都坐在他們的性器官上面，因爲：銀幕上有清純的性器官。把隱密的性愛還給我們！讓老二翹起來，像長春藤一般，纏著放映機投射出來的金色光柱，讓屄在手套和白色糖果袋下面吐納，別讓一閃即逝的裸胸誘惑我們，穿著髒兮兮的工作服就往豪華電影院裡面擠，那種東西比雷達信號還可怕，別讓新寫實主義的無聊牀戲在每位觀眾之間張起無法穿透的重重帷幕！在我心中陰暗的長屋內，講我交換妻子，讓我不小心矇上妳吧，凱特琳·特卡魁塔，妳已經三百歲，卻芬芳如樺樹苗，不管神父或瘟疫給了妳什麼樣的影響。

12

瘟疫！瘟疫！它侵入我的研究資料。我的書桌突然受到感染。我的勃起像未來主義風格迪士尼卡通片裡頭的比薩斜塔，在定音鼓與吱吱呀呀的門聲交織成的音樂中，頹然傾落。我趕緊拉下拉鍊，結果砂礫蜂湧而出。只有堅挺的老二能通達妳，這我曉得，因為，在這陣煙塵中，我已失去一切。莫霍克人遭到瘟疫侵襲！它於一六六〇年爆發，沿著莫霍克河迅速蔓延，肆虐許許多多印地安村落，岡達瓦克、岡達哥隆、條農多肯紛紛陷落，如同風助火勢一般，然後一路燒進奧塞尼隆，凱特琳・特卡魁塔就住在這個村子，當時才四歲。她英勇的父親倒了下來，她信教的母親也是，臨死前還咕咕噥噥念了最後的告解，她弟弟倒了下來，那隻小雞雞像盲腸一樣，永遠不會有什麼用了。這個異族通婚的不幸家庭裡頭，只有凱特琳・特卡魁塔活下來，進場玩這個遊戲的代價就刻在她臉上。凱特琳・特卡魁塔不漂亮！現在我想逃離我的書本與夢想。我不要幹一頭豬。我能思慕粉刺和膿疱留下的疤痕嗎？我要出門，到公園散步，欣賞美國小孩修長的腿。當紫丁香在外頭為每個人綻放的時候，我何苦守在這兒？F可以教我什麼嗎？他說在十六歲的時候，他就不再幹臉蛋。我在飯店初識艾狄絲的時候，她樣子甜美可愛。當時她在飯店幫人修指甲。她一頭烏溜溜的長髮，帶著棉的柔軟質感，而不是絲。眼睛也是黑的，一種固態的、沒有深度的黑，看不出心裡在想什麼（只有一兩次例外），就像用鏡子做的墨鏡。事實上，她常戴那種墨鏡。她的嘴唇不算豐盈，但很柔潤。她的吻鬆鬆的，有點不具體，彷彿嘴巴找不到停留之處。它在我身上跌跌撞撞，像剛開始學溜冰。我老期望它在某個完美的地方安定下來，在我的陶醉中找到歸宿，但稍一停留它又溜走，尋找的只是平衡，驅動它的不是激情，而是一片香蕉皮。天曉得F對這狀況又會有什麼話說，那王八蛋。要是她爲他停下腳步，我情何以堪。停住，停住，我想在地下室滯悶的空氣中對她大叫，回來，回來，妳難道看不出我全身皮膚所指示的地方嗎？但她還是滑開了，滑上我腳趾頭髒兮兮的階梯，又跳進我耳朵，可憐，我那話兒痛得像一座發燒的電塔，回來，回來，但她衝進我眼睛，用力猛吸（讓我想起她對腦髓的嗜好），不是那兒，不是那兒，現在她嚼起我的胸毛，像浪花上面的海鷗，她溜向我的膝蓋，那是感覺的荒漠，但她詳加探索，彷彿那是個珠寶盒，而她的舌頭可以把盒扣彈開，惱人而浪費的舌頭，忽然又滑下我肋骨的洗衣板，像一件髒衣服，她的嘴巴希望我翻過身來，好讓它可以沿著我的脊椎俯衝而下，或表演其他愚蠢的動作，不，我絕不翻身埋藏我的希望，往下，往下，回來，不，我絕不像摺牀一般將它摺到我的肚皮下，艾狄絲，艾狄絲，求老天爺發發慈悲幫個忙，別讓我開口告訴妳！……我沒想到這竟然會變成我的準備工作之一。凱特琳・特卡魁塔，向妳求愛多困難，因爲妳滿臉坑坑洞洞，而且無比好奇。偶爾舔一下，短暫而溫馨的加冕，意味著榮耀可期，一個應景的貂齒項圈，但羞辱隨即登場，彷彿主教突然發現他弄錯加冕的對象，她的口水沿著她退開的路徑逐漸乾掉，冷得跟冰塊一樣，而我的傢伙僵硬如同球門柱，絕望如同大毀滅中的一根鹽柱，終於準備勉強以我自己的手來解決一個寂寞的夜晚，艾狄絲！我曾向F吐露這樁心事。

—你的話令我感到羨慕，F說。你不知道你被愛嗎？

—我希望她以我的方式愛我。

—你得學著去——

—別說教，現在我可不想上課。這是我的牀和我的太太，我有我的權利。

—那就要求她啊。

—你所謂要求是什麼意思。

—艾狄絲，求妳用嘴巴讓我射出來。

—F，你眞是噁心。你怎麼敢用這種語言講艾狄絲？我告訴你這件事情並不是爲了讓你玷污我們的親密關係。

—對不起。

—我是可以要求她，那毫無疑問。但這麼一來，她等於是被迫的，或者更慘，等於是一種義務。我不想在她脖子上拴一條皮帶。

—你想得很。

—F，我警告你，我可不想再忍受你這種窩囊的大師屁話。

—你被愛，你獲邀參與一個大愛，我羨慕你。

—還有，給我離艾狄絲遠著點。我一點也不喜歡看電影的時候她坐你我中間的樣子，那只是我們的一種禮貌。

—我很感激你們兩位。你放心，她無法像愛你一樣去愛別的男人。

—F，你認爲那是眞的？

—我知道那是眞的。大愛不是一種伙伴關係，因爲伙伴關係會被法律或分離瓦解，而你被一個大愛纏住，事實上，你被兩個大愛纏住，艾狄絲的與我的。大愛需要僕人，但是你不知道怎麼使喚你的僕人。

—我該怎麼要求她？

—用鞭子，用帝王般的命令，猛然戳進她嘴巴，讓她嘗嘗窒息的滋味。

我看到F站在那兒，窗子在他背後，他薄如紙的耳朵幾乎是透明的。我想起裝潢昂貴的貧民窟房間，想起他想要買下來的工廠，想起他收藏的香皂，排列在雕工精細的撞球檯的綠色絨布上，像個模型城堡。光線穿透他的耳朵，彷彿耳朵的材質是皮爾斯香皂。我聽到他做作的講話聲，一種輕微的愛斯基摩腔，在北極地區當了一個夏天的學生之後，他就裝出這種腔調。你被兩個大愛纏住，F說。對這兩個大愛而言，我是個多差勁的監護人，怠忽職守，終日耽溺於一座虛幻的自憐博物館。F與艾狄絲愛我！但那天早上我沒聽進他的宣示，或者說不相信他。你不知道怎麼使喚你的僕人，F說，他的耳朵透著光，像日本燈籠。一九五〇年我是被愛著的！但是我沒有對艾狄絲說出來，我開不了口。夜復一夜，我躺在黑暗中，聽著電梯的聲音，無言的命令埋藏在我腦海中，像沈埋地底的埃及碑石上那些急切而高傲的銘文。因此，她的嘴巴在我身上到處亂竄，像一群比基尼島的鳥，遷徙的本能已被核子輻射破壞。

—但是我警告你，F接著說，總有一天你將會發現，在這個世界上，除了那些漫無目標的吻，你什麼也不想要。

關於透明的肌膚，艾狄絲的喉嚨就是那個樣子，一層最薄最柔軟的覆蓋物。你覺得貝殼項鍊恐怕太重，會讓它滲出血來。吻那地方等於侵入某個隱密的、屬於骨骼的部位，比如說烏龜的肩膀。她的肩膀是皮包骨，但一點也不單薄。她並不瘦，但是，不管肌肉有多豐滿，骨頭總是居於主導地位。在十三歲的時候，她的肌膚就是這種所謂的成熟的肌膚，當時糾纏她的男人（她最後被人在礦場強暴），說她是那種會老得很快的女孩子，這是無聊男子對追不上手的女孩自我安慰的一種方式。她成長於聖勞倫斯河北岸的一個小鎭。在那兒，她激怒了不少男人，他們認爲他們應該可以摸摸她的小乳房和豐滿的屁股，因爲她是印地安人，而且還是個阿—族！但她沒讓他們得逞。在她十六歲，也就是我娶她的時候，我自己也相信她的皮膚不會持久。它有一種汁液飽滿吹彈即破的質感，讓人聯想到熟到即將開始腐爛的蔬果。到二十四歲，她死那一年，什麼也沒改變，除了她的屁股。在十六歲的時候，它是兩個懸在空中的半球，後來才逐漸撐在兩道深深的弧形褶縫上，直到她整個被壓碎之前，她的身體就衰退到這個程度而已。現在，讓我來回想一下。她喜歡我在她身上抹橄欖油。我配合她，雖然我不喜歡把食物拿來玩。有時候，她把油倒進肚臍眼，用小指頭畫著阿育王輪的輪輻，然後將它抹開，使皮膚的色澤慢慢慢變深。她乳房小小的，帶點筋肉，像多纖維的水果。想起她怪異的奶頭，我就想掀掉我的書桌。此刻我就是這麼做。當我的老二絕望地挺進她支離破碎的棺材，這些悲慘的紙上記憶有什麼用？我掃掉案頭上的工作，甚至連妳，凱特琳·特卡魁塔，也一併掃掉，雖然我用這份告白向妳求愛。她奇妙的奶頭黑溜溜的，而且很長，動情的時候，翹起來有一英寸多高，布滿智慧與吸吮的皺紋。我將它們塞進我的鼻孔（一次一個）。我將它們塞進我的耳朵。我一直相信，如果身體構造容許，而我可以在兩個耳朵同時各塞進一個奶頭，那該是多神奇的休克療法！既然當時和現在都辦不到，再想這些又有什麼用呢？但我要我的頭安上那兩個皮革電極！我想聽聽奧妙的事情，我想聽聽那兩位僵硬、滿臉皺紋的哲人之間的對話。他們之間交換著艾狄絲也聽不到的信息，各種信號、警告、俏皮話。啓示！數學！她死的那天晚上，我告訴F這件事。

—你原本可以得到一切你想要的東西的。

—F，你爲什麼要折磨我？

—你在枝節上迷失了自己。身體的每一個部分都能產生肉慾，或者至少有這種可能性。如果她將食指塞進你的耳朵，你身上可能也會產生同樣的效果。

—你確定？

—確定。

—你試過？

—試過。

—這你得好好告訴我。是和艾狄絲嗎？

—是。

—F！

—朋友，你聽聽，電梯、蜂鳴器、電扇：世界正要從幾百萬人的腦袋中甦醒過來。

—閉嘴。你和她做那種事？你們進展到那種程度？你們一起幹那種事？你給我坐到那邊把事情說清楚。F，我恨你。

—是這樣，她將她的食指塞在——

—她有擦指甲油嗎？

—沒有。

—她有，你這該死的東西，她有！別再對我搞保護主義。

—好吧，她有。她將她的紅指甲塞進我耳朵——

—你感到很陶醉，對不對？

—她將她的指頭塞進我的耳朵，我將我的指頭塞進她的耳朵，然後我們接吻。

—你們互塞耳朵？用你們赤裸的手指頭？你們碰觸耳朵和手指頭？

—你開始在學了。

—給我閉嘴。她的耳朵感覺怎樣？

—很緊。

—很緊！

—艾狄絲的耳朵很緊，就像處女，可以這麼說。

—滾蛋，F！滾下我們的牀！手放開我！

—膽小的窺視狂，給我乖乖地聽，否則我會扭斷你的脖子。除了手指頭以外，我們全身衣服裹得緊緊的。我們互相吸吮手指頭，然後將它們塞進對方的耳朵——

—戒指呢，她有把戒指拿下來嗎？

—應該沒有吧。我有點擔心我的耳膜，因爲她的紅指甲很長，她又拚命往內鑽。我們閉上眼睛，然後像朋友一般接吻，嘴巴沒有張開。大廳的聲音突然消失，我開始聽艾狄絲。

—聽她身體！是在什麼地方發生的？你們什麼時候對我幹了這件事情？

—原來你想知道的是這個。是發生在鬧區一家戲院大廳的一個電話亭。

—哪家戲院？

—系統戲院。

—你騙我！系統根本沒有電話亭，倒是有兩三個用玻璃板隔開的電話機，我記得。你們在大庭廣眾之前做這件事！我知道那個烏煙瘴氣的地下大廳！那裡常常有一些同性戀出沒，在綠色的牆上畫老二和電話號碼。大庭廣眾的！有人在看嗎？你們怎麼可以對我幹這種事？

—那時候你去上廁所。我們在電話旁邊等你，吃雪糕冰棒。我不知道你怎麼會去那麼久。我們吃完冰棒。艾狄絲發現有一片雪糕粘在我的小指上。她優雅地彎下身來，用舌頭將它舔進嘴巴，就像一隻食蟻獸。她沒注意到自己手腕上也有一片雪糕。我撲過去將它舔掉，樣子很笨拙，我承認。然後這變成一個遊戲。遊戲是自然界最美的創造。所有的動物都玩遊戲，而眞正具有救世意味的世界大同景象，肯定是建立在遊戲的概念上，的確——

—所以是艾狄絲先開始的！那麼，是誰先碰對方耳朵的？現在我要知道一切細節。你看到她伸出舌頭，也許一副虎視眈眈的樣子。到底是誰先碰耳朵的？

—我忘了。也許我們是受到電話影響。你應該記得，大廳有盞螢光燈會閃，所以我們站的角落忽暗忽亮，彷彿有群大鳥正通過我們頭頂，或一架巨大的電風扇。電話機維持一種穩定的黑，明滅不定的昏暗中唯一的穩定形體。它們掛在那兒，像雕出來的面具，黑幽幽，亮晶晶，滑溜溜，像天主堂內飽受親吻的大理石聖徒雕像的腳趾頭。我們互相吸吮手指頭。現在有點怕，就像小孩子看到飛車追逐場面的時候猛吸手中的棒棒糖。然後，有一部電話突然響起來！它只響了一聲。我總是會被對方付費的電話鈴聲嚇到。它顯得那麼莊嚴，又那麼孤淒，像一個次要詩人最好的詩，像倉惶辭別共產主義羅馬尼亞的米哈伊國王，像瓶中信，開頭如此寫道：如果有人撿到這隻瓶子，請你——

—去你的瓶中信，F！別這樣子折磨我，拜託。

—是你要我原原本本告訴你的。我忘了提到一點，那些燈光嗯嗡響，聲音忽大忽小，彷彿鼻竇炎患者的呼吸聲。我吸吮著她細細的指頭，小心避開尖銳的指甲，它讓我想到狼因爲舔了以血爲餌的刀子而流血至死。燈光正常的時候，我們的皮膚黃澄澄的，連最小的粉刺都看得清清楚楚，而當燈光暗下來，我們就陷入一片紫色的慘白中，皮膚像濕漉漉的老香菇。電話響起來的時候，我們嚇了一大跳，差點就咬到對方的手！像在恐怖洞穴中的小孩子。沒錯，是有個人在看我們，雖然我們不在乎。他從算命機的鏡子裡看著我們。他一下子站上去，一下子退下來，一次又一次投進銅板，鍵入各種問題，或同一個問題。還有，你究竟死到哪裡去了？如果不與一起來的同伴守在一起，系統的地下室就會變成一個恐怖的地方。它有股怪味道，就像被老鼠團團圍住的一片絕望的林間空地——

—你騙人。艾狄絲的皮膚好得很。而且，那只是一種尿騷味，除此之外，沒有別的。還有，別管我是在幹嘛。

—我知道你在幹嘛，但這不重要。電話響起來的時候，這傢伙轉過身來，走下算命機，動作很優雅，這一點我必須承認，而在那一霎那，整個詭異的地方似乎變成他的私人辦公室。我們站在他與電話之間，我很怕（聽起來有點荒謬）他會做出什麼暴力的舉動，比如說亮出一把刀子，或暴露自己的身體，因爲他穿梭於水管和馬桶之間的疲憊生活，似乎與這通電話息息相關——

—我記得他！他打著一條西部片裡的那種絲帶領帶。

—沒錯。我記得在那個恐怖的時候，我心裡在想，那電話聲是他不斷鍵入算命機召喚出來的，他可能在進行某種儀式，比如說祈雨。他向前走的時候，視線穿透我們。他停下來，在等第二次鈴響，我想，但電話一直沒再響。他彈了一下手指，轉身，爬回算命機上，繼續組合他的密碼。我們鬆了一口氣，艾狄絲和我！不祥而又霸道的電話竟然是我們的朋友！它是某個慈祥神祇的代理人，我們想讚美它。我認爲某些原始的鳥舞或蛇舞，是在同樣的方式中開始的，一種模仿恐怖事物與美麗事物的需要，沒錯，一種模仿的過程，想要獲得又愛又怕的野獸身上的某些特質。

—F，你到底想告訴我什麼？

—我們發明了電話之舞。自然而然的。我不知道是誰先開始的。我們的食指突然在對方的耳朵裡。我們變成電話！

—我不知道該笑還是該哭。

—你爲什麼在哭？

—F，我想你已經毀了我的生命。多年來，我一直對著敵人吐露我的祕密。

—朋友，你錯了。我愛你，我們都愛你，而你幾乎就要了解這一點了。

—不，F，不。也許這是眞的，但這太難了，有太多瘋狂的課要上，而且天曉得爲的是什麼。

每隔一天，我就得學一些東西，一些課程，一些莫名其妙的寓言，而今天早上我算什麼，一個狗屎博士。

—對極了，這就是愛！

—你走吧。

—你不想知道我變成電話之後發生的事情嗎？

—我想，但我不想求你。有關這世界的零零星星的信息，我都得求你。

—但是也只有這樣你才會珍惜它。自己從樹上掉下來的，總是被你當作爛水果。

—告訴我你們變成電話之後艾狄絲是怎樣。

—我不要。

—嗯！哭泣！阿哈哈！哭泣！

—冷靜點。自制！

—受不了你，受不了你，受不了你！

—現在你準備好了。我們將食指塞進對方的耳朵。我不否認這充滿性暗示。現在你已經準備面對它們了。身體的每個部分都會產生性慾。屁眼可以用鞭子和親吻來加以訓練，這是最基本的。老二和屄已經變成怪物！打倒性器官帝國主義！所有的肌膚都可以達到高潮！你看不出我們的損失有多大嗎？爲什麼我們要將那麼多的快樂讓給我們內褲裡的東西？讓肩膀達到高潮！

讓膝蓋像鞭炮一樣迸射！讓頭髮動起來！而且，不只愛撫可以讓我們進入一種美滋滋的，不可言喻的高潮狀態，不只吸吮和濕潤的管子會，風和交談和一雙漂亮的手套也會，手指頭會臉紅！損失啊！損失！

—你瘋了，我竟然把我的祕密告訴一個瘋子。

—我們就那個樣子，陶醉於電話之舞中。艾狄絲的耳朵開始裹住我的指頭，至少感覺上如此。她高度進化，可能是我所知道的最進化的女人。她的耳朵裹住我悸動的手指頭——

—我不想聽那麼多細節！我看到你們兩個的樣子，遠比你所能描述的清楚多了。這個畫面我一輩子也忘不了。

—忌妒是你選擇的課題。

—去你的。你聽到什麼？

—聽不是正確的字眼。我變成一部電話。艾狄絲是通過我的電子對話。

—那是什麼，那是什麼？

—機器。

—機器？

—普通的永恆機器。

—然後呢？

—普通的永恆機器。

—這就是你想說的？

—如同星星的研磨一般的普通的永恆機器。

—這還有點意思。

—這是事實的一種扭曲，但我看得出來，它很適合你。為了讓你容易懂，我扭曲了事實。事實是：普通的永恆機器。

—好玩嗎？

—那是我這輩子最美好的感覺。

—她喜歡嗎？

—不喜歡。

—眞的？

—假的，她喜歡。看看你，多渴望受騙！

—F，你的所作所為已經足以讓我殺了你。法院肯定會原諒我。

—你已經殺了一個晚上。

—滾下我們的牀！我們的牀！這是我們的牀！

我不想太在乎F所說的話。我何必呢？他畢竟只是個腸胃失控的瘋子，一個淫人妻者，一個香皂收藏家，一個政客，不是嗎？普通的永恆機器。我有必要了解它嗎？今天早晨是另一個早晨，花又開了，男人翻過身來看看他們娶的是誰，一切事物都準備重新開始。爲什麼我要爲了一個死人所說的話而沈緬於過去？爲什麼我要辛辛苦苦複製這些對話，不遺漏任何標點，原原本本呈現當時講話的節奏？我想和酒館與公車上的人說話，而且不去回想任何事情。而妳，凱特琳・特卡魁塔，正在時間的棚子裡燃燒的凱特琳・特卡魁塔，我這麼殘酷揭露自己能取悅妳嗎？我怕妳會有瘟疫的味道。妳成天蜷伏的長屋有瘟疫的味道。爲什麼我的研究這麼辛苦？爲什麼我無法像總理一樣記住棒球的統計數字？爲什麼棒球的統計數字聞起來像瘟疫？這個早晨發生了什麼事？我的書桌臭氣薰天！一六六〇年臭氣薰天！印地安人快死了！小徑上臭氣薰天！他們在小徑上鋪柏油，改成大馬路，但那不管用。救救印地安人！給他們耶穌會士的心臟！我用捕蝶網捉住瘟疫。我原本只是想找個聖徒幹，像F所建議的那般。我不知道爲什麼我會覺得這主意很不錯。我幾乎不了解它，但它似乎是我唯一能做的事情。因此，我在這個地方以我的研究求愛，這是我唯一會耍的把戲，等著塑像動起來——結果發生了什麼事？我敗壞了空氣。我失去了我的勃起。這是因爲我偶然發現了加拿大的史實嗎？我不想偶然發現加拿大的史實。猶太人有爲耶利哥的毀滅而付出代價嗎？法國人將學會怎麼打獵嗎？樹棚屋紀念品足夠嗎？城市大老們，殺了我吧，因爲我談了太多瘟疫的事情。我原以爲印地安人是死於槍傷與毀約。修更多的大馬路！森林臭氣薰天！凱特琳・特卡魁塔，妳自瘟疫中逃脫是不是一種不祥之兆？我必須去愛一個畸形怪物嗎？看看我，凱特琳・特卡魁塔，我面對滿桌被感染的文件，胯下軟趴趴的。看看妳，凱特琳・特卡魁塔，妳臉被啃成那樣子，眼睛傷到無法走進屋外的陽光中。我不該追求比妳更早的人嗎？自制，正如F所說的。這肯定不是一件輕鬆的事。而且，如果我一開始就知道我的研究會導出什麼結論，那還有什麼危險可言呢？我承認我抓不到任何重點。如果換個角度來看，一切就會顯得很荒謬。幹一個已經死掉的聖徒是什麼意思？那是不可能的事情。這我們都知道。我將會發表一篇有關凱特琳・特卡魁塔的報告，如此而已。我將會再度結婚。國家博物館需要我。我看過很多資料，我可以當個優秀的解說員。我會把F的名言據爲己有，變成一個幽默機智的人，風趣，而且帶點神祕感。那是他欠我的。我會把他收藏的香皂送給女學生，一次一塊，檸檬屄，松香屄，我會變成綜合果汁專家。我會參選國會議員，就像F。我會裝出愛斯基摩腔。我會搞別人的老婆。艾狄絲！她可愛的身體悄悄回來，平穩的步伐，自私的眼神（是自私嗎？）。啊，她沒有瘟疫的臭味。求妳別讓我想到妳的部分。她的肚臍是個小小的旋渦，幾乎看不出來。如果吹亂一朵茶味玫瑰所需要的微風突然凝固成形，它的樣子一定就像她的肚臍。她曾在不同的場合把各種東西裝在肚臍裡面，油，精液，三十五元一瓶的香水，蒺藜，米，尿，一個男人的指甲屑，另一個男人的眼淚，口水，雨水等等。我必須回想一下這些場合。

油：次數太多太多了。她在牀邊放了一瓶橄欖油。我一直擔心蒼蠅會飛進來。

精液：也有F的嗎？那就太過分了。她要我親自把它塡進去。她想看我再打一次手槍。我怎能告訴她那是我這輩子最強烈的高潮。

尿：別害羞，她說。

米：生米。她曾將一粒放在裡面，長達一個星期，說她可以把它煮熟。

指甲：她說正統猶太人會把自己的指甲屑埋起來。想到這個，我有點不自在。這很像是F會講的話。她的想法是來自他嗎？

男人的眼淚：一個奇怪的事件。我們在緬因州的老果園海水浴場做日光浴。有個穿藍色泳褲的陌生男子突然撲倒在她的肚子上，哭了起來。我抓著他的頭髮，想把他拉起來。她用力打我的手。我看了看四周，沒有人注意我們，所以我比較沒那麼難受。我爲他計時：他哭了五分鐘。海灘上躺著數千人，爲什麼他要選上我們？我對著過往的人傻笑，彷彿他是我剛死了老婆的大舅子。似乎沒有人注意我們。他穿的是那種兩顆蛋若隱若現的廉價毛料泳褲。他默默哭著，艾狄絲的右手放在他頸背上。我告訴自己，這不是眞的，艾狄絲不是海灘妓女。他突然笨拙地撐起一條腿，站起來，跑開。艾狄絲望著他的背影好一陣子，然後轉過頭來安慰我。他是個阿一族，她低聲說。不可能！我憤怒吼道。我已經記錄了每一個活著的阿一族！艾狄絲，妳騙我！妳喜歡他在妳的肚臍上哭。快承認吧！也許你是對的，她說，也許他不是阿一族。我不能冒這個險。後來我一直在海灘上找他，但他那哭紅的眼睛已消失得無影無踪。

口水：我不知是爲什麼。事實上，我也想不起確切的時間。會是我自己想像出來的嗎？

雨水：凌晨兩點她突然感覺外面可能在下雨。由於窗子的位置，我無法確定。我拿著一個準備裝雨水的頂針上樓。她感謝我這麼做。

她相信她的肚臍是個感覺器官，這毫無疑問，而且不僅如此，在她個人的巫毒教體系中，那是確保財物的錢包。有好幾次，她讓我把臉貼在那兒，用力而又溫柔的抱著我，整晚說著故事。爲什麼那時候我總是沒有感到慰藉？爲什麼我總是聽著電扇與電梯的聲音。

13

一連幾天沒工作。爲什麼那張清單讓我感到沮喪？我不該寫那張清單。艾狄絲，我幹了一件對不起妳肚子的事情。我想要利用它。我想要利用妳的肚子來對抗瘟疫。我想要在一間牆壁裝軟墊的安全儲藏室向永恆講一個美麗的淫穢故事。我想要成爲一個穿禮服的節目主持人，挑逗滿屋子的度蜜月者，我的床上擠著一堆高爾夫球寡婦。我忘了我的絕望。我忘了我是在絕望中開始這項研究。我的手提箱愚弄了我。我乾淨的筆記誤導了我。我以爲我是在幹一件平常的工作。一些證據害我猛鑽牛角尖，包括修隆斯神父幾本有關凱特琳·特卡魁塔的老著作，雷米的手稿，以及凱特琳·特卡魁塔於一六九六年替教眾禱告所顯示的奇蹟。這些資料都在聖瑪莉學院的檔案室。我擬定各種計畫，像個研究生。我忘了我是誰。我忘了我一直沒學會吹口琴。我忘了我已放棄吉他，因爲F合弦讓我手指頭流血。我忘了沾滿精液而乾硬的襪子。我想要用一艘平底船渡過瘟疫，自以爲是即將被星探發現的年輕男高音。我忘了艾狄絲交給我的那些我打不開的瓶子。我忘了艾狄絲的死法，和F的死法。他是在用窗簾擦屁股的時候死的。我忘了我只剩下一個機會。我以爲艾狄絲會安靜地待在目錄中。我以爲我是個公民，是個平民，是個公共設施的使用者。我忘了便秘！便秘沒忘記我。從編那張清單開始一直便秘。五天的時間毀於最初的半個小時。爲什麼是我？——便秘者共同的牢騷。爲什麼這個世界不爲我運轉？陶瓷機器上孤獨坐著的人。我昨天做錯了什麼？我靈魂中哪個牢固的金庫需要大便？昨天全部留在我體內，我怎麼有辦法開始新的東西。歷史的仇恨者蹲伏在潔白無瑕的瓷缸上。我怎麼證明身體是站在我這一邊？我的肚子是個敵人嗎？每賭必輸的賭客對著早晨的輪盤計畫自殺：跳進聖勞倫斯河，因爲腸子密封而下沈。看電影有什麼用？聽音樂我的心情又太沈重。如果不留下日常生活的跡象，那我就會變成隱形人。過期食物是毒藥，而且食物的袋子會漏。快解開我！疲憊的魔術大師胡迪尼！那是已失傳的簡單魔術！蹲伏者和上帝討價還價，呈上一張又一張年度新計畫。我以後只吃生菜。如果非得有什麼毛病的話，請讓我天天拉肚子吧。讓我幫助花和蜣螂。讓我加入世界俱樂部。我現在無法欣賞夕陽，所以，它將爲誰而紅呢？我會錯過我的火車。我在這世界上的分內工作將無法完成，我警告你。如果肛門括約肌必須是錢幣狀的，那就讓它成爲中國的通寶吧。我要用科學對付你。我要投下一顆顆小丸子，像一顆顆深水炸彈。對不起，對不起，別讓它變得更緊。什麼都沒用，這就是你要我學的東西嗎？窩在圓圈上的心力交瘁者準備放棄所有的系統。拿走希望，拿走大教堂，拿走收音機，拿走我的研究。這些是難以放棄的東西，但一泡尿更難。是的，是的，我甚至放棄拒絕承認法。在貼瓷磚的黎明法庭，一個弓著身的人試了一千多種誓詞。讓我做見證！讓我證明秩序存在！讓我投下一道影子！請讓我清空自己，如果清空了，我就能夠接受，如果我能夠接受，那就表示它是來自我身外，如果它來自我身外，那我就不孤獨！我無法忍受這種孤獨。最最難受的就是孤獨。我不要變成一顆星星，無所事事，只等死亡。請讓我飢餓，這樣我就不會成爲靜止點，這樣我就可以分辨樹木多彩多姿的生命，我就可以對河流的名字以及山的高度感到好奇，還有特卡魁塔的各種不同拼法，像特嘉胡伊塔、特嘉可維塔、特嘉魁塔、特卡可維塔，啊，我想爲現象著迷！我不要過內在生活！給我新的生命！我怎能當一個昨日屠殺的活載具？是肉在懲罰我嗎？有野生獸群瞧不起我嗎？廚房裡的謀殺！達豪集中營動物農莊！我們養生物來吃！上帝愛這個世界嗎？多恐怖的食物系統！我們所有的動物族群永遠在交戰！我們贏了什麼？人類，飲食上的納粹黨！食物的核心就是死亡！誰要跟牛道歉？錯不在我們，這個系統不是我們發明的。這些腰子就是腰子。這不是雞，這是一隻雞。想想飯店地下室的死亡集中營。枕頭上的血！牙刷上的肉屑！動物吃東西不是爲了快樂，不是爲了金子，不是爲了權力，只是爲了活下去，所有的動物都一樣。爲誰的永恆快樂?明天我就開始禁食。我退出。但我不能帶著一肚子東西退出。禁食取悅還是冒犯你?你可能會把它解釋成驕傲或懦弱。我已經永遠記住我的浴室。艾狄絲將它打掃得很乾淨,但我沒有那麼潔癖。叫死刑犯擦電椅公平嗎?我現在用舊報紙,等我夠高雅,我就會去買衛生紙。我答應馬桶,如果它對我好一點,我就會花點時間整理它,讓它保持暢通。但是,現在我何必對它低聲下氣?沒有人會在車子抛錨的時候擦車窗。等我的身體開始運轉,過去的日常家務就會恢復正常,我保證。救命啊!給我一點暗示。整整五天的時間,除了最初那失敗的半個小時,我無法進入浴室。我的牙齒和頭髮很髒。我無法開始刮鬍子,無法預付一點毛髮愚弄自己。驗屍的時候,我會臭兮兮的。沒有人會想要吃我,我確信。外面是什麼樣子?有所謂的外面嗎?我是我的食慾的博物館,密封、僵固、無法穿透。這是便秘的殘酷孤獨,這是世界失落的方式。你準備對一條河流孤注一擲,在凱特琳·特卡魁塔面前進行一場裸浴,但事前沒得到任何承諾。

14

和我們一起走進名字的世界吧。F說:將我們與過去束縛在一起的所有法則之中,最厲害的莫過於事物的名字。如果我坐的是我祖父的椅子,同時,我望出去的是我祖父的窗子,那我就是深陷在他的世界中。F說:名字保留外表的尊嚴。F說:科學始於粗糙的命名,完全無視於每個紅色生命的特殊形態與命運,將它們全部稱爲玫瑰。在更粗暴更活潑的眼中,所有的花看起來都一樣，就像黑人和中國人。F的嘴巴總說個不停。他的聲音已鑽進我的耳朵，像一隻被困住的蒼蠅，嗡嗡響個不停。他存心殖民我。他的遺囑裡將他位於鬧區的房間，他買的工廠，他的樹屋，他收藏的香皂，他的文件都留給我。但我不喜歡我的老二射出來的東西。太多了，F！我得把持住自己，否則總有一天我的耳朵也會變成透明的。F，為什麼我突然那麼想念你？有些餐廳我永遠無法再走進去。但我必須成為你的紀念碑嗎？我們到底是不是朋友？我記得你終於買下工廠那一天，花八十萬元買的，然後我和你走在那些凹凸不平的木頭地板上，你小時候常常打掃的地板。我相信你真的哭了。當時已經半夜，一大半的燈都關了。我們走過一排排的縫紉機、工作檯、過時的蒸汽熨斗。沒有什麼東西會比停工的工廠更安靜。我們不時踢到纏成一團的鐵衣架，或擦 撞掛著衣架的鐵架，密密麻麻，像蔓藤一般，迴盪著一種奇怪的叮鈴噹啷聲，像一百個無聊的男人玩著自己的口袋，一種奇怪的暴力聲，彷彿那些男人守在廢棄機器的影子裡，一群等著發薪水的人，一群打手，等號令一響，就要粉碎F的關廠計畫。我隱隱感到害怕。工廠，就像公園，是種公共場所，而且，F的所有權所帶給他的激動，對民主理念是種傷害。F從工作檯上拿起一個笨重的蒸汽熨斗，它用一條粗彈簧掛在頭頂的金屬架上。他猛然將它拉出桌外，放開，露出笑容看它上下彈跳，像個危險的響鈴，它的影子在灰撲撲的牆上抹來抹去，像黑板上狂野的板擦。突然，F扳開一個開關，電燈閃了一下，驅動縫紉機的中樞傳動帶開始轉動。F開始演講。他喜歡在機器的噪音中講話。

—賴利！他走向一條條長板凳，大聲叫喊。賴利！阿賓！戴夫！我知道你們在聽我說話！阿賓！我沒忘記你的駝背！索爾！我已經實踐我的諾言！小馬哲利，現在你可以吃你的爛拖鞋了！猶太人，猶太人，猶太人！謝謝你們！

—F，你少噁心了。

—每個時代都必須感謝它的猶太人，F說，然後從我身邊跳開。還有印地安人。我們必須爲我們建造的橋樑和摩天大樓感謝印地安人。這個世界是由不同種族組成的，朋友，這一點你最好記住。每個人都不一樣！每一朶玫瑰都不一樣！賴利！是我，F，異邦小孩子，以前你常摸我的金頭髮。從前在幽暗的庫房對你許下的諾言，如今我已實現。這是我的！這是我們的！我在布屑上跳舞！我已經將它變成遊樂場！我帶了一個朋友來！

當F終於平靜下來，他拉著我的手，帶我走進庫房。巨大的空線軸和紙筒，在昏淡的光線中投下明確的影子，像一根根廟堂的柱子。空氣中仍瀰漫著毛料散發的濃重動物氣息。我感覺到我的鼻子蒙上一層油。外頭廠房的傳動帶還在轉，幾部沒有針的縫紉機繼續砰然鑽動。F和我靠得很近。

—你覺得我很噁心，是嗎？F說。

—我沒想到你會這麼濫情，竟然對一些猶太小孩的幽靈說話！

—我只是依照從前的許諾裝裝樣子。

—你太濫情了。

—這不是個美好的地方嗎？它的氣氛不是很寧靜嗎？我們正處於未來的世界。有錢人很快就會在他們的土地上蓋起這種房子，當作他們休閒渡假的去處。歷史一再顯示，很多人喜歡在從前從事激烈活動的場所散步、沈思和做愛。

—你對這個地方有什麼打算？

—偶爾來看一看，打掃一下，在油亮的工作檯上打打炮，和機器玩耍。

—你本來可以成爲百萬富翁的。財經版對你的操作手腕評價很高。我必須承認，對於你從前所說的種種屁話而言，這次成功突擊有重大意義。

—虛榮！F叫喊說。我一直想知道這個計畫會不會成功。我一直想知道這件事會不會讓我感到欣慰。雖然我明知道不可能！賴利並沒有期待我這麼做，那不是一種約束。我童年的承諾只是個藉口！別讓今天晚上的事影響到我以前對你說過的話，拜託。

—F，別哭了。

—原諒我。我想要報復。我想要變成美國人。我想要讓這個地方變成我生活上的調劑。這不是賴利的意思。

我將手搭緊F的肩膀，手臂不小心碰到一排衣架。錢幣的叮噹聲沒有那麼吵了，因爲庫房比較小，又有外頭的機器聲，而當我們凄然相擁，那群打手紛紛退下。

15

凱特琳·特卡魁塔在長屋的陰影中。艾狄絲蜷縮於滯悶的房間，身上塗著油彩。F在他的新工廠掃地。凱特琳·特卡魁塔不能在中午的時候走到屋外。一定要出去的話，就得用毯子裹住全身，走路搖搖晃晃，像個木乃伊。她就這樣子度過她的少女時代，遠離陽光和打獵的喧鬧，經常目睹疲憊的印地安人吃飯打炮，盤旋在腦海中的，不是舞者的樂器聲，而是聖母瑪麗亞純潔的音容，像獵人口中的鹿那麼害羞。她聽到了什麼？是不是比呻吟更吵，比打呼更甜美？她必定很清楚遊戲規則。她不知道獵人如何追捕他的獵物，但她知道他如何吃飽撐著，四仰八叉躺下來，打著充滿愛慾的響嗝。她看到所有的準備動作和所有的結論，就差一個以遠山爲背景的景觀。她看到交媾，但是她沒有聽到在樹林中哼唱的歌曲，以及用草葉編成的小禮物。面對這種人肉機器的猛烈殺伐，她心中必定逐漸發展出有關天堂的種種細緻而光明的想法，而且逐漸痛恨凡人得天天大便。不過，她怎麼失去她的世界仍舊是個秘密。修隆斯神父於一七二五年說：「她的智慧隨著年歲增長。」那很痛苦嗎？爲什麼她的看法沒有變成哈伯雷式的看法？特卡魁塔是她被給予的姓氏，但這個姓的確切涵義不得而知。一個將東西整理得井井有條的人，這是馬庫神父的解釋，他是考納瓦格的老傳教士。緒爾比斯修會的印地安學家夸克神父說：「她邊往前走，邊推開前面的東西。」就像一個人在陰影中前進的時候，兩手向前伸出，這是勒龔普神父的進一步引伸。我們姑且假定她的姓是這兩種意思的組合：她在前進的時候將影子整理得井井有條。凱特琳・特卡魁塔，也許我就是以同樣的方式接近妳。一個好心的叔叔收養了孤兒。瘟疫過後，整個村子往霍莫克河上游遷了一英里，靠近它與歐里斯河會合的地方。這地方叫做岡達瓦克，另一個有各種拼法的名字，像岡達渥克，休倫人的說法，被傳教士用來指稱瀑布或急流，像葛納瓦克，這是莫霍克方言，像卡納瓦克，目前的考納瓦格就是從這個拼法演變過來的。我正在付出我的代價。她和叔叔嬸嬸姑姑一起來到這個地方，住在叔叔建造的長屋裡，那是村子裡的主要建築之一。易洛魁女人很辛勞。獵人從不拖回自己捕殺的獵物。他在動物的肚子上切一道口子，抓出一把內臟，一路跳舞回家，邊跳邊甩出手中的內臟，有的飛到枝幹上，有的濺到灌木叢中，我打到獵物了，他向他太太宣布。她循著他黏答答的足跡進入森林，而尋獲獵物的獎賞就是將它帶回丈夫身邊，這時他已在爐火旁睡著，肚子餓得咕嚕咕嚕叫。女人從事大部分的勞務。男人的尊嚴所容許的職責，只有打仗、打獵、捕魚。其他的時間，他抽煙、閒聊、玩、吃飯、睡覺。凱特琳・特卡魁塔喜歡工作。別的女孩子總是匆匆結束工作，把多餘的時間拿來跳舞、談情說愛、梳頭髮、抹油彩、戴耳環、用彩色瓷片打扮自己。她們身穿華貴的皮衣，腳上打著珠子和豪豬刺編成的繡花綁腿。多漂亮啊！我就不能愛她們當中的一個嗎？凱特琳可以聽到她們的歌舞聲嗎？我不想打擾凱特琳，她正在長屋內工作，低悶的舞步聲在她心中描繪著一個又一個完美的燃燒的圈圈。別的女孩子不會爲明天花太多時間，但凱特琳將日子收拾成一條鏈子，把陰影連接起來。她那些姑姑很堅持。來，來，親愛的，把這條項鍊戴上，臉上塗點油彩，看起來才不會那麼醜。她還小，她容許自己被裝扮，但絕不原諒自己。二十年後，她爲此哭泣，認爲這是罪大惡極之舉。我這是在幹什麼啊？這種女人適合我嗎？過了一陣子，她的姑姑不再給她壓力，於是她又開始整天工作，搗米、挑水、撿柴、整理毛皮，而且做得不亦樂乎。蕭西提耶神父說：「她溫順、有耐心、貞靜、純潔。」還說：「她像有教養的法國小孩那麼乖巧。」像有教養的法國小孩！啊，邪惡的教會！F，這就是你希望在我身上發生的事嗎？這就是我不和艾狄絲一起滑行的下場嗎？她全身塗著紅色油彩等我，我卻在考慮我的白襯衫。後來，因爲好奇，我曾把那管油彩塗在自己身上，單獨一根閃閃發亮的柱子，對我來說毫無用處，就像那天早上F的衛城。現在我讀到說，凱特琳・特卡魁塔的手藝很好，可以製作很漂亮的繡花綁腿、煙草袋、鹿皮鞋與貝殼幣。她一小時接一小時處理這些材料，樹根、鰻魚皮、貝殼、瓷片、豪豬刺等等。做來給別人用，而不是自己！她內心裝扮的是誰？她的貝殼幣格外被人珍愛。這是她嘲弄錢的方式嗎？也許她的鄙視反而讓她可以自由發揮，設計出精美的圖案和色彩搭配，就如同F對商業的鄙視反而使他有能力買下一間工廠。或者是我誤解了他們兩個？我厭倦事實，我厭倦推論，我想被非理性吞噬。我想隨波逐流。現在我不在乎她毯子底下是怎麼回事。我希望身上印滿不具體的吻。我希望我的小冊子受到讚美。爲什麼我的工作這麼寂寞？現在已經過了午夜，電梯已經停息下來。防油毯是新的，水龍頭不再滴水，感謝F

的遺愛。我想得到所有我不曾要求的高潮。我想要闖出一番新事業。我對艾狄絲做了什麼，竟連她的鬼魂也嚇不了我？我討厭這棟公寓。爲什麼我要將它重新裝潢呢？我本來以爲桌子漆成黃色會比較好看。上帝啊，求你嚇嚇我。那兩個愛我的人，爲什麼今晚他們那麼無能爲力？肚臍不管用。甚至F死前的恐懼也沒有意義。我懷疑外面是不是在下雨。我要F的經歷，我要他情緒上的放縱。我想不起F說過的任何一件事情。我只記得他使用手帕的方式，他爲了不讓鼻子沾到鼻涕而小心翼翼折起手帕的樣子，他高八度的噴嚏聲，以及它們帶給他的快樂。高八度而且像金石撞擊一般，道地的樂器聲，削瘦的頭顱朝著側面奮力一擊，然後露出驚喜的表情，彷彿剛收到一份意外的禮物，接著揚起眉毛，意思是說，眞是意想不到！F，人都會打噴嚏，沒什麼大不了，別他媽的故做奇蹟狀，那只會讓我不自在，你喜歡打噴嚏，喜歡把蘋果啃得特別津津有味，喜歡率先誇獎一部電影有多好多好，這都是讓我不自在的習慣。你讓別人感到不自在。我們也喜歡蘋果。我討厭想到你告訴艾狄絲的事情，也許是因爲聽起來有種感覺，彷彿她的身體是你這輩子第一次碰觸到的身體。她喜歡嗎？她的新的奶頭。你們倆都死了。千萬別盯著一個空的牛奶杯看太久。我不喜歡蒙特婁建築的新變化。那些帳棚發生了什麼事？我要控訴教會。我控訴魁北克羅馬天主教會，因爲他們毀了我的性生活，還把我那話兒塞進一只用來裝聖徒手指遺骸的小盒子，我控訴魁北克羅馬天主教會，因爲他們讓我和另一個受害者F做了許多怪異而可怕的事情，我控訴教會屠殺印地安人，我控訴教會拒絕讓艾狄絲好好爲我吹喇叭，我控訴教會給艾狄絲塗滿紅色油彩，以及剝奪凱特琳·特卡魁塔塗紅色油彩的權利，我控訴教會騷擾汽車，而且讓人長青春痘，我控訴教會蓋綠色自慰廁所，我控訴教會消滅莫霍克舞，而且沒有採集民謠，我控訴教會偷走我的古銅膚色，而且讓我長頭皮屑，我控訴教會派一些腳趾頭髒兮兮的人上電車幹反科學的勾當，我控訴教會在加拿大法語區推行女性割禮。

16

這是加拿大一個風光明媚的日子，一個令人心酸的夏日，那麼短暫，那麼短暫。這是一六六四年，陽光普照，蜻蜓忙著探察木槳揚起的水花，豪豬伸長柔軟的鼻子呼呼大睡，草地上，垂著辮子的女孩將草葉編成芬芳的籃子，鹿和勇士嗅著松風，盼望自己吉星高照，兩個男孩在柵欄邊摔角，撲來又撲去。世界已經二十多億歲，但加拿大的山還年輕。奇怪的鴿子在岡達渥克上空盤旋。

—嗚呼呼，八歲大的心嚎啕大哭。

心聽到了，這顆心既不新也不舊，也絲毫不爲敍述所束縛，而托瑪斯爲所有的小孩歌唱，一心爲善的人，上帝必賜予福佑。

—豪豬的尖刺喲，

今天你得放出光芒；

就像夏天的雨
就像晶亮的瓷珠；
這串牙齒項鍊喲
就是永恆的花圈，姑姑們根據古老的習俗，唱起這首歌曲，易洛魁人有童婚的習俗，她們正在爲孩子化妝，準備進行簡單的婚禮。

—不，不，村子裡有一顆心哭著說。

奇怪的鴿子在岡達渥克上空盤旋。

—喲，凱特琳，快走過去呀，瞧他壯得像個小男人！姑媽們說得笑哈哈。

—哈哈，結棍的小男孩也跟著笑。

男孩的笑聲突然中斷，因爲他受到驚嚇，不是他所熟悉的害怕，不是被鞭打或玩輸別人的害怕，而是有一次，當一個巫師死掉……

—他們兩個怎麼啦？雙方家長問道，因爲他們冀望雙方能獲得一種有利的結合。

—咕咕咕，咕咕咕，盤旋的鴿子鳴叫著。

這串牙齒項鍊喲，是永恆的花圈，她姑姑的歌像利箭穿心一般，不，不，她哭著說，這樣不對，這樣不對，然後她兩眼朝天一翻。在那野孩子的眼中，她的樣子一定顯得很詭異，包括她陶醉的神情，和她的昏厥，因爲他拔腿就跑。

—這沒什麼好擔心的，姑媽們一致同意說。她很快就會長大，那地方就會開始出水，阿爾岡昆女人也是人啊！姑媽們打趣說。到時候事情就好辦了！

於是，這孩子又恢復原先的生活，溫順，成天工作，羞答答而又笑瞇瞇的，人見人愛。姑媽們完全沒有理由懷疑，有一天這孤兒會走上違反易洛魁古老傳統的道路。她很快就不再是小孩子，而姑媽們再度圖謀不軌。

—我們來給害羞者設個圈套。我們什麼都不告訴她！

簡單的儀式在一個清朗的夜晚進行，過程不外乎一個年輕男子進入他新娘子的房子，坐在她身旁，然後接受她所餽贈的食物。這就是整個儀式，雙方家長都同意，參與者隨便找，不必事先徵詢大家的意見。

—凱特琳，坐下來吧，該做的工作都做完了，親愛的，家裡的水已經夠用了，姑媽們眨著眼睛說。

—姑媽，今天晚上好冷啊。

一輪秋月浮在印地安加拿大上空，三笛鳥的歌聲像箭一般，自黑色枝頭破空而出。打啾嗚！唧溜嗚！注意哦！有個女人用木梳子緩緩梳著濃密的頭髮，一下接一下，口中含糊吟著一首單調的輓歌。

—……跟我走，到山上去，在我身旁，坐下來……

世界緊緊圍著它小小的火堆和一盆盆的湯鍋。一條魚躍出莫霍克河，在它濺起的水花上面盤旋，直到水花沈落，但魚繼續盤旋。

—咦，他怎麼來了！

一個年輕獵人的粗壯肩膀堵在門口。凱特琳自手中的貝殼幣往上瞧，羞紅了臉，隨即又低頭繼續工作。勇士帥哥性感的嘴唇綻出笑容。他用一條又長又紅的舌頭舔著嘴唇，品嘗他才捕殺的獵物留在嘴上的肉味。多誘人的舌頭！姑媽們瞪大眼睛，同時用指節扣緊織物下的胯部。血湧向年輕人的陰部。他一手探進皮衣下揪住自己，剛好滿滿一握，熱乎乎的，像天鵝頸子那麼粗。期待中的男人終於到啦！他貓一般穿過房子，走向席地而坐的女孩，她邊發抖，邊整理手中的小貝殼，他在她身旁坐下來，刻意伸展身體，讓大腿和結實的臀部呈現在她面前。

—嘿嘿，一個姑媽笑出聲來。

一條奇怪的魚盤旋在莫霍克河的水面上，金光閃閃。突然，有生以來第一次，凱特琳知道她活在一具軀體中，一具女性的軀體！她感覺到大腿的存在，而且知道它們夾著什麼東西，她感覺到奶頭那花一般的生命，她感覺到因吸吮而凹陷的小腹，感覺到屁股的寂寞，以及小屄口的隱痛，一種渴望伸展的吶喊，而且她感覺到每一根陰毛的存在，它們稀稀疏疏的，而且短到還沒有開始捲曲！她活在一具軀體內，一具女人的軀體，而且它能用！她坐在自己的汁液上。

—我看他八成餓壞了，另一個姑媽說。

那麼光彩奪目！那條躍出水面的魚。在想像中，她感覺到這個獵人粗壯的棕色手臂圍成的圈圈，他擠進她的陰唇所形成的圓圈，她的乳房被他壓平所形成的圈圈，她的牙齒在他肩膀上留下的圈圈，她送飛吻時嘴唇形成的圈圈！

——嗯，我是餓了。

圈圈是用鞭子和打了結的皮帶做的。它們捆緊她，窒息她，撕裂她的皮肉，它們是緊縮的尖牙項鍊。她的奶頭在流血。她坐在血泊中。愛的圈圈像套索一樣縮緊，開始擠壓、撕裂、切割。稀疏的毛被結給纏住。多痛苦啊！一個火紅的圈圈攻擊她的屄，像個鐵罐的蓋子，從胯部割裂它。她活在一具女人的軀體內，但是——它不屬於她！她無權將它獻出去！在危急存亡之際，她毅然決然將她的屄拋向永恆的夜空。她沒有權利把它拿來獻給這位帥哥，儘管他的臂膀很強壯，而且他自己的森林魔法也不是不厲害。而當她如此放棄肉體所有權的時候，她隱隱感覺到他的天真，感覺到圍在嗶剝的火堆前的每一張臉有多美。唉，痛苦終於舒緩下來，她終於不再擁有的撕裂的肉體在它的自由中癒合，一種殘酷贏得的、有關她自己的新描述，闖入她的心中：她是處女。

——給這男人一些食物，一位漂亮的姑媽兇巴巴地吩咐說。

絕對不能讓這儀式完成，絕對不能讓古老的魔法得逞！凱特琳・特卡魁塔站起來。獵人笑了，姑媽們笑了，凱特琳・特卡魁塔難過地笑了，獵人覺得她是害羞地笑，姑媽們覺得她是會心地笑，獵人覺得姑媽們是貪婪地笑，姑媽們覺得獵人是貪婪地笑，獵人甚至覺得他龜頭上的小嘴也笑了，而也許凱特琳也覺得她的屄在它新的老家裡笑了。一條奇怪的、閃閃發光的魚笑了。

—嘰吱，嘶嚕，獵人嘴巴發出含混的咂吮聲。

凱特琳逃離坐在地上的餓漢。經過火堆，骨頭，糞便，然後衝向門口，奔出柵欄，穿過煙霧裊裊的村子，進入沈浸在蒼白月光下的樺樹叢中。

—快去追她！

—別讓她溜掉！

—在林子裡幹她！

—替我戳一下！

—呼嗚、呼嗚、呼嗚！

—吃她的毛毛派！

—用力頂！

—把她翻過來，為我再弄一次！

—用一面旗子蒙住她的臉！

—幹到底！

—快點！

—害羞者逃掉了！

—戳她屁眼！

—她浪得很！

—打啾嗚，唧溜嗚！注意哦！

—連根沒入！

—幹她胳肢窩！

—……跟我走，到山上去，在我身旁，坐下來……

—噗滋！噗滋！

—給她開開竅！

—戳掉她臉上的痘子！

—一口吞了它！

—上帝必賜予福佑！

—在裡面尿尿！

—快給我回來！

—阿爾岡昆騷貨！

—裝模做樣的法國鬼子！

—尿在她耳朵裡！

—讓她叫爹！

—在那邊！

獵人進入樹林。他應該不難找到她，這害羞者，這瘸子。他追趕過比她動作更快的獵物。他清楚每一條小徑。但是她在哪兒呢？他往前衝。他知道一百個柔軟的地方，那是松針鋪成的床，青苔編成的沙發。他踩到一隻樹枝而且折斷了它，有生以來頭一回！看來這一炮要付出昂貴的代價。妳在哪兒？我不會傷害妳。一條樹枝撞上他的臉。

—喲嗬嗚，村人的呼叫聲隨風飄送。

莫霍克河上有一圈金霧形成的光環，一條魚在光環中盤旋，牠渴望被網住，渴望成爲宴會上的佳餚，一條面帶微笑、金光閃閃的魚。

—上帝必賜予福佑。

隔天早上凱特琳・特卡魁塔回到家的時候，姑媽們懲罰她。年輕獵人幾個小時之前就回來了，一副垂頭喪氣的樣子。他的家人群情激憤。

—阿爾岡昆人眞賤！討打！吃我一拳！

—砰！咚！

—以後妳就睡在大便旁邊！

—從現在開始，妳已經不屬於這個家族，妳只是個奴隸！

—妳娘是個壞女人！

—以後叫妳做什麼，妳就給我做什麼！啪！

凱特琳・特卡魁塔開心地笑了。這些老女人對她拳打腳踢，用她縫製的鹿皮鞋重重踩在她肚子上，但那不是她的身體。她們在折磨她的時候，她透過排煙孔望著天空。正如同勒龔普神父所說的，上帝賦予她一個靈魂，也就是德爾圖良所謂的一個天生的基督徒的靈魂。

17

上帝啊，你的早晨是完美的。人們在你的世界上活得好好的。我可以聽到小孩子在電梯中的聲音。飛機飛向原初的藍色天空。一張張嘴正在吃早餐。收音機充滿了電。樹美極了。你正在聽著在釘橋上徘徊的無信仰者所發出的聲音。我已經讓你的靈進入廚房。西方時鐘也是來自你的靈感。政府很溫順。死者不必等待。你了解爲什麼有人必須飲血。上帝啊，這是你的早晨。有種音樂甚至是用人骨喇叭吹奏出來的。冰箱將會得到寬恕。我想不出有任何東西不屬於你。醫院裡有一些不屬於它們的癌症抽屜。中生代的水中充滿了看起來像永恆的爬蟲。你對袋鼠的細節一清二楚。維爾瑪麗廣場在你的望遠鏡中如花一般開落。戈壁沙漠有古老的蛋。在你眼中，地震只是一陣噁心。即使是這個世界也有一個身體。在分子的暴力中，黃色桌子努力保持它的形狀。我被你宮廷中的成員團團圍繞。我害怕我的禱告辭將會沈入我的腦海中。在這早晨的某個地方，痛苦得到了解釋。報紙上說，某處發現了一個用報紙包著的人體胚胎，某位醫生涉有重嫌。我坐在廚房中試圖了解你。我懼怕我小小的心靈。我無法理解爲何我的手臂不是一株紫丁香。我害怕，因爲死亡是你的靈感。現在我不認爲我應該描述你的世界。浴室的門自己打開了，而我嚇得全身發抖。上帝啊，我相信你的早晨是完美的。沒有任何事情會不圓滿地發生。上帝啊，在我受教育的慾望中，我感到孤獨，但有一個更大的慾望必須向你提出。我是你的早晨的一個生物，寫了一大堆字，每個字開頭都用大寫。七點半，在我的禱告辭的廢墟中。當汽車急馳而去的時候，我靜靜坐在你的早晨中。上帝啊，如果有火的旅程，在艾狄絲往上爬的時候，請你與她同在。如果F已經爲自己贏得痛苦，請你與他同在。請你與已經死了三百年的凱特琳同在。在我們的無知與可憐的教條中，請與我們同在。我們全都因爲你的榮耀而受苦。是你讓我們活在一顆星球的表皮上。F於死前受到恐怖的折磨。凱特琳每個小時都在神秘的機器中受碾壓。艾狄絲在痛苦中嚎叫。在你的時間的這個早晨，請與我們同在。現在是八點鐘，請與我們同在。當我失去那一點點尊嚴的時候，請與我同在。當廚房回到我身邊的時候，請與我同在。特別是在我猛轉收音機尋找宗教音樂的時候，請與我同在。請在我的工作的各個階段與我同在，因爲我的腦袋感覺它好像受到了鞭撻，而且我渴望做出一個可以活在你的早晨的完美的小東西，像奇怪的靜電貫穿於一首總統的輓歌，或一個裸體駝子在人擠人、油光閃閃的海灘上晒出一身漂亮的古銅膚色。

18

人性中最具原創性的，往往是最絕望的東西。因此，完全無法在現有體制下痛苦過活的人，會強行將新的系統加諸這個世界。創造者不在乎新系統的內容，只在乎它是不是具有獨特性。如果希特勒是出生在納粹德國，當時的氣氛將不會滿足他。如果一個沒有出版作品的詩人在其他作家的作品中發現自己的意象，那他不會感到欣慰，因爲他擁護的不是意象本身，或它在公共領域中的進展，而是一種觀念，希望自己不被既定的世界所束縛，希望自己能夠從現有的秩序中逃脫。耶穌這樣子設計他的系統，也許就是爲了讓它在別人的手中無法實行，這是偉大創造者的風格：將他們的系統拋進一個粗糙的未來，以此來確保自己原創性的絕望力量。這些當然是F的看法。我不認爲他眞的這麼想。但願我知道他爲什麼對我這麼感興趣。現在回想起來，他似乎是基於某種原因而持續不斷地訓練我，而且爲了讓我處於歇斯底里的狀態，隨時準備不擇手段。歇斯底里是我的教室，F曾說。他說這句話的場合很有意思。我們去看了兩片同映的電影，然後到他朋友開的餐廳吃希臘大餐。點唱機正在放一首雅典熱門音樂排行榜上的抒情歌曲。外頭的聖勞倫斯大道飄著雪，裡頭僅剩的兩三個客人望著窗外的雪花。F正在吃黑橄欖，一副意興闌珊的樣子。幾個服務生在喝咖啡，喝完咖啡他們就會開始堆椅子，而且像往常一樣，把我們這一桌的椅子留到最後才收。如果說這世界上還有什麼沒有壓力的地方，那就是這個地方。F邊打哈欠，邊玩他的橄欖核。這時候，他突然沒頭沒腦地說了那句話，把我恨得牙癢癢的。霓虹燈下的雪花，看起來像彩色的雲霧，當我們走進雪中，他把一本袖珍型的書塞進我手中。

—一個開餐廳的朋友送的，因爲我爲他講了幾句話，幫了他一點小忙。這是一本祈禱書，你比我更需要它。

—你這騙死人不償命的王八蛋！當我走到電線桿下看著書的封面之後，我大叫起來。封面上用希臘文寫著希英對照辭典幾個字，一本常用語手冊，是在薩羅尼加出版的，而且印刷很爛！

—祈禱就是翻譯。一個大人把自己翻譯成一個小孩子，以一種他勉強算懂的語言要求一切他想要的東西。好好看看這本書。

—而且裡面的英文爛透了，F，你是故意折磨我。

—唉，他愉快地吸了一口夜晚的空氣，然後說，唉，印度就要過耶誕節了，家家戶戶團聚在耶誕咖哩大餐前，對著黃澄澄的耶誕屍體唱耶誕歌，小孩子等著薄伽梵耶誕老人的鈴聲。

—你就是想破壞一切，對不對？

—好好看看這本書。在裡面找祈禱文與指導。它將教你怎麼呼吸。

—我吸，我吸。

—錯了，不是這樣。

19

現在輪到艾狄絲奔跑了，奔跑於古老的加拿大樹林中。但是，今天，鴿子在哪裡？面帶微笑金光閃閃的魚在哪裡？可以隱身之處爲什麼隱藏起來？今天恩寵在哪裡？爲什麼沒人餵歷史糖吃？拉丁音樂在哪裡？

—救命啊！

艾狄絲跑進樹林，十三歲，幾個男人在後面追。她身上穿的是麵粉袋做的衣服。某某麵粉工廠用來裝產品的袋子，上面印著一朵朵的花。一個十三歲的女孩子正在松林中奔馳。你看過這種事嗎？大腦的永恆老二，緊追著她年輕又年輕的屁股。幾年後，艾狄絲告訴我這件事情的經過，或者說它的一部分，而我從此在森林中追逐她小小的身體，我承認。我是個老學者，因爲不明確的憂傷而變狂野，活在性腺陰影下的強迫性偵探。艾狄絲，原諒我，我每次幹的都是十三歲的受害者。原諒你自己，F說。十三歲的皮膚非常美。除了白蘭地之外，有什麼超過十三年的食物是美好的？中國人吃陳年皮蛋，但那一點也不好吃。親愛的凱特琳・特卡魁塔，現在請妳送給我十三歲的女孩子！我的病還沒好。我永遠也治不好。我不想寫這部歷史。我不想和妳交配。我不想像F那樣侃侃而談。我不想成爲加拿大研究阿一族的權威。我不想要一張新的黃色桌子。我不想要星星的知識。我不想跳電話之舞。我不想征服瘟疫。我想要我生命中十三歲的女孩子。聖經裡的大衛王垂老的時候，有童女幫他暖床。爲什麼我們不能和俊美的人物相比呢？緊緊的，緊緊的，緊緊的，啊，我想陷入一個十三歲的生命中。我知道，我知道戰爭和生意。我注意到大便。十三歲的電舔起來特別甜美，而我是（或者讓我是）一隻溫柔的蜂鳥。我靈魂中沒有蜂鳥的成分嗎？我情慾中沒有一種超乎時間且又輕到難以言喻的東西，能乘著一團金色空氣，在一道年輕而又濕潤的裂縫上盤旋嗎？來吧，勇敢的小情人，我身上沒有希臘神話裡米達斯王點物成金的法力，不會把任何東西變成金錢。當妳無助的奶頭長大，變成生意上的問題的時候，我只是輕輕擦過它們的皮罷了。我在第一副胸罩下漂浮並輕輕品嘗的時候，不會改變任何東西。

——救命啊！

四個男人在追趕艾狄絲。四個該死的東西。我不能怪他們。他們的村子才是罪魁禍首，一個人口密集，生意繁忙的村子。這幾個男人已經注意她好幾年。加拿大法語區的教科書並不鼓勵人們尊重印地安人。某些加拿大天主教徒還不確定教會已經打敗巫醫。難怪魁北克的森林會被大量砍伐，賣到美國。魔法樹被耶穌受難十字架鋸倒。十三歲的屄水甜中帶點苦。國家的喉舌啊！爲什麼你不爲自己說說話？你難道看不出這些青少年廣告賣的是什麼嗎？難道只是爲了賺錢？「進攻青少年市場」眞正的意思是什麼？嗯？看看電視機前地板上那一雙雙張開的十三歲的腿吧。難道它只是要賣她們麥片粥和化妝品？美國廣告圈有成群的蜂鳥，渴望品嘗那些毛還沒長齊的裂縫流出的汁液。穿西裝打領帶的廣告詩人，進攻她們，進攻她們。垂死的美國需要聖經裡那獻給大衛王的十三歲童女亞比煞幫它暖床。刮鬍子的男人滿心想把小女孩抓來蹂躪，但是卻只能賣給她們高跟鞋。充滿性暗示的熱門音樂排行榜都是刮鬍子的父親們寫的。可憐啊，渴望童女的企業界辦公室，我在任何地方都感覺得到你們性壓抑的脹痛！有個十三歲的金髮女童躺在一輛車子的後座上，一隻穿著絲襪的腳在逗弄扶手上的煙灰缸，另一條腿擱在豪華的腳墊上，臉頰上有兩個可愛的小酒窩，和幾顆純眞的青春痘，而且她的襪帶正確地不舒服；月亮和幾盞警察的手電筒在遠處漫遊；她的貝多芬內褲因爲學校的舞會而濕了一搭。全世界只有她一個人相信，打炮是神聖、骯髒而又美好的。而在樹叢中緩緩前進的人是誰呢？那是她的化學老師，當她和足球明星一起跳舞的時候，他整晚在笑，因爲她躺在上頭做夢的是他的車子的泡棉椅墊。F常說，慈悲始於孤獨。許多漫長的夜晚讓我懂得，化學老師不完全是個騙子。他眞的喜歡年輕人。廣告向俏佳人求愛。沒有人想過苦日子。在最直接的直接推銷廣告裡面，也有一隻飢渴的、爲愛所折磨的蜂鳥。F不希望我永遠恨那幾個追趕艾狄絲的男人。

—哭泣。哭泣。抽抽搭搭。嗽，嗽！

他們在一個採石場或礦坑逮住她，一個地下礦藏豐富、地面堅硬的地方，間接屬於美國企業。艾狄絲是個漂亮的十三歲印地安孤兒，父母死於一場雪崩，她那時和印地安裔的養父母住在一起。她從小被同學欺負，因爲他們認爲她不是基督徒。她告訴我，即使在十三歲的時候，她就有可愛而又奇怪的長奶頭。也許這消息早就由學校的浴室洩露出去。也許那是撼動整個城鎭根基的地下謠言。也許城裡的生意和宗教仍舊照常運作，但每個人私底下已經受到這奶頭消息的蠱惑。彌撒被奶頭之夢暗中侵蝕。當地石棉工廠的罷工糾察線，並未全心全意效忠於勞工。警察的催淚彈和警棍少了些許威力，因爲所有的心靈都在巴望特殊的奶頭。日常生活無法忍受這種怪誕的侵入。艾狄絲的奶頭是純粹的珍珠，攪動了村子生活的單調原生質。誰說得清集體意志的微妙運作呢？我相信村子以某種方式派遣這四個男人把艾狄絲趕進森林中。去抓艾狄絲！集體意志下了這道命令。把她的魔奶從我們心中解除！

——聖母瑪麗亞，救救我吧！

他們將她撲倒在地。他們撕掉上面有工廠懸鉤子圖案的衣服。那是夏日的午後。黑蚊子叮著她。這幾個男人已經醉醺醺的，啤酒喝多了。他們嘻皮笑臉，而且說她是番女，哈哈！他們扯下她的內褲，從她修長的棕色大腿上捲下來，而當他們將它朝旁邊扔的時候，他們並沒有注意到，它看起來像一個粉紅色的大麻花。他們很意外她的內褲竟然這麼乾淨：異教徒的內褲應該鬆垮垮髒兮兮才對。他們不怕警察，他們多少知道警察希望他們得手，他們的一個舅子就是警察，而他和大家一樣，也有兩顆蛋。他們將她拖進樹蔭下，因爲每一個都想保持某種程度的單獨性。他們將她翻過來，看拖她的時候有沒有把屁股擦破。黑蚊子叮著她的屁股，圓得讓人喘不過氣來的屁股。他們又將她翻回來，然後朝樹蔭深處拖，因爲，現在他們準備脫掉她的內衣。採石場這個角落樹蔭又濃又黑，他們幾乎看不到對方，而這正是他們所要的。艾狄絲嚇出尿來，在他們耳中，尿聲比他們的笑聲和沈重的喘息聲還大。那是一種穩定的聲音，似乎永不止息，穩定而又強烈，蓋過他們的思緒，蓋過蟋蟀爲即將消逝的下午而嗚唱的輓歌。灑落在去年的樹葉和松針上的尿，在八隻耳朶內變成洶湧的波濤。那是堅不可摧的純粹聲音，它像酸液一般，侵蝕著他們的計畫。那是一種莊嚴而又單純的聲音，脆弱的神聖象徵，沒有東西能侵犯它。他們愣住了，每個人突然寂寞起來，他們的血往腦門衝，像花從根部竄出一般，他們的勃起頽然傾落，像一台閉合的手風琴。但這些人拒絕配合這個奇蹟（這是F說的）。他們無法接受這個事實：艾狄絲不是*異類*，她是道道地地的*姊妹*。他們感受到的是*自然法*，但服從的是*集體意志*。他們撲在這孩子身前凌虐她，用食指、煙斗柄、原子筆和樹枝。F，我倒想知道這是那門子奇蹟。血從她的大腿淌下。男人們開起低俗的玩笑。艾狄絲痛苦尖叫。

—聖凱特麗，救救我吧！

F勸我別把這一點放在心上。我說不下去了。我什麼都被剝奪了。我只有一個白日夢：我看到艾狄絲在四個男人性無能的攻擊下痛苦呻吟。當最年輕那個趴下來檢查他的尖削樹枝究竟捅得多深的時候，艾狄絲雙手攫住他的頭，將他拉向她的胸脯，結果他躺在那兒哭了起來，就像老果園海灘那個男人。F，看兩片同映的時間已經太晚。我的腸胃又堵住了，我要開始我的禁食。

20

現在我完全明白了！艾狄絲死的那個晚上，和F徹夜長談的那個晚上，F留下半隻雞沒吃，而且幾乎沒有動烤肉汁。我現在明白那是故意的。我想起他常提到的有關孔子的一句話：子食於有喪者之側，未嘗飽也。叔叔伯伯啊！叔叔伯伯啊！我們怎麼忍心吃得下去？

21

F留給我一些稀奇古怪的東西，其中有一箱煙火，南達科塔州蘇福爾市利奇兄弟煙火公司出品。它包括六十四根仙女棒，十二個八響和十二響羅馬蠟燭，還有許多大針輪，紅綠火焰筒，維蘇威噴泉，金寶石，銀瀑布，東方放射噴泉，六根遊行用的巨型仙女棒，銀車輪，沖天炮，彗星，帶把草坪噴泉，蛇火，火炬，紅白藍火焰筒。我一包一包打開來看，邊看邊哭，爲我從未擁有過的美國式童年而哭，爲我看不見的新英格蘭父母而哭，爲長條型綠色草坪和鐵鹿而哭，爲與姬爾妲譜下的大學戀曲而哭。

22

我感到害怕與寂寞。我點燃一枚蛇火。在黃色桌子的角落，灰色灰燼像一條扭轉的絲帶，從小小的炮殼中盤繞而出，直到整個炮殼被自身的擴張吞噬——一小堆醜陋的蛇皮，灰中帶黑，像一坨霜淇淋狀的鳥糞。屍體！屍體！我想吞炸藥。

23

親愛的上帝，現在是凌晨三點。漫無目的的雲霧狀精液變成透明狀。教會在生我的氣嗎？請你讓我工作。我點燃五枚八響的羅馬蠟燭，其中有四枚發射不到八響。鞭炮正要死亡。剛粉刷過的天花板燒得黑漆媽烏。韓國的飢荒令我心痛。這麼說有罪嗎？痛苦貯存在動物的皮中。我鄭重宣布我不再好奇艾狄絲與F痛快地打了幾炮。你就那麼殘酷，非得要我滿著肚子開始禁食嗎？

24

手拿著一枚紅綠火焰筒的時候嚴重燒傷。一枚沖天炮的悶燒炮殼引燃一疊印安地筆記。硝煙的辛味治好了我的鼻塞。幸好冰箱裡有奶油，因爲我拒絕走進浴室。我從沒有喜歡過我的頭髮，但我還是不喜歡銀瀑布在頭皮上燒出的水泡。灰渣紛飛，像一群炸開的蝙蝠，在撕裂的灰藍色翅膀上，我看出雙色條紋與彗星尾巴的圖案，每一片都一樣。我摸過那麼多燻黑的硬紙板，所以到處留下指紋。當我環顧滿目瘡痍的廚房，我知道我的生命已經開始變眞實了。我在意的是我紅腫起泡刺痛難當的大拇指，而不是你的整個噁心的孤兒的世界。我向我的怪誕致敬。我在防油毯上到處灑尿，而且我很高興什麼事也沒有發生。怪胎也是人，也要活下去！

25

豬皮在我的大拇指上爆裂，哎唷，啊，我痛恨痛苦。我痛恨痛苦到可歌可泣的程度，比你痛恨痛苦的方式悲壯，我的身體是中樞地區，我是痛苦的莫斯科，你只是地方氣象站。從現在開始，我只研究火藥和精液，看我將會變得多安全：沒有瞄準心臟的子彈，沒有追逐命運的精蟲：只有盡情消耗所綻放的光輝：流星與彩虹噴完之後，快樂的小圓筒在普通的火焰中崩解：我手掌心的一團黏稠的精液逐漸稀釋澄清，像創世紀結束時一切物質回到水中。火藥，卵泡的汗水，黃色桌子開始看起來像我，噁，廚房看起來像我，我已經偷溜出去，進入家具內，裡面的味道跑到外面，身體這麼大眞麻煩，我已經占領爐子，就沒有一個清新的地方可以讓我把眼睛塞進乾淨的床中夢想新的身體嗎，啊，我必須去看電影，並且把我的眼睛拿出來灑尿，電影將會把我塞回我的軀殼，因爲我所有的洞都在漏，漏得整個廚房髒兮兮的，電影會用白色碎片堵住所有的洞，阻止我對世界的侵入，錯過電影今晚我就死定了，我怕F的鞭炮，我在我的燃燒中傷得太嚴重了，你懂個什麼燃燒？你所做的不過是燒你自己。老學者，穩下來！我要把燈關掉，在黑暗中為明天必須開始進行的印地安篇章寫個綱要。要有自制力。咔啦！「用善戰勝惡。」聖保羅說的。就用這句話當那個篇章的開頭。我現在感覺好多了。多國語言是很有用的緊身護墊。手放開你自己的身體。艾狄絲艾狄絲艾狄絲永遠是長長的東西艾狄絲艾狄騷屄艾狄絲妳的小在哪裡艾狄絲艾狄絲艾狄絲艾狄絲艾狄絲張開艾艾艾章魚臉錢包艾狄絲嘴唇嘴唇地帶妳的內褲艾狄絲艾狄絲艾狄絲艾狄絲知道你你的潮濕的小溪流艾艾艾狄狄狄狄絲絲絲絲拱呀拱呀嗅嗅松露藏在地下的球莖花苞扣子甜美的湯豌豆痰摩擦帽兜橡膠握把女孩來頭冒出來冒出來一朵花哈巴狗豬好吃一條尖尖的舌頭拉出來從多重的嘴唇的床的盡頭迷失沈沒消失上來女孩頭小小的來握把濺起水花沈沒迷失的舔尋找鼻子救命啊猛烈擺動再來一次潛伏上來女孩握把振動冒出來沈沒在正常的皮膚褶紋中實驗室淹沒女士陰唇上來上來出現豌豆黃豆腦袋寶石哪裡哪裡疼痛隱藏的傷痕？上來像銅一樣堅硬冒上來從毛髮的沼澤中小小的皮革愛粉刺形成堅硬的肉丘為舌頭訊訊訊息啊去掉帽兜去掉皮去掉毛去掉淹沒或者牙齒獵犬我警告妳牙齒狗鬆綁不受鞭打形成形成妳的珠子妳的小小的鈍鈍的男孩子般的女孩老二形成命令小小的潛望鏡從外國的女性的失落的潛艇從來沒有男人可以探測的潛艇上來上來從女人的海洋的月經的名勝古迹的蛋的農場的神祕的床上來上來從我從來沒有去過的地方從深深的蛤蜊叢中從沒有呼吸的鰓場裡頭從女孩靈魂的灰色的寬廣的牡蠣叢遙遠的遙遠的亞馬遜女戰士的性別控制上來上來這裡冒出來冒出來冒出來從奇妙的禁忌的原生質的變形蟲的滿足的女人的銀銀銀河求求妳從希望的小頭盔中出現舔吧舔吧啊珍珠粉紅色的寶貴的收音機水晶奇妙的果核整個屁股屄的收穫出現形成發展展開去掉殼去掉皮凝視屌愛鉛堤岸栓子雞巴女孩呢爾爾噶爾爾銜接男人女人之間所以我才能夠給妳快樂我的愛人把妳的鬧區腦袋交給我從屄的迷宮清醒過來因爲我可能永遠無法與妳結合在海藻的網子內在沈沒的旅館中在海綿般的叢林被動的子宮有管子的襯著泥巴的草藥的鐵鑄的櫃子巨大如老天是哪位女士？妳不上來？濺起水花濺起水花藏起來爲一條比較新鮮的舌頭？爲F的舌頭？爲陌生人？爲妳做這種事的任何陌生人都將更受尊重任何陌生人多奇怪因此因此我下去也許那個地方我是說像蝸牛一樣下去這條自動舌頭滑下水族箱苔蘚嫩芽有一道稜脊溫柔且馴服像模鑄空心巧克力兎寶寶的接縫我一路滑下去別害臊所有的味道都是提煉出來的舌頭圈圈一個玫瑰色的救生員氣味泥巴糖果這是一個我們都擁有的更好的扣子我們必須親吻屁眼因爲我們每個可憐的人都有一個卻吻不到它四周環繞著小小山巒他們聖經跳舞它四周環繞著小小的花瓣舌頭鑽進去花瓣張開銀色花瓣緊束在一個橡膠結中現在我要來狠的鑿鑿鑿撞撞撞衝向花結的山丘撞進去雙手拉開屁股拉開艾狄絲美妙的屁股它們擠壓它們屈服像兩瓣成熟的桃子像煮透的雞像可愛透頂的血氣球這是艾狄絲它的貞潔是粉紅色是棕色毛茸茸和我的一樣和我們這些在世界上到處爬的可憐的僕人一樣一樣這是眞材實料的文章這是日常生活的奧祕因此我將楔形的嘴臉塞進史芬克斯因爲我的舌頭只是玫瑰色史芬克斯洞上的一種測試遊戲我集中我的嘴巴爲了純粹的談話撕咬吸吮愛慕大便危險愛情勇氣表面的花瓣張開合閉張開合閉爲了感覺它本身肌肉的峭壁而

合閉在可怕的放棄中張開紅通通絕望透頂像小知更鳥的喉嚨啊艾狄絲屁股的薄膜在喘息我整群的嘴巴在沐浴理毛振翅在陽光燦爛的鳥的浴場中在一根仁慈的腸子的柱子上現在現在我在哪兒別走我在這兒只不過是把我的臉埋在她的屁股中那屁股被我的手拉開我的下巴自動讓屄感到爽快現在我手放開屁股它們把我擠進去我把自己擠進去我壓扁我的鼻子封住汁液嬰兒大便遊戲在我腦中聽我說艾狄絲聽我說窒息親愛的聽我說我舔的是妳毛茸茸的洞艾狄絲我們不是結合在一起了嗎艾狄絲我們不是被證實了嗎艾狄絲我們不是在呼吸嗎艾狄絲我們不是可敬的愛人嗎艾狄絲我們不是猥褻的風景明信片嗎我們不是可口的食物嗎親愛的我們不是在奇妙地對話嗎粉紅色的邪惡的冒著放屁危險的可怕的姿勢親愛的我發誓我愛妳艾狄絲抓住抓住跳過小小的火山口親吻親吻親吻親吻像我吻妳那樣子吻我像我吻妳那樣子吻我把我萎垂的屁股拉開貼在妳的臉上我已經爲妳準備好了像我那樣子吻我像我那樣子吻我像我那樣子吻我艾狄絲紫丁香艾狄絲艾狄絲艾狄絲艾狄絲艾狄絲艾狄絲在我們的睡夢中轉過身來把我們變成湯匙艾狄絲艾狄絲艾狄絲艾狄絲求妳從這根阿拉丁神屌中變成一個蘑菇狀的夢艾狄絲艾狄絲艾狄絲艾狄絲在妳美麗皮膚的封套中艾狄絲艾狄絲妳寂寞的丈夫艾狄絲妳寂寞的丈夫妳寂寞的丈夫妳的蘋果妳的奔跑妳的皺紋妳的黑暗寂寞的丈夫

26

在研究過程中，我得知有個特卡魁塔之泉。一位耶穌會士在一本教科書中讚美它。他用法文說，我已經愛了妳很久。我肯定在圖書館裡頭愣住了。從塵封的記憶中，我哼起古老的流行歌曲。我想到冰冷的溪流和清澈的水塘。基督透過神父的口，說了大半段的話。他談到一個泉水，名叫特卡魁塔之泉。這神父就是我們的愛德華・勒龔普，而且，由於這半段文章，我知道他愛這女孩子。他死於一九二九年十二月二十日。你死了，神父。我喜歡上這位神父。剛開始的時候，我並不喜歡他，因爲他的文章似乎是爲了教會，而不是爲莫霍克河邊最美的百合而寫的。泉水讓我那天晚上神清氣爽，就如同另一個夜晚的雪。我感覺到它的澄淨。它將神創造的世界帶進我的斗室，那是天地萬物清光閃爍的輪廓。他寫說，在村子與卡尤德塔河之間，有一片孤立的樹林，林中有個山坳，在一株青苔斑駁的老樹幹下，一道清泉汩汩湧出，自古及今……這就是這女孩打水的地方，每一天，連續九年。凱特琳・特卡魁塔，妳知道的事物該有多麼多啊。多莊嚴的夢想啊，莊嚴而燦爛，燦爛如同事實的光彩，如同肌膚的感覺，多渴望莊嚴啊，在這遍地鞭炮屍骸，處處自私的燒痕，和身體排洩物的斗室，它猛烈侵襲我。妳到這棵老樹下，前後三二八五次。*歷史萬歲*！因爲它告訴我們這個事實。我想認識妳，就像妳認識這條步道。妳的鹿皮鞋踏出的步道多小啊。世界充滿森林的氣息。不管走到哪裡，它都附著在我們的皮衣上，甚至連藏在我們皮夾中的鞭子也是。我相信格列高利的天空，擠滿了聖徒，沒錯，不學無術的教皇。這條步道充滿事實。冰冷的松河至今仍在那兒。讓這些事實把我從廚房拖出來吧。讓它們使我不再把自己當作輪盤耍。能夠知道她做過的一些事情多美好啊。

27

我爲了實踐對F許下的諾言而開始工作，已經是第二十七天了。毫無進展。我老是在不該睡覺的時間睡覺，因此老是錯過看電影的時間。灼傷處越來越多，大便越來越少。所有十二響羅馬蠟燭，大部分仙女棒，虛有其名的魔音彈，以及所謂的宇宙噴泉，一枚接一枚消失。髒內衣一件接一件冒出來，名牌髒內衣，裝在透明塑膠盒內尚未拆封的時候，曾保證讓我穿起來會有性感迷人的腰身。我的指甲縫中黏著陰毛。

28

如果艾狄絲看到這個房間，她準會吐。F，你爲什麼爲我殺了她？

29

我要說明一下，爲什麼F會有那麼好的體格。我要爲我自己再說明一次。**爲什麼喬的身體帶給他名氣而不是晦氣：**這是我們十三歲某天下午一起看的一本美國漫畫封底的標題。當時我們坐在一間廢棄日光浴室中的一些皮箱上，在孤兒院的三樓，一個玻璃屋頂房間，和其他的房間一樣，黑摸摸的，因爲有根煙囪擺錯位置，屋頂都被煙灰蒙住了。我們常躲在這個地方。**喬的身體**是一則健身廣告的主題。他的勝利表現在七格漫畫中。我想得起來嗎？

1.喬瘦巴巴的。他兩條腿細得像竹竿。他的紅色泳褲是拳擊手穿的寬鬆型平口褲。他帶著豐滿的女朋友。她的大腿比他的粗。遠處的平靜海洋與喬的苦難形成強烈對比。一個身形魁梧的男人正在羞辱他。我們看不到這位施暴者的臉，但女孩告訴喬，這個人是當地有名的惡棍。

2.海平線上出現一張小小的帆。我們看到壞蛋的臉。我們見識到他的熊腰虎背。女朋友拱腿坐起來，心裡在想，幹嘛要跟這種沒骨氣的瘦皮猴約會。喬已經被壞蛋一把拉起來，現在他必須承受一個更大的侮辱。

3.帆不見了。海邊有幾個小小的人影在打球。海鷗出現在畫面上。喬在即將離他而去的女孩身旁，痛苦萬分。她已經戴上她的遮陽帽，而且已經把胸脯朝向另外一邊。她別過頭來，隔著右肩回答他。她身體碩大，胸部下垂，像個中年媽媽。不過我們可以感覺出她的腹部有幾塊緊繃的肌肉。

喬：這個大壞蛋，有一天我會找他算帳！

她：噢，小弟弟，妳就甭想太多了吧！

4.喬的房間，或者說它的殘餘。一幅破裂的畫斜掛在綠色牆壁上。一盞破燈搖搖盪盪。他正踢翻一張椅子。他穿一件藍色西裝外套，一條白色粗棉褲，打著領帶。他緊握拳頭，一個爪子般的關節，從細如鳥腳的手腕中伸出。在表示他的想像的小框框內，女朋友舒舒服服躺在壞蛋懷中，一眨一眨的眼睛，彷彿不停在嘲笑喬身體不中用。

喬：眞可惡！我可不是被嚇大的！查爾斯．埃克西斯說他可以給我一個**眞正的**身體。好！我就寫信去要一本**免費贈送**的書，頂多只是浪費一張郵票而已。

5.**後來**。這眞的是喬嗎？他在穿衣鏡前展現一身蚪結的肌肉。

喬：眞厲害！埃克西斯沒多久就讓我鍛練出這種體魄！多驚人的**肌肉**啊！看那壞蛋還敢不敢在我面前耍威風！

這是同一件紅色泳褲嗎？

6.海灘。女孩已經回來。她玩得很開心。她的身體很放鬆，而且臀部已經出現。當她注意到喬已經完全脫胎換骨的時候，她驚喜地舉起左手。喬的拳頭閃電一般揮向壞蛋下巴，揍得他整個人飛出去，痛得眼睛沒縫。遠處是同樣的白色沙灘，同樣的平靜海洋。

喬：咦！怎麼又是你？吃我一拳！

7.女孩用右手撫摸喬迷人的二頭肌。她左肩和左手被喬寬大的胸膛遮住，但我們知道她左手已經從背後伸進他緊繃的紅色泳褲，在底下玩他的蛋。

她：哇，喬！你**才是**眞正的男子漢！

一個坐在附近沙灘上的俏女孩：天哪！多棒的身材！

她身邊忌妒的男人：他早已因此而聲名大噪！

喬靜靜站著，兩個大拇指扣在泳褲的前緣，看著他女朋友，她軟綿綿靠在他身上。四個斗大的字出現在天空上，而且發出光芒。畫中的人物似乎都沒有注意到，古老海灘上方的深邃寂靜中出現了上天的啓示。**海灘英雄**是天空的宣示。

Ｆ一直在看這則廣告。我想要開始進行我們預定的節目，互相扭打，愛撫髒兮兮的身體，比較體毛，面對著朋友，並且將兩根老二結合在我的手中，一根熟悉而飢渴，一根溫暖而陌生，油光閃閃，美不可言。但Ｆ眼中漾著淚光，以顫抖的嘴唇低聲說：

—那幾個字一直留在天空中。有時候你可以看到，就像白天的月亮。

下午在蒙著煙灰的玻璃屋頂上昏暗下來。我默默等著Ｆ改變心情，而且我想我大概睡著了，因爲剪刀聲嚇了我一跳。

—Ｆ，你在剪什麼東西啊？

—查爾斯．埃克西斯的東西。

—你打算寄出去？

—你他媽沒錯。

—但它的對象是瘦子，我們是胖子啊。

—閉上你的鳥嘴。

—F，我們是胖子。

—咚！轟！砰！

—胖子。

—乒！乓！碰！

—胖子胖子胖子胖子胖子胖子胖子！

我點了一根偷來的火柴，然後我們一起趴到地上，因爲漫畫已經掉在地上。廣告右手邊有一張這個男人的照片，打的標題是「全世界體格最完美的男人」。啊，我想起來了！他穿著一件潔白無瑕的泳褲，站在可以剪開的優待卷上方。

—F，你看清楚一點，這傢伙沒有體毛。

—但是我有體毛，我有體毛。

他的拳頭很粗，他的笑容很佛羅里達，他看起來不嚴肅，他並不是眞的關心我們，也許他甚至有點胖。

—F，仔細看看這張照片，這傢伙肚皮鬆垮垮的。

—好吧，他是胖子。

—但是——

—他是胖子。他了解胖子。擦亮你的眼睛！好好看看他的臉。現在再看看變形人的臉。查爾斯・埃克西斯想要幫助我們。他和我們一樣，也是個懶惰蟲。他生存在變形人後面幾頁的地方。但是你難道看不出他已經和變形人達成和解了嗎？還有藍甲蟲，還有萬能隊長？你難道看不出他相信超人世界？

—F，我不喜歡你兩眼發光的樣子。

—胖子！胖子！他和我們一樣是胖子！查爾斯・埃克西斯站在我們這邊！他和我們一起對抗藍甲蟲、無敵神鶴和霹靂女超人！

—F，你少胡說八道。

—查爾斯・埃克西斯在紐約有個住址，你瞧，是西三十四街四〇五號！你不認爲他知道克林普頓行星的祕密嗎？你看不出他在蝙蝠洞的外圍受苦嗎？有誰曾和怪誕的想像肌肉住得這麼近？

—F！

—查爾斯・埃克西斯悲天憫人，他是我們的祭品！他號召瘦子，但他的意思其實是胖子和瘦子；他號召瘦子，因爲胖比瘦更糟糕；他號召瘦子，爲的是讓胖子在不被指名道姓的情況下，聽到他的呼喚，並追隨他。

—離開那個窗口！

—查爾斯！查爾斯！查爾斯！我來啦，我要追隨你，和你一起待在精神世界黑暗的邊緣。

—F！上鈎拳！砰！咚！

—呼！☆♯♯！哭泣！朋友，多謝，我想你大概救了我一命。

在體能競賽方面，那是我最後一次勉強和F打成平手。他在他的房間偷偷學查爾斯・埃克西斯的課程，每天十五分鐘。他的脂肪消失了，或者是變成肌肉了，胸圍也增加了，運動的時候也敢打赤膊了。有一次，在海灘上，我們坐在一條小浴巾上晒太陽，一個穿白色泳褲的彪形大漢把沙子踢到F的臉上。F只是笑了笑。彪形大漢站在那兒，雙手插腰，然後像足球賽開球一般，做出衝鋒的動作，又一次把沙子踢到我們臉上。

—喂！我大叫：別把沙子踢到我們臉上！F，我低聲說：那個人是海灘的惡棍。壞蛋根本不理我。他用粗大的手掌抓住F結實的手腕，一把將F拉起來。

—你給我聽著，他兇巴巴地說，我一拳就可以把你的臉打爛……只是你太瘦了，血會流乾，整個人被風吹走。

—你爲什麼讓他在你面前耍威風？

那個人走開的時候，F溫順地坐下來。

—那是查爾斯・埃克西斯。

—但那個人是海灘的惡棍啊。

一張字條！在鞭炮箱底我發現一張字條。

30

親愛的朋友

打開收音機

你親愛的死去的朋友

F

放在箱底。他多了解我啊。我把這個信息（以電報格式寫的）貼著我的臉頰。啊，F，救救我，因為有個墳墓將我與一切我所愛的東西隔開。

收音機：……這首歌曲是要獻給住在克蘭雷諾的福布斯基女士，郵遞區號五六七八四，以及住在巴克雷宿舍的三位護士，點歌者是誰妳們心裡明白，葛文・蓋特與天上女神合唱團在排行榜上一路攀升的歌曲——別忘了，本節目是凌晨歌女，歡迎來電點歌，電話——

鼓聲緩緩揚起：淅鈴鈴淅鈴鈴淅鈴鈴**淅鈴鈴**淅鈴鈴

電子樂器聲：嗆嘎嗆嘎嗆嘎（性的規律抽送看樣子會一直持續下去）

葛文・蓋特：我本來可以離妳而去嗆嘎嗆嘎嗆嘎（他擁有全世界的時間——他走過千山萬水，
為的是告訴我們這個殘酷的故事）
並且說（電子脈搏在喘息）
我早就告訴過妳

天上女神：早就告訴過妳（一整營的黑女孩，她們的軍官是從被炸毀的福音神壇徵調來的，
她們以不明確的恨和白色牙齒襲擊我）

葛文・蓋特：我本來可以告訴
全世界的人
他讓妳傷心欲絕

天上女神：傷心欲絕

葛文・蓋特：我本來可以離妳而去

天上女神：**啊啊啊啊啊**

並且說　**啊啊啊啊**
現在讓妳明白　**啊啊啊啊**
也沒什麼不好　**啊啊啊啊啊**（別叫啦！）

葛文・蓋特：但我知道傷妳的心

鼓聲：**咚！**

葛文・蓋特：妳不知道就是傷我的心嗎？

天上女神：就是傷我的心（她們一度隨著宇宙性的愛的痛苦遠颺，但現在她們又穿著制服回來了，彷彿她們已經誓言要保衛自己，不讓過激的情緒擊垮，殺／殺／殺／）

鼓音爬高五階。葛文・蓋特從角落走出來，準備打第二回合。這是場殊死戰。天上女神準備舔死勝利者。

葛文・蓋特：我本來可以說
這一切都是
妳自己找的（葛文・蓋特，你究竟是誰？你有一種奇怪的掌控能力。我想你一定吃過許多苦頭，也見過很多世面。你是某個貧民窟的王，你的話就是法律）

天上女神：妳自己找的（她們脫掉閃亮的胸罩，像一群神風特攻隊，向恐懼的心靈俯衝而下）

葛文・蓋特：當初妳走開
狠心拒絕我

天上女神：狠心拒絕我

葛文・蓋特：我曾苦苦哀求（他的力量已經建立，他的部隊已成合圍之勢，現在他可以爲我們

而哭了）

啊不！

求求妳求求妳！

天上女神：啊啊啊啊啊

寶貝別走！

因爲我知道他傷妳的心（回到優雅的敍述風格）

宣示性的大鼓重擊聲

妳不知道就是傷我的心嗎？

天上女神：就是傷我的心

啊

啊

啊（步下大理石階梯抬起他的頭）

葛文・蓋特：他說他把妳

要得團團轉（在男性戀人出沒的一個烏煙瘴氣的更衣室，葛文聽到了有關這段情事的細節）

天上女神：啊啊啊啊啊（報仇！報仇！但是姊妹們，我們不是仍在流血嗎？）

葛文・蓋特：在感情上
　　妳只是
天上女神：喝！（她們以這聲呼喊化解心中的恨）
葛文・蓋特：另一個發洩的對象
　　啊我啊啊啊
　　八成是個傻瓜（但我們知道你不是，我也不是，因爲我們面對的是聖潔的事物。啊，上帝！愛的各種狀態都會產生力量！）
　　才會以這種力式愛妳
天上女神：以這種方式愛妳（一個甜美的標點。現在她們是正在等待著她們的男人的女人，心中充滿柔情蜜意，坐在陽台上，一邊等待我們的狼煙，一邊自慰）
葛文・蓋特：難道妳不了解
　　就連傻瓜也有感情？
　　所以寶貝
天上女神：啊啊啊啊啊
葛文・蓋特：回來吧（一種命令）
　　讓我擦乾（一種希望）

眼淚（眞正悲慘的人生）

從妳的眼中（一個眼睛，親愛的，一次一個眼睛）

葛文與天上女神用充電的辮子鞭打自己

因爲我永遠不會傷妳的心

天上女神：我永遠不會傷妳的心

葛文・蓋特：不會不會我永遠不會傷妳的心

天上女神：我永遠不會傷妳的心

葛文・蓋特：因爲寶貝傷妳的心

鼓聲：唰！

葛文・蓋特：妳不知道就是傷我的心嗎？

天上女神：就是傷我的心

葛文・蓋特：就是重重傷我的心

天上女神：就是傷我的心

葛文・蓋特：我永遠不會拋棄妳

天上女神：就是傷我的心

他們緩緩退出，那些電子操作員，葛文，天上女神，他們背上淌著血，他們的生殖器又紅

又痛。偉大的故事已經講完，一個高潮已經撕裂旗子，全體士兵正在打手槍，淚中漾著一千九百四十八張美女照片，一個願景已重新許下。

收音機：這是葛文．蓋特與天上女神所演唱的歌曲……

我衝到電話前，撥了電台的號碼。這裡是*凌晨歌女*嗎，我對著話筒大喊。是嗎？眞的是妳嗎？謝謝妳，謝謝妳。點歌？啊，我親愛的，難道妳不了解我一個人在廚房裡關了多久嗎？我作息不正常，因爲作息不正常而吃了很多苦頭。我的大拇指嚴重灼傷。我的*凌晨歌女*，別尊稱我先生。我必須找個像妳這樣的人講講話，因爲——

電話：咔啦。

妳幹什麼？嘿！嘿！喂，喂，哎，怎麼這樣。我記得幾條街外有個電話亭。我必須跟她說話。走過防油毯的時候，我的鞋子黏在精液中。我成功走到門口。我按下電梯。這個聲音憂鬱，熟悉城市生活的女人，我有那麼多的話要告訴她。然後我來到馬路上，清晨四點，街道又濕又黑，像剛鋪的水泥，街燈幾乎只是裝飾，月亮在亂雲中奔馳，寒冷的空氣中充滿了河流與麻袋的味道，以及卡車的轟隆聲和火車的嘎吱嘎吱聲，卡車從鄉下載蔬菜進來，火車正從冰床卸下已經剝了皮的動物，沈沈的棧房掛著金色家族招牌，穿著工作服的人，張開手抱著流浪的食物，在生存戰場的前線拚死拚活，而人將會贏得這場戰爭，人將在勝利中談起悲慘的事情——我走出房子，踏進了這個冰冷的平常世界，F以充滿愛心的詭計把我引到這裡來，一陣讚美生活的強烈喘息炸開了我的胸膛，展開了我的肺，像風中的一張報紙。

31

法國國王是人，我是人，因此我是法國國王。F！我又沈下去了。

32

加拿大於一六六三年成爲法國皇家殖民地。軍隊開進魁北克，統帥是塔西侯爵，皇家陸軍中將，他們浩浩蕩蕩在雪中前進，一千兩百個大漢，著名的卡利良兵團。信息傳遍莫霍克河冰封的沿岸：法國國王已經用他的白色手指頭指點了地圖。監督官塔隆，總督德・庫塞爾先生，還有塔西，他們凝視著人跡罕至的荒野。弟兄們，讓我們成爲黎塞留地區的主人吧！研究地圖，擬訂計畫，下達命令，於是堡塞沿著河岸一個一個興建起來，索雷爾、錢伯利、聖特雷斯、聖尚恩、尚普蘭湖島中的聖安妮。弟兄們，易洛魁人住在茂密的樹林中。一六六六年一月，德・庫塞爾先生率領一個縱隊的人馬，深入莫霍克地區，一個拿破崙式的錯誤。他沒有阿爾岡昆族斥候隨行，因爲他們沒有在約定的時刻出現。印地安人在他漫無目標的撤退路線上留下許許多多可怖的屍體。塔西一直等到同年九月。他率領六百個卡利良兵團的士兵，外加六百個民兵，和一百個友好的印地安人，一路浩浩蕩蕩，離開魁北克，開進猩紅的森林。四個神父隨隊遠征。行軍三個星期之後，他們來到第一個莫霍克村子岡達瓦克。灶灰已冷，村子是空的，他們一路上經過的村子都將是這個樣子。塔西立了一個十字架，舉行了一場彌撒，一排排空蕩蕩的長屋中，揚起讚美主的莊嚴歌聲。然後他們放火燒了村子，岡達瓦克與日後他們經過的村子無一倖免，他們破壞田園，搗毀印地安人賴以維生的玉米和大豆，所有的收成都化為灰燼。易洛魁人要求談和，結果法國派遣神父進入每一個村莊，就如同一六五三年的和談。一六六六年的停戰協定維持了十八年。神父們離開魁北克，準備去尋找等待解救的靈魂，臨行之前，他們受到德・拉法爾主教閣下的祝福。一六六七年夏天，神父們來到重建之後的岡達瓦克村。當這些黑袍神父進入村子的時候，莫霍克人吹著法螺歡迎他們。我們知道，雖然他們在村子裡只待了三天，但在這三天裡面，天意卻做了巧妙的安排。他們被安置在凱特琳・特卡魁塔住的房子，而且由她服侍他們，他們去探望村子的俘虜，一些信教的休倫人和阿爾岡昆人，她跟了過去，當他們為俘虜的孩子施洗的時候，她眼睜睜看著，當他們把比較老的俘虜隔離在比較遠的屋子時，她感到好奇。三天後，神父們繼續前往岡達拉哥，接著又到條農多肯，在這裡，兩百個勇士列隊迎接他們，一位酋長致了文情並茂的歡迎辭，人們歡聲雷動，一致表示，卡利良的憤怒比外國魔法入侵更可怕。五個宣教團在易洛魁聯盟中設立：條農多肯的聖瑪麗，歐尼優的聖方蘇瓦薩維耶，奧農達克的聖尚恩，鄒農陶安的聖約瑟——從聖薩克里曼湖到伊利湖，完全靠著六個布道家的心力，但是背後有一個驚心動魄的故事。一六六八年，我們的岡達瓦克村再度遷移。他們由莫霍克河的南岸渡河而過，再度往西遷移了幾英里，在莫霍克河與卡尤德塔河的交會處建造他們的長屋。他們稱新的村子爲卡納瓦克，意思是激流旁邊。附近有一小汪清澈的泉水，是她每天打水的地方。她跪在青苔上。水在她的耳中歌唱。泉水自森林之心湧出，青苔鋪成的小果園澄瑩瑩綠幽幽。她手沾水抹了一下額頭。她渴望與水建立一種深厚的手足之情，她渴望泉水保佑她，讓她順利把自己的身體變成一份禮物，她渴望全身濕淋淋跪在黑袍神父的腳下。她突然感動莫名，癱在傾倒的水桶旁，嚎啕大哭。

33

各式各樣的宗教徽章啊，請與我同在，不管是掛在銀鍊子上的，用安全別針別在內衣上的，在快樂老太婆乳溝中像電車一般跑來跑去的，做愛時不小心扎到肉裡去的，和袖扣一塊扔到一邊的，像銅板一樣被手指頭敲彈並被檢查銀質成色標記的，因爲和十五歲小女生親熱而消失在衣服中的，想事情的時候被含在嘴中的，貴重到只有瘦弱的小女孩才被容許戴在身上的，隨著未解開的領帶一起掛在舊衣櫥中的，被拿來親吻以祈求好運道的，生氣時被人從脖子上扯下的，上面印著姓名的，上面刻著姓名的，擺在電車軌道上希望產生奇特變化的，或繫在計程車頂絨布上的，當我見證凱特琳·特卡魁塔的試煉之時，請與我同在。

34

——把你們的手指頭從耳朵拔出來，尙·貝宏神父說，他是第一位在卡納瓦克落腳的傳教士。手指頭塞在耳朵裡面，你們就聽不到我說的話了。

——哈哈哈哈，村裡一些非常高齡的老人家笑著回他，他們已經老到學不了新把戲。你可以把我們這群老狗老馬牽到水邊，卻不能強迫我們喝水。

——快把手指頭拔出來！

——嗞嚕，咕嚕，當老人家坐在神父四周的時候，口沫與痰在他們沒有牙齒的嘴內溜轉。

神父回到他的房間取出他的原料，因爲他是個技巧純熟的畫家。幾天後，神父帶著他的畫出現了，那是一幅地獄苦刑圖。所有受詛咒的靈魂都被畫成莫霍克印地安人。面帶嘲諷的印地安老人坐在他四周，依舊用指頭塞住耳朵。他掀開他的作品，大氣從他們臭烘烘的嘴巴喘出。

——孩子們，我說啊，這就是你們將來的下場。噢，你們儘管塞著耳朵吧。看清楚。有個惡魔會用繩子套住你的脖子，將你拉走。有個惡魔會砍掉你的頭，掏出你的心，拉出你的腸子，吸你的腦漿，喝你的血，吃你的肉，啃你的骨頭，但你都死不了。雖然你的身體被剁碎了，但它會重新長出來。長出來之後又開始剁，而你會越來越痛苦。

——啊！噁！

這幅畫的色彩有紅色、白色、黑色、橙色、綠色、黃色與藍色。正中央畫的是一個非常老的易洛魁女人，彎腰駝背，滿臉皺紋。她單獨圈起來，框框是一顆顆仔細描繪的骷髏頭串成的。一個耶穌會神父站在卵形骷髏圈旁，想要向她傳道。她用患了關節炎的手指頭塞著耳朵。一個惡魔用冒火開瓶器鑽進她的耳朵，可能會把手指頭永遠鑽進裡面。一個惡魔把冒火標槍射向她可憐的乳房。兩個惡魔拉著鋸子鋸她的胯下。一個惡魔把火蛇誘向她淌血的腳踝。她的嘴巴是一個燒灼過的黑洞，在示警的尖叫聲中永遠凝住了。正如同瑪麗亞的化身給兒子的信中所說的，看到這個畫面，沒有一個不嚇得發抖。

—啊！嗯！

瑪麗亞的化身在信中寫說，很多人在他的主持下受洗。

—這才對，把指頭拔出來，神父鼓勵他們說。以後可別再塞進去了。你們永遠不可以再把手指頭塞進去。你們年紀這麼大了，應該把電話之舞永遠給忘掉啦。

—啵！啵！啵！啵！

—這樣子感覺好多了，不是嗎？

那些蠟黃的手指頭拔出來的時候，一堵寂靜之牆突然自地面聳起，橫在森林與爐火之間，圍在神父四周的老人，由於一種新的寂寞而全身發抖。他們聽不到懸鈎子迸出圓果實，他們聞不到無數的松針在梳理風，他們想不起一條鱒魚生命中的最後一刻，那是當牠活在溪流斑駁河床的一塊平滑白色石頭，與一隻熊爪迅猛的影子之間的時候。就像小孩子拿起塑膠海螺對準耳朵，卻聽不到海的聲音一般，他們感到困惑。就像小孩子在漫長的床頭故事結束的時候一般，他們突然感到口渴。

35

貝宏神父在一六七〇年離開，前往聖勞倫斯灣區的易洛魁宣教團任職。凱特琳的叔叔很高興看到這一幕。他的許多同胞已經接受新的信仰，而且許多人已經離開村子，到新的宣教團生活和崇拜上帝。新來的伯尼法斯神父，辦事效率一點也不比他的前任差。他會講他們的語言。他察覺印地安人非常喜歡音樂，所以就組了一個七到八歲的兒童唱詩班。他們天眞粗糙的歌聲在村中迴盪，像是在宣傳免費吃大餐的信息，誘得許多人紛紛走進木造小教堂。在一六七三年，這不到四百條靈魂的村子，見證了其中的三十條獲得解救。這些是大人的靈魂，幼兒靈魂與垂死的靈魂並未包括在內。莫霍克族酋長克林也接受了新的信仰，並且在新的宣教團當起傳教士。在所有的易洛魁人之中，莫霍克人最能接受新的教義，雖然他們原先的抵抗最爲激烈。所以加拿大宣教團總團長達伯隆神父才會在一六七三年寫說：「在阿尼耶地區，這個村子的信仰最爲激烈。」一六七四年，伯尼法斯神父帶了一批新入教者到聖方蘇瓦薩維耶的宣教團。回卡納瓦克不久之後，他死於十二月的一場大雪中。接他位置的是賈克・德・隆貝維爾神父。

36

村中的房子空蕩蕩的。時間是春天，一六七五年。史賓諾沙正在某個地方製造太陽眼鏡。在英格蘭，休・錢伯倫正在用一種祕密工具把嬰兒拉出來，一種產鉗，全歐洲只有他用這種革命性技術爲孕婦接生，這是他祖父研發的一種技術。拉普拉斯侯爵正在觀察太陽，不久之後他將提出太陽中心說，在他的《宇宙體系論》中進一步闡述這個觀念。第五度轉世的宗喀巴獲得俗世的最高榮耀：蒙古人把西藏的統治權交給他，並尊稱他爲達賴喇嘛。耶穌會士出現在韓國。一群對解剖深感興趣，但礙於法律限制，無法進行人體解剖的殖民地醫生，設法取得「甫於昨日處決的一位印地安人的最重要部位。」三十年前，猶太人重新進入法國。二十年前，我們發現梅毒首度在波士頓蔓延。腓特烈・威廉變成大選帝侯。根據一六六八年的一條規定，小兄弟會的修士如果「因即將屈服於肉體之誘惑……致不愼棄修行淸規於不顧時」，不得將該修士開除會籍。在一六七五年，斯卡拉蒂、韓德爾、庫伯蘭、巴哈等人的先行者柯雷利，是法國聖路易教堂管絃樂團的第三小提琴手，當時這個樂團在羅馬。十七世紀的月亮就這樣轉入最後的半輪下弦月。在下個世紀，有六千萬個歐洲人將死於天花。F常說：很難想像一個沒有巴哈的世界。很難想像沒有基督的西臺人。想要在陌生的事物中發現眞理，首先你得捨棄你觀念中難以割捨的東西。感謝你，F。感謝你，我的愛人。親愛的，我哪時候才能夠在沒有你的影響下看這個世界？死亡啊，我們是你的宮廷天使，醫院是你的教會！我的朋友都死了。我認識的人都死了。

死亡啊，爲什麼你要把每個夜晚都變成萬聖節？我很害怕。不是發生這件事，就是發生那件事：不是便祕就是害怕。死亡啊，讓鞭炮的灼傷再度癒合吧。F的樹屋四周的樹黑漆漆的（我正在這個樹屋寫這些東西）。死亡啊，爲什麼你做這麼多，卻說這麼少？蘚軟軟的，感覺很噁心。嚮往蝴蝶天堂的毛毛蟲，讓我感到害怕。凱特琳是天空中的一朵花嗎？F是朵蘭花嗎？艾狄絲是一根乾草嗎？死亡追逐蜘蛛網嗎？死亡與痛苦有關嗎？或者痛苦是屬於另外一面？噉，F，當你把這間樹屋借我和艾狄絲度蜜月的時候，我多喜歡這個地方啊！

37

卡納瓦克的房子空蕩蕩的。四周的田野到處是忙著工作的人，男男女女手中都握著滿把種子。他們正在一六七五年的春天種玉米。

—咿嗚，咿嗚，種玉米歌的歌聲陣陣傳出。

凱特琳的叔叔用力擠壓安睡在他手掌心的黃色種子。他可以感覺到種子的力量，它們渴望被泥土覆蓋，然後萌芽。它們似乎硬生生撐開他的手指頭。他將手攏成杯狀，斜斜一傾，一粒種子落進地上的一個洞中。

—唉，他沈吟道，我們的女祖先就是這樣子從天上掉進太古的混沌水域中的。有些人認爲，許多兩棲動物，像水獺、海狸和麝鼠，都看到了，所以牠們立即圍上去，從水底挖出泥巴，將它打破。

他突然僵住。在他的靈光中，他感覺到賈克·德·隆貝維爾神父陰險的面貌。沒錯，他可以感覺到他走進村中，遠在一英里多的地方。凱特琳的叔叔放出一道影子去迎接他。

賈克·德·隆貝維爾神父在凱特琳的屋子外停下腳步。他們都在田裡，他想，所以這回即使他們讓我進去，他也沒有什麼事情可做。

—啦哈啦哈，裡面傳出一陣輕脆的笑聲。

神父轉過身來，走向門口。影子迎上前去，於是他們開始摔角。影子身上沒穿衣服，所以很容易牽制全身裹著長袍的對手。神父正努力想從纏繞的長袍中脫困的時候，影子奮力撲上前去。兇猛的影子想把自己纏在同一件長袍中。神父立即看出自己的優勢。他靜靜躺著，直到影子被一個幸運的口袋套住，窒息而死。他站起來，用力把門推開。

—凱特琳！

—你終於來啦！

—凱特琳，妳在裡面做什麼？妳的家人都到田裡去種玉米了。

—我撞傷了腳趾頭。

—我看看。

—不用，讓它繼續痛吧。

—孩子，妳這話眞有意思。

—我十九歲了。這裡每個人都討厭我，但我不在乎。我姑媽一天到晚踢我，倒不是因爲我存心和她們過不去。我必須清大便，這也沒什麼，事情總要有人做。但是，神父，他們硬要我去打炮——但我已經把我的身體送出去了。

—可別把送出去的禮物又要回來。

—神父，我該怎麼辦？

—讓我看看妳的腳趾頭。

—好！

—我必須脫掉妳的鞋子。

—好！

—是這裡嗎？

—是！

—這裡呢？

—也是！

—凱特琳，妳的腳趾頭很冰，我得用我的手把它搓一搓。

—好！

—現在我用嘴巴吹一吹，妳知道，就像我們冬天的時候哈手取暖一樣。

—好！

神父在她纖細的棕色腳趾頭上用力吹氣。她的腳拇趾多小巧玲瓏啊。她五個腳趾頭的指臀，看起來就像五個小孩子的臉，睡在襁褓中，只露出半個頭。他開始用親吻跟它們說晚安。

—小寶貝，乖乖睡，小寶貝，乖乖睡。

—好！

他輕輕咬著一個趾臀，感覺就像一粒橡膠葡萄。他跪在地上，彷彿耶穌跪在一隻光裸的腳前。他依先後順序，將舌頭塞進每個趾縫，戳了四下，趾縫的肌膚那麼滑嫩，又那麼白！他將注意力集中在每一根腳趾頭上，攀上它的尖端，用口水覆蓋它，又吹氣讓口水蒸發掉，然後咬著它玩。老是放四隻腳趾頭孤零零的，也太說不過去了。他將她纖細的腳趾頭全部趕進他的嘴巴，他的舌尖像汽車雨刷一樣，掃過來又掃過去。聖方濟也曾這麼對待痲瘋病患。

—神父！

—哩囉嘶嚕嗯唔唏哩嘶嚕咕嚕。

—神父！

—唏哩嘶嚕嗯唏哩咕嚕嘶嚕。嘖嘖。

—讓我受洗！

—雖然有人覺得耶穌會的作風太被動，我們還是不想隨隨便便就讓印地安人受洗。

—我有兩隻腳。

—印地安人反覆無常。我們必須保護自己，以免落得製造出一大堆叛教者，而不是基督徒。

—快舔吧。

—因爲印地安人反覆無常，所以，除非病危，否則我們很少爲印地安人施洗。

女孩將她的腳套進鞋子，然後將腳縮到屁股下。

—讓我受洗。

—由於我們對洗禮的態度很愼重，所以受洗的成年人不多。

爭論就這個樣子在長屋的重重陰影中進行。一英里外，叔叔雙膝跪了下來，元氣大傷，今後將不會有收穫了！不過，他心中想的不是他剛播下的種子，他想的是他的族人的生命。所有的歲月，所有的狩獵，所有的戰爭——所有這一切都將變成一場空。今後將不會有收穫了！甚至連他的靈魂成熟的時候，也不會被採收到溫暖的西南方了，那地方吹出的風，帶來了晴朗的天氣，和飽滿的玉米穗。這個世界沒有被完成！白天神與黑天神之間的摔角大賽，這場永恆的戰鬥，將會草草收場，就像兩個熱戀的情侶在緊密的擁抱中突然睡著了。今後將不會有收穫了！他的同胞前往新宣教團的人越來越多，村子裡的人口越來越少。他在身上亂摸，想要找出他用木頭刻的一隻小狼。去年秋天，他曾將狼鼻子對著自己的鼻子，吸進牠的勇氣。然後他深深吐氣，讓牠的氣息瀰漫大片森林，麻痺附近所有的獵物。那天，獵殺一頭鹿之後，他挖出鹿肝，將血抹在狼嘴上，然後禱告說：偉大的鹿神，最原初的與最完美的鹿，我腳下這具屍體的祖先，我們肚子餓了，請你不要因爲我取了你孩子的性命而向我報仇。叔叔倒在玉米田中，呼吸困難，偉大的鹿神在他的胸膛上跳舞，踩扁了他的肋骨。他們把他扛回他的屋子。看到他的臉，他的姪女哭了。過了一陣子，只剩他們兩人在一起的時候，老人才開口講話。

—黑衣服來過，是不是？

—是的，特卡魁塔叔叔。

—而且妳想受洗是不是？

—是的，特卡魁塔叔叔。

—受洗可以，但妳要答應我一個條件：永遠不離開卡納瓦克。

—我答應你。

—女兒啊，今後將不會有收穫了。我們的天堂快死了。每座山上都有一個神在痛苦呼喊，因爲他們被人遺忘了。

—好好睡吧。

—拿我的煙斗來，把門打開。

—你要做什麼？

—我要把煙草的氣息吹到他們身上，一個也不放過。

根據F的理論，美國人是因爲破壞和偷走紅人的幸福，所以才會飽受肺癌折磨。

—特卡魁塔叔叔，你能原諒他們就原諒他們吧。

—我做不到。

叔叔有氣無力地把煙吐向敞開的門，同時告訴自己一個他小時候聽過的故事：由於世人無惡不作，天神庫洛斯克普決定離開這個世界，他辦了一場盛大的告別之宴，然後划著他巨大的獨木舟，飄然而去，現在他住在一棟宏偉的長屋，每天製造箭，當屋子裝滿了箭，他就會向全人類宣戰。

38

整個世界是獻給某顆星星的一篇禱文嗎？這個世界是某個假日的一張事件目錄嗎？所有的事情都同時發生嗎？稻草堆裡有一根針嗎？我們在暮色中面對一個由空石板凳組成的巨大劇場表演嗎？我們與我們的祖父手拉著手嗎？死亡的衣服溫暖又高貴嗎？活在這一霎那的所有人都被取了指紋嗎？美是滑輪嗎？在擴張的軍隊中，死者受到什麼樣的對待？舞會中眞的沒有人坐冷板凳嗎？我可以舔屄當作我的禮物嗎？我可以愛塑膠模特兒而不用去舔標籤嗎？不熟悉的乳房揭開的時候，我可以死一點點嗎？我可以用我的舌頭激起一道雞皮疙瘩嗎？我可以擁抱我的朋友而不用工作嗎？水手都是天生的信徒嗎？我可以用我雙腿挾著一條金毛玉腿，並且感覺到血在流，聽到正要失去知覺的時鐘傳出神聖滴答聲嗎？我可以看看是否有人靠吞自己射出的精液而活著嗎？會有某種法律書籍記載著大便是正當的嗎？夢見幾何，與怪異的性姿勢，二者之間有何不同？癲癇患者總是很優雅嗎？有廢物這種東西嗎？想像一個十八歲的女孩穿著透明內衣，是件美好的事情嗎？我打手槍的時候，愛造訪我嗎？上帝啊，有個尖叫聲，所有的系統都在尖叫。我被鎖在一間皮衣店，但我相信你要把我偷走。加百列天使長有誤觸警鈴嗎？爲什麼我和花痴一起被縫進床中？我像草葉一樣容易拔起來嗎？我可以從輪盤前被拉開嗎？齊柏林飛艇要靠幾億條纜繩來維繫？上帝啊，我喜歡的東西那麼多，一件一件拿走，得好幾年才拿得完。我崇拜你的每個細節。爲什麼你准許慾望如驚鴻般在我眼前閃過？我可以解開我的寂寞，再度撞上一個美麗而又貪婪的軀體嗎？我可以在得到一個幸福的親吻之後入睡嗎？我可以養一隻狗當寵物嗎？我可以教自己英俊起來嗎？我有資格禱告嗎？

39

我想起有天晚上和F一起開車前往渥太華，他隔天要在國會發表他的首度演說。天上沒有月光。車燈流過白色電線桿，像完美的液體橡皮擦，抹除道路與田野，將一張空無一物的藍圖拋在我們身後。他加速到時速八十英里。掛在擋風玻璃上方絨布上的聖克里斯多大像章，由於剛剛經過一個急轉彎，所以一直在小小的軌道上旋轉。

—F，別太衝動。

—今晚我是主角！我是主角！

—沒錯，F，你是主角，你終於成功了，現在你是國會議員。

—我總算擠進男人的世界了。

—F，把它放回去，凡事適可而止。

—當它變成這種樣子的時候，絕不能把它放回去。

—我的天啊！我從沒有看過你這麼大！你內心發生了什麼事？你在想什麼？快教我怎麼做才會變這麼大。我可以握著它嗎？

—不行！這是我和上帝之間的事。

—我們把車子停下來吧。F，我愛你，我愛你的能力。好好教我吧。

—閉嘴。貯物箱裡有一管防曬油。用你的大拇指按下按扭，打開貯物箱。手伸進那堆地圖、手套和繩子中，把防曬油找出來。轉開蓋子，擠一些防曬油在我手中。

—F，像這樣子嗎？

—對的。

—F，別閉著你的眼睛。車子要不要我來開？

哇，他按摩的是多油亮的一座尖塔啊！我的話他充耳不聞，彷彿我是對著被我們拋在身後的景物講話。車速九十英里，我們像一把乙炔鋸，急速切開畫在路上的白線，農舍和加油站招牌火星般自我們的擋泥板上彈開。他的右手放在方向盤下面，拚命拉，拚命拉，像一個把動作反加在自己身上的碼頭工人，要把自己拉回遠處黑暗的港口。從他內褲露出來的毛多美啊。他的袖扣在圖燈下閃閃發光，我爲了看清楚這項誘人的行動，所以把圖燈打開了。他的杯狀手掌越抽越急，碼表的指針飆到九十八。我又怕出車禍，又渴望將我的頭塞在他的膝蓋和儀表板之間，多煎熬啊！咻！一座果園一閃而過。一條大街在我們的車燈中竄出，我們經過之後，大街化爲灰燼。我渴望他緊繃的陰囊上的小皺紋挾住我嘴唇上的皮屑。F眼睛突然閉起來，彷彿眼睛噴到檸檬汁。他手掌握緊蒼白滑溜的箭桿，開始瘋狂扼殺自己。我害怕這個器官，又怕又愛，它油光閃閃，流線型的形狀像布朗克西的雕塑，膨脹的頭又紅又熱，像輻射消防員的頭盔。我多想射出一條食蟻獸舌頭，一口呑了上面那滴液體珍珠，但F現在也注意到它了，他以快樂而猛烈的動作，一把將它抹進整體的潤滑液中。我再也無法忍受我的寂寞。我急切扯開老式歐洲長褲的扣子，像情人一樣愛撫自己。我手中握的是何等賁張的血脈啊。咻！一個停車場燒起來又熄滅。溫度穿透我來不及脫掉的皮手套。自殺式的昆蟲飛濺在擋風玻璃上。我的生命在我的手中，我渴望傳到黃道的所有信息正在集結，準備踏上它們的旅程，而我在難以承受的快樂壓力中呻吟。F語無倫次尖聲怪叫，口沫橫飛。

—面對我，面對我，面對我，快吸，快吸，F尖叫說（如果我沒記錯他的聲音的話）。

有一秒鐘的時間，我們就這樣子活在某隻眼中：兩個包在鐵殼中衝向渥太華的男人，因爲不斷高漲的機械性狂喜而迷醉，古老的印地安大地沈入我們身後的煙塵中，兩隻堅挺的老二指向永恆，兩顆裝著催淚瓦斯的赤裸膠囊準備鎮壓我們大腦中的暴動，兩隻兇猛的雞巴，像高塔上各據一隅的承霤獸。兩枝祭壇上的棒棒糖（在圖燈下呈橘色），獻給被撕裂的公路。

—啊，啊，啊，啊，啊！F從梯子的頂端發出狂叫。

—噗嚕，啵，他的精液像間歇泉一般射在儀表板上（回游的鮭魚頭撞上水底下的懸崖時，肯定就是發出這種聲音）。

至於我，我知道再搓一下我就升天了——我在高潮的邊緣徘徊，像迎風站在門口的跳傘員——我突然感到落寞——我突然失去慾望——我突然清醒過來（在不到一秒鐘的時間內），一輩子沒這麼清醒過——

—牆壁！

牆壁盤據整面擋風玻璃，先是模糊一團，接著清楚聚焦，彷彿有個專家剛調過顯微鏡——每一顆粉刺都顯出明確的立體感——明亮！清晰！——月亮的皮做的高感度底片——接著，當牆壁衝向車燈玻璃，擋風玻璃再度一團模糊——我看到F的袖扣衝浪板一般掠過方向盤邊緣

—

—親愛的！哎啊呼……

—撕————，牆壁消失。

我們穿牆而過，因為牆壁是用一塊彩繪絲綢布簾做的。車子衝進田野，撕裂的布條掛在引擎蓋的賓士標幟上。F踩下煞車時，完好如初的車燈照著一個用木板封死的熱狗攤。我注意到木板櫃枱上有隻空瓶子，蓋著鋸齒形的蓋子。我茫然瞪著它。

—你射了嗎？F問說。

我的老二掛在褲襠外，像一條脫絮的線。

—太可惜了，F說。

我開始顫抖。

—你錯失了一次精采的高潮。

我把緊握的拳頭伸到儀表板上，然後把頭壓在手上，抽抽搭搭哭了起來。

—我們費了許多功夫才把事情搞定，包括租停車場。

我猛抬頭看著他。

—我們？你說「我們」是什麼意思？

—艾狄絲和我。

—艾狄絲也參與這件事？

—你即將射精那一霎那有什麼感覺？你有感覺到空虛嗎？你有得到自由嗎？

—艾狄絲知道我們的齷齪事嗎？

—朋友，你應該繼續下去的。你又沒在開車。而且你也幫不了什麼忙。牆壁把你打敗了。你錯過了一次精采的高潮。

—艾狄絲知道我們是同性戀嗎？

我雙手狠狠掐住他的脖子，恨不得殺了他。F笑了笑。在昏淡的橘色燈光下，我的手腕顯得多瘦弱啊。F掰開我的手，像解下一條項鍊。

—別激動，別激動。把眼淚擦乾。

—F，爲什麼你要折磨我？

—哦，我的朋友，你太寂寞了。你一天比一天寂寞。有一天我們走了你怎麼辦？

—干你屁事！你怎麼敢這樣裝腔作勢當我老師？你是個騙子。你是禍害！你是加拿大的恥辱！你毀了我的生命！

—這些事情可能都是眞的。

—你這下流胚子！你怎敢承認它們是眞的？

他傾身扭開電門，然後看著我的褲襠。

—扣起來吧。到國會還有好長一段路呢，而且冷颼颼的。

40

我花了不少時間寫這些眞正發生過的事情。現在，我有更接近凱特琳・特卡魁塔嗎？天空非常陌生。我不認爲我終將和星星一起徘徊。我不認爲我終將得到一個花環。我不認爲鬼魂會在我溫暖的頭髮中悄悄傳遞色情信息。我永遠找不到優雅的方式拿著棕色午餐袋坐公車。我會去參加葬禮，但它們無法讓我回想到任何事情。很多很多年前，F說：你會一天比一天寂寞。那是很多很多年前的事了。F建議我去舔聖徒的屄是什麼意思？聖徒是什麼？聖徒就是終於獲致人性中那遙不可及的可能性的人。那種可能性是什麼不可能說清楚。我認爲它和愛的能力有關。接觸到這種能力之後，就可以在生存的混亂中保持平衡。聖徒不解決混亂；如果他這麼做，世界早就改變了。我認爲聖徒甚至不會爲自己而解決混亂，因爲一個人要去整頓天地萬物秩序的觀念，本身就帶著點傲慢和好戰的意味。他的榮耀是一種平衡感。他像溜掉的滑雪板一般在雪坡上滑行。他的路徑是對山的一種愛撫。他的軌跡是一幅雪的圖畫，展現了當下它與風和岩石的特殊安排。他的內心有種東西那麼愛這個世界，所以他把自己交給地心引力和機率。他一點也不想和天使一起飛翔，寧可用地震儀那種準確性來描繪硬梆梆血淋淋的地景。他的房子又小又危險，但他過得很自在。他可以愛人的種種形狀，心美好的與扭曲的形狀。世界上有這種人是件好事，這種擅於保持平衡的愛的怪物。它讓我認爲，袋子裡的號碼與我們花大把鈔票購買的摸彩卷的號碼，眞的是一致的，所以拿到獎品不是夢。但爲什麼要幹聖徒呢？我想起有一天在艾狄絲大腿上流口水的情景。我吸吮，我吻長長的棕色東西，而那是大腿，大腿，大腿——在燻肉的香味中流向陰阜，逐漸變柔軟，逐漸擴展的大腿——當我隨著它的毫毛的方向蹦蹦跳跳朝著膝蓋前進時，逐漸緊綳，逐漸尖削的大腿。我不知道艾狄絲做了什麼（也許抹了什麼高級乳液），或我做了什麼（也許嘴裡噴出什麼神秘的口水），但突然間，我的臉全濕了，而且我的嘴巴在皮膚上滑動：那不是大腿或屄或小孩子用粉筆在牆上寫的任何東西（我也不是在打炮）：那只是艾狄絲的一種形狀：然後那只是人的一種形狀：然後那只是一種形狀——而有那麼神聖的一霎那，我眞正不再孤獨，我變成一個家庭的一份子。那是我們第一次做愛。這種情況再也沒有出現過。凱特琳．特卡魁塔，那就是妳要讓我去感覺的東西嗎？但妳不是已經死了嗎？我要怎麼接近一個死掉的聖徒？這樣的追求太莫名其妙了。在F的舊樹屋裡面，我一點也不快樂。夏天已經過了好久。我的腦袋已經壞掉了。我的事業也毀了。F啊，這就是你爲我設計的訓練嗎？

41

凱特琳．特卡魁塔在一六七六年四月十八日受洗（新葉之月）。

艾狄絲，快回到我身邊吧。親愛的，親我。艾狄絲，我愛妳。回到我的生命中。我再也無法獨自活下去。我想我已經長出皺紋，而且有口臭。艾狄絲！

42

受洗幾天之後，凱特琳・特卡魁塔應邀參加在魁北克舉行的一場盛宴。出席的有塔西侯爵、塔隆監督官、德・庫塞爾總督、莫霍克酋長克林，他是基督教有史以來最兇猛的皈依者之一，此外還有一大群高雅的紳士淑女。他們個個舉止優雅，不愧是來自幾千英里外的巴黎市民。他們妙語如珠，連遞個鹽罐子也要帶上一句有學問的話。他們討論法國科學院的活動，那時候它才成立十年。有些客人身上帶著彈簧懷錶，一種正在歐洲流行的新計時器。有人在解釋一種用來調節時鐘的新發明，鐘擺。凱特琳・特卡魁塔仔細聽人們所說的每一件事情。她鹿皮禮服上的豪豬刺花樣引起一陣讚美，她點頭稱謝。白色長桌閃耀著銀、水晶和早春花朵的傲氣，有那麼一下子，她的眼睛徜徉於這絢爛的場面中。相貌堂堂的僕人，將葡萄酒倒進形狀像長柄玫瑰的杯子。客人動刀切肉的時候，一百個燭焰在一百根銀刀叉上不斷閃爍輝映，有那麼一下子，重重閃耀的太陽刺傷她的眼睛，燒掉她的食慾。她突然做出一個沒有控制好的小動作，結果打翻了面前那杯酒。她瞪著鯨魚狀的污痕，窘得不知如何是好。

—沒關係，侯爵說。孩子，沒關係。

凱特琳・特卡魁塔呆呆坐著。侯爵繼續剛剛中斷的話題，那是關於法國人正在研究的一種新的軍事配備，刺刀。污痕迅速擴散。

—連桌巾都渴望喝這種美酒，侯爵開玩笑說。孩子，別害怕，打翻酒不會受到處罰。

儘管幾個僕人處置得宜，污痕還是繼續蔓延，浸染越來越大片的桌巾。客人察覺它蔓延的驚人速度，談話聲立即減弱。現在它染透整塊桌巾。當一個銀製花瓶變成紫色，而且瓶中的粉紅色花朵也受到波及的時候，談話聲整個停住。一位漂亮的女士發出痛苦的尖叫聲，因爲她白嫩嫩的手已經變成紫色。全面變色現象在短短幾分鐘之內完成。當臉、衣服、壁毯、家具顯現了同樣的深暗色調時，紫色大廳中迴盪著哭叫聲和咒罵聲。落地窗外有幾堆殘雪在月光下閃閃發光。全部的人，包括主人和僕人，都將視線移向窗外，彷彿要在遭受污染的大廳外，找回七彩世界的信心。但是，在眾目睽睽之下，春天的殘雪逐漸暗淡，變成紅酒的顏色，而月亮本身也吸收了這種帝王色彩。凱特琳緩緩站起來。

—我想我應該向大家道歉。

43

我覺得前面這件事具有啓示性。啓示 apocalyptic 這個字的字源很有意思。它來自希臘文的 apokalupsis，意思是顯示。這又來自希臘文的 apokaluptein，意思是揭開或打開。apo 是希臘文的前綴詞，意思是自、來自。kaluptein 意思是遮蓋，它和 kalube、kalumma 是同源詞，前者意思是房間，後者意思是女人的面紗。因此，啓示這個字是在形容女人面紗揭開之後所顯示的東西。凱特琳・特卡魁塔，爲了揭開妳的面紗，爲了鑽進妳的毯子內，我已經做了哪些事？已經有哪些事沒有做？在權威傳記家的作品中，我沒看到有關這場宴會的任何描述。她的傳記資料的兩個主要來源，是耶穌會神父彼耶・修隆斯和克勞德・蕭西提耶。兩者都是凱特琳・特卡魁塔在蘇聖路易宣教所的告解神父，她於一六七七年來到這個地方（違反了她對叔叔的承諾）。修隆斯神父給我們留下一本《凱特琳・特嘉可維塔傳：易洛魁最純潔的處女》，手抄本，另一本用拉丁文寫的傳記於一七一五年被送給耶穌會總會長。蕭西提耶神父給我們留下一本《聖番女凱特琳・特卡可維塔傳》，寫於一六九五年，手稿目前保存在聖瑪麗學院的檔案室。這個檔案室裡還有一份重要的文獻，作者是雷米神父，卷首的標題是《中國神父雷米先生的證言：聖凱特琳・特卡魁塔爲教區信徒代禱所顯現的奇蹟》，寫於一六九六年。我喜歡耶穌會士，因爲他們看到奇蹟。感謝耶穌會士，感謝他們在超自然界的領域開疆拓土。他們裝扮成各式各樣的身分，一下子內閣閣員，一下子基督教神父，一下子軍人、婆羅門、星象學家，一下子君王的告解神父，一下子數學家，一下子中國官老爺——用盡各種辦法，而且拿出奇蹟的確切證據，威脅利誘，要人們承認地球是永恆的一個省分。感謝伊納爵・羅耀拉，他在潘普羅那要塞被一顆法國新教徒的子彈擊中，當他躺在曼雷薩洞窟的病房中養病的時候，這個驕傲的軍人看到了天堂的奧秘，而這些異象促成了偉大的耶穌會。耶穌會大膽宣稱，凱撒的大理石臉孔其實是上帝的一個面具，在他追逐世俗權力的帝王慾望中，他們看到了他解救靈魂的神聖渴望。感謝我在蒙特婁老市區孤兒院那些身上有股精液和線香味的老師。感謝那些出現在充滿了拐杖的房間的神父，因爲他們揭穿了一種幻覺，他們知道，跛腳其實也是完美的一種面貌，就像野草也是花，雖然沒有人去摘它。感謝排滿拐杖的牆壁，因爲它們是野草的博物館。感謝煉金術士燒蠟發出的惡臭，那代表一種與食屍鬼之間的親密關係，感謝那些拱形大廳，因爲我們曾跪在那兒，與頭上有圈屎環的世界控訴者面對面。感謝所有爲我準備今晚這場寒澈骨的夜禱的人們，我是鬼罐頭中唯一一條有形的沙丁魚。感謝從前那些折磨我的人，因爲他們不懷疑獵物的靈魂，而且像印地安人一樣，允許敵人的力量滋育自己社群。感謝那些相信敵對者，並因而能夠在戰士的男性風格中茁壯的人。感謝我們的老教室的桌子，那是英勇的小艦隊，年年帶著一群新手挑戰大洪水。感謝我們那些髒兮兮的課本，那是市政府送的禮物，特別是那本教義問答，它讓我們忍不住在空白處寫下猥褻的言語，而且對於廁所之所以成爲刺激的褻瀆殿堂，頗有貢獻。感謝被用來當廁所隔間材料的大理石板，大便完全無法黏住的大理石板。這裡供奉著反路德的物質上的可能性，而這種物質是很容易加以清洗的。感謝糞便殿堂中的大理石，它是對抗教皇謬誤入侵的馬奇諾防線。感謝孤兒廁所的寓言，陶瓷的倉皇落敗證明，一滴水的力量和冰河期一樣大。啊，但願在某個地方，有某些事物會讓人想起，我們這些強壯的孤兒，爲了通過檢查，排成一長排，等著把一塊肥皂抹在我們六十隻手的雞眼上。感謝那位咬掉自己雞眼的勇敢的小男孩，他是我的朋友F。感謝那位不敢咬自己的肉的小男孩，那就是膽小的我，這部歷史的作者，現在他在加拿大雪丘上方的小屋子內擔驚受怕，他手指上的雞眼因爲多年來鉛筆的侵蝕而扭曲變形。我可以因爲感謝而變暖和嗎？我冒犯了每一個人，而且我明白我被每一個人的自動魔法凍住。

—F！別吃你的雞眼！

—我要當著全世界的面吃我的雞眼。你最好也是。

—我要等它們自己化掉。

—什麼？

—等它們自己化掉。

—化掉？

F敲了一下額頭，然後從一間廁所跑到另一間廁所，就像一個要叫醒整個村子的人，他打開每間廁所的門，對著蹲在裡頭的機器講話。

—出來，快出來，F吼道。他要等雞眼自己化掉。快出來看這個蠢蛋，他要等雞眼自己化掉。

我的同學腳上套著褲子，踉踉蹌蹌自廁所蜂湧而出，慌慌張張拉上鬆垮垮的內褲。他們衝出來，有的手槍還沒有打完，有的漫畫從腿上滑落，有的還沒有看完刻在門板上的香艷文章。他們將我們團團圍住，爭先恐後想看F做怪。F高高舉起我的手，就像我是獲勝的拳擊手，我在他的鐵腕下顫抖，我整個人逐漸枯萎，像一捆即將被林格麥爾公司的侏儒服務生拍賣出去的煙草。

—F，別羞辱我，我哀求說。

—來，來，大家往前站，好好看看這個可以等待的人，他手中擁有一千年的時間。

他們懷疑地搖著湊在一起的臉。

—打死我我也不願錯過這場好戲，其中有一個說。

—哈哈哈哈。

F拋下我的手，但沒鬆開，我整個人癱在他的腳下。他用他的愛心鞋鞋根壓住我的大拇指，用的力道正好足夠讓我放棄掙脫的念頭。

—我腳下踩的是一隻可以輕鬆跟雞眼說再見的手。

—嘀嘀。

—眞好笑。

親愛的讀者，你知道寫這些東西的是一個男人嗎？一個和你一樣渴望擁有英雄氣概的男人。一個男人在極地的孤絕中寫這些東西，他恨他記憶中的事情，偏偏卻記得淸淸楚楚，他曾像你一樣驕傲，他愛這個社會，那種熱烈的程度，只有在孤兒身上才看得到，他愛它，像一個置身流奶與蜜的國度的間諜。一個像你一樣的男人在寫這些最大膽的東西，一個像你一樣渴望擁有領導能力和感恩之心的人。不，不，讓抽筋停止吧，我答應我決不干擾，我發誓。啊，眾位純粹事件的男神和女神，求求你們，別讓我抽筋，別讓我抽筋。

—嗬嗬。

—眞好玩。

事情發生在大清早。廁所加裝鐵條的毛玻璃窗外沒有多少陽光，但我們早上不能使用電燈，除非是冬天。裡面只有骯髒的、水族箱一般的光線，東西看起來只有一團模模糊糊的影子，就像裝在一小罐凡士林中的五毛錢銅板。每個白色水槽，每間廁所分隔牆上的釘子（這樣你才不會爬），都有一罐自己的凡士林。最亮的東西是我那些不屑的觀眾光溜溜的膝蓋，最白的東西是一些患了腦垂體症的同學的小腿骨，一種貧民窟的白，他們年紀比較大，已經開始長陰毛。F深深吸了一口氣，壓下他們的嘲笑聲。我試圖引起他的注意，以便向他求饒。我躺在凡士林色的大理石地磚上，等著接受處罰。他以一種客觀的口氣開始他的長篇大論，但我知道接著會發生什麼事。

—有人相信雞眼會自己化掉，有人認爲雞眼會隨著時間而消失。有人根本懶得去管雞眼，甚至還有人否認有雞眼這種東西。有人宣稱雞眼是美麗的東西，如果長出來就要好好愛惜它。有人指出，雞眼是有用的東西，適合接受教育，而且可以學會說話。這方面的專家，現在越來越多，技術層面的相關理論層出不窮。一開始的時候，他們提出的方法都很野蠻。有個學派的基本主張是，雞眼不該受到迫害。一個比較激進的學派相信，雞眼只能學會漢語系的語言。比較瘋狂的一個少數派聲稱，硬把任何人的語言加諸雞眼身上，都是錯誤的，因爲雞眼本身就有它的獨特語言，雞眼老師該做的就是先學會這種語言。被證實的確是精神病患的少數幾位學者則堅持說，雞眼早就會說話，向來如此，我們需要的，就是學會去聽。

—F，講重點。

—什麼重點？

—還有多久才要動手？

大辣辣要過他們之後，F現在揭開信條中戲劇性的一面。他用力壓他的鞋根，讓我發出一聲尖叫。凡士林突然變成陳舊的凡士林，光線像浮在水面上的死米諾魚身上的洞，你感覺好像所有馬桶都堵住了，老師現在一定會進來看我們到底在搞什麼鬼。

—我不相信雞眼會「化掉」。對我而言，雞眼是醜陋的東西。我是個單純的人。我看得出來，我們說的已經夠多了。對我而言，雞眼是我不想擁有的一種秘密。當我看到雞眼的時候，我就想到手術刀。

—啊——！

說到手術刀三個字的時候，他突然舉手向觀眾致最敬禮。敬禮的儀式在一把瑞士刀中完成，就像亮出刺刀必然意味著要用槍。孤兒們一個個屏住呼吸。

—當我看到雞眼，我就想到立可消，我就想到使用前和使用後，我就想到仙丹妙藥，我就想到十天內見效。

——快點，快點。

——我就想到必治您，我就想到試試**科學家庭月刊**新方法，我就想到**趕快寄來免費試用品**。來人啊，抓住他。

他們圍到我身邊，將我拉起來。我的手臂被緊緊抓住，然後拉直。他們排在我的手臂兩旁，就像水手在拉纜繩。他們的背擋住我的視線，使我看不到我的手。有人將我的手掌壓在瓷磚上，扯直每根手指頭。

——是的，F在一片喧鬧聲中叫道，我就想到立即行動，我就想到別再猶豫，我就想到本廣告逾期無效。

——救命啊！

——塞住他的嘴巴。

——嗚————，嗚————。

——注意看！切！撕————！

我試著想像，我只是那些拉著我的手的背部，只是其中的一個水手，而他們是在遠遠的地方切一塊奶油。

44

我前面說過，凱特琳．特卡魁塔的宴會具有啓示性。事實上，告訴我這個故事的，是我太太艾狄絲。我完全記得那個晚上的情景。那天我才從渥太華回來，透過F的安排，我去那邊的檔案中心查資料，過了一個周末。我們三個在我們的公寓地下室曬太陽燈。F說只有我可以裸體躺著，因爲他和艾狄絲都看過我的老二，而他們沒有看過對方的陰部（謊話）。F的邏輯無懈可擊，但我還是覺得當著他們的面脫下內褲怪怪的，而且這也是眞的，我永遠不會讓艾狄絲脫光，或讓F光著屁股到處跑。

—我還是不想，我猶豫地說。

—親愛的，快別胡說八道了。

—我們之中至少要有一個人曬出完整的樣子。

當我把褲子拉下膝蓋的時候，他們盯著我看，也許是擔心我防曬油抹得不完整，曬完之後會看得出來。而事實是，我覺得F是在利用我來爲他的身體做廣告。我是他用來張貼自己的破告示板。他的表情似乎在對艾狄絲說：如果那樣子的東西也能夠呼吸，能夠每天早上起床的話，想想看我可以把妳肏得多爽。

—躺在我們中間。

—別交叉著雙腿。

——把你的手拿開。

而當艾狄絲擦上防曬油的時候，我不知我該不該翹起來。在星期天晚上，像這樣的晚上，艾狄絲和F會打一點海洛英，那比酒精的傷害小，也比酒精安全。我當時比較保守，而且認爲那是一種會致命的毒品，所以他們邀我一起打的時候，我總是拒絕。那天晚上我突然發覺，他們在準備皮下注射器和「烤馬」的時候，非常儀式化。

——你們兩個爲什麼這麼嚴肅？

——哦，沒什麼。

艾狄絲急急回過身來緊緊抱著我，然後F也加入她的行列，而我感覺這好像一場媚登峰內衣廣告的夢，內容是神風特攻隊員出征前在機場的送別場面。

——得了吧！你們用不著這麼巴結我，我不會去告密。

——再見，親愛的。

——再見，老朋友。

——哦，快去玩吧，你們兩個。快去玩，你們這兩個墮落鬼，快飛向你們那個用拐杖撐起來的天堂。

——再見，艾狄絲再次悲傷地說，而我竟然沒看出這不是一個普通的星期天晚上。

他們急急忙忙找出一條還有血在流的靜脈，將針戳進去，抽出血來，等待「打擊」的紅色信號亮起，然後將溶液打進血管中。突然拔出針頭之後，他們躺回沙發。經過幾分鐘的呆滯，艾狄絲說：

—親愛的？

—怎麼樣？

—別回答得這麼快。

—對，F接著說，請你配合一點。

—我的太太和我的朋友，這場戲我看不下去了。

我生氣地走進臥室，用力關上門。我想，在我離開的時候，他們大概模模糊糊看到了我的屁股。我離開的一個原因是，看到他們注射毒品我總是會勃起，而既然在擦過防曬油之後，我選擇不勃起，我認為現在勃起的話，會讓我顯得不太正常。第二個原因是，我想偷看艾狄絲的抽屜。每個星期天晚上，當他們在毒品世界中神遊的時候，我都會這麼做。這種非法的檢查，由於這部編年史所呈現的許多失敗，已經變成我的主要消遣。但這不是你的平常的星期天晚上。我最喜歡她擺化妝品的抽屜，因為裡面琳琅滿目，香氣襲人，而且當你拉開的時候，有些小瓶子會倒下來，而且鑷子上可能還黏著一根孤獨的、根部白白的女人的髭鬚。或者油油的粉餅蓋上留著她的大拇指指紋——這有點怪，但這些證物多少可以讓我更接近她的美，就如同成千上萬的朝聖者珍藏著某位聖徒的遺物，或浸在福馬林中的器官，雖然他在世的時候沒幾個人崇拜他。我拉著抽屜把手，期待著可愛的叮噹聲，然後猛然拉開！抽屜裡沒什麼東西，只有一些玻璃碎片，兩串看起來很廉價的念珠，幾安瓿無色溶液，和幾張紙。抽屜的木質底板是濕的。我小心抽出一張紙，原來是一張優待券。

免費贈優待券

科學方法社
紐約市東92街134號1樓464室

請立即寄給我一本
免費的家庭粗腿減肥術，
上面請註明「限本人拆閱」，
並以普通包裝寄送，
如有破損貴公司概不負責。

姓名：＿＿＿＿＿＿＿＿

住址：＿＿＿＿＿＿＿＿

＿＿＿＿＿＿＿＿

城市：＿＿＿＿＿＿＿＿

郵遞區號：＿＿＿＿＿＿＿＿

州名：＿＿＿＿＿＿＿＿

但是艾狄絲的腿很美啊！下面是另外一張：

瘦腿救星

**為腳踝、小腿肚、膝蓋、大腿、臀部
增加優美的曲線**

纖瘦的雙腿使您迷人的身材黯然失色。現在，基於正當的理由，您終於可以自己改善發育不足的雙腿，按照自己的意思，讓腿的某個部位，或整條腿長出肉來，許許多多的女性已經在這種科學新方法的鍛鍊之下，獲得滿意的成果。擁有多年經驗的著名美腿權威，為您提供這套經過不斷測試、成效良好的科學課程——每天只要十五分鐘——在自己家中練習，完全不會受到干擾！書中還包括循序漸進的簡易科學美腿術插圖，配有簡單明瞭的說明文字，保證改善您腿部的膚色與血液循環，讓您擁有曲線玲瓏、肌肉結實的雙腿。

限時免費贈送！

告訴我們您的姓名住址，
您就可以得到一本免費的家庭瘦腿美容術，
以普通包裝寄送，如有破損本公司概不負責。

科學方法社
紐約市東92街134號2樓418室

到底發生了什麼事？艾狄絲要這些莫名其妙的廣告函幹什麼？東九十二街一百三十四號是幹什麼的？難道是個截肢大腿貯存池？答案的曙光就在抽屜的一個角落，半浸濕了。現在我仍然可以看到它，我仍然可以在我的腦海中複製它，一字不漏。

裝著盧爾德聖泉水的珠子

來自聖貝納戴特看到聖母瑪麗亞顯靈之處

想想看——握在您的手中，用您的手指頭觸摸著，用您自己的眼睛看著——來自盧爾德聖泉的水，永遠密封在透明的念珠中！這是一串異乎尋常的新念珠，其中的第二、三、四顆珠子（唱聖母頌的珠子），真的裝著聖母瑪麗亞創造的泉水！這種泉水曾治好成千上萬的病人，包括跛足者和盲人。念珠本身用晶瑩的人造珍珠、閃亮的鍍金十字架和鍊子，精心打製，裝在襯著高貴藍絲絨塑膠珠寶盒中，氣派非凡。

您可以選擇：□鑽石色澤□藍寶石色澤或□黑檀木色澤的珠子。不用寄錢過來！……每串只要2.98元，貨到付款（運費另加）。或者省下運費，直接匯2.98元來亦可！現在訂貨您將可以收到免費贈送管裝盧爾德聖泉水，和免費贈送6頁裝《盧爾德聖泉》小冊子一本。保證令您法喜充滿，否則十日內退費！

現在每串只要2.98元

免費贈送！
永不乾涸的管裝盧爾德聖泉水……

裝得滿滿的，此水曾治好成千上萬的盲人、跛足者和各種疑難雜症，甚至治好了無藥可救的癌症。安瓿管是棕色玻璃製品，攜帶安全方便。

天啓俱樂部有限公司
紐約市麥迪孫街623號423室

我手中拿著這張紙，衝出臥室。艾狄絲和F睡在沙發上，隔著一段自愛的距離。咖啡桌上散著他們嗑藥用的可怖器具，針筒、滴管、橡皮管，還有——一打空的永不乾涸的盧爾德聖泉水安瓿管。我拉著衣服搖醒他們。

—這種把戲你們搞多久了？

我將這張廣告湊到他們兩人面前。

—你們把這種東西打進身體裡面已經有多久了？

—艾狄絲，告訴他，F輕聲說。

—這是我們第一次使用。

—艾狄絲，從頭到尾告訴他。

—對，我從頭到尾都想知道。

—我們調了一種混合溶液。

—我們將兩種水混在一起。

—我在聽。

—是這樣子，其中有一部分的水是盧爾德泉水，另外一部分來自——

—來自什麼？

—艾狄絲，告訴他。

——來自特卡魁塔泉水。

——也就是說你們已經沒有毒癮囉？

——你想知道的就是這個嗎？F疲憊地說。

——F，別煩他。來吧，坐在我們中間。

——我不想光著屁股坐在你們中間。

——我們不會看你。

——好吧。

我點了一根火柴檢查他們的眼睛，又揮了幾下試探性的拳頭，確定他們沒有偷瞄之後，才坐了下去。

——那麼，這種東西效果怎樣？

——我們不知道。

——艾狄絲，跟他說實話。

——我們知道。

接著，艾狄絲彷彿要以一則軼聞做爲某種解釋的開頭一般，她摸索到我的手，然後開始跟我講很久以前發生在魁北克的凱特琳·特卡魁塔的宴會。她在說的時候F握著我的另一隻手。現在我認爲當時他們兩個都在哭，因爲她的嗓音有點哽塞，而F似乎在顫抖，像突然睡著一般。

那天晚上在臥房裡，艾狄絲百般配合我，我完全不必用無線電指揮她忙碌的嘴。一個星期後，她跑進電梯間底下，一次「自殺」。

45

我在這間爛樹屋凍得半死。我本來以爲，大自然會比我那間精液氾濫的地下室小廚房好得多。我本來以爲，鳥叫聲會比電梯聲好聽得多。隨身帶錄音機的專家說，我們聽到的單獨一種鳥叫聲，實際上是十到十二種聲音，鳥用這些聲音譜出變化多端，清脆悅耳的樂曲。他把放音速度減慢，證實這種說法。我要求全民健保！我要求動手術！我要在腦袋裡面裝一個慢速電晶體機器。否則科學就別在報紙上發表什麼研究成果。加拿大的夏天像個萬聖節面具，轉眼一去無蹤，留下的是一天比一天冷的鄉野。我們得到的糖果就是這個嗎？他們今天應許我們的明日科幻世界在哪？我要求改變氣候。我沒帶我的收音機就跑到這裡來，這是多愚蠢的事情啊？三個月沒有收音機的日子，哼著過時的排行榜前十名歌曲，我的前十名歌曲，被清出歷史的舞台，那麼突然，就此與點唱機股票市場的劇烈變化毫不相干，我可憐的前十名歌曲，沒有十三歲的少年男女會在音響旁的地毯上以滑溜的擁吻鼓舞它，我正經八百的前十名歌曲，在我腦海中昂頭闊步前進，像新革命政權的一群將軍，卻不知道在舉行慶祝舞會的當晚，一場政變已經開始發動，我親切的前十名歌曲，像整營袖口鑲金邊的電車司機，耐著性子爲年資和退休金而轉著方向盤，儘管地鐵已在一間會議室內宣布，而所有的電車已經進了博物館，我尷尬的前十名歌曲，裡面充滿電子回音和渴望的青春期嗓音，在我心頭吶喊，像一群露出大腿的小啦啦隊，對著空無一人的觀眾席大翻筋斗，胸罩細細的肩帶迷人地勒緊肌膚，友善的手指頭撐住地面的時候，倒立的短褶裙底，閃出亮晶晶的螢光內褲，代表校風的、裹著絲綢的、受過體操訓練的結實熱情小屁股上，描繪著美不可言，又簡潔無比的淡紫色和橙色條紋，喊話器的圓形話筒帶著母校的溫暖，透著白色唇膏的香味，但是，這些濫情的特麗七彩雜技為誰而表演呢？這些自裙底露出的展覽型內褲，形成一道道惹火的弧線，劃過喝采聲，像一顆顆小心剝了皮的新鮮無花果，沒錯，每個緊閉的荷包內有一百萬個充滿了種子的秘密，沿著潮濕的邊線一路翻滾，翻進時間粗糙的嘴中，但這一切是爲了誰？前十名歌曲的小屁股，妳爲誰而航行？橄欖球隊的當家前鋒因求職失敗而喪生，和他的本田機車一起撞得稀爛，幽靈般的黑人後衛自冬天的橄欖球場漂流而下，一路漂進法學院的各項獎譽中，而妳簽名留念那顆幸運的橄欖球，現在在拍月亮的照片。我可憐的前十名歌曲啊，雖然你們渴望在流行中毀滅，但我忘了我的收音機，所以你們只好隨著我記憶中的其他僵屍一起受煎熬，你們唯一的榮譽就是用退還給你們的兵籍手環切腹自殺，但它一點都不利，我疲憊的前十名歌曲，雖然你們渴望被遺忘，像斷了線的氣球和風箏，像戲票存根，像沒水的原子筆，像沒電的電池，像已捲成一團的沙丁魚罐的拉環，像吃過的鋁箔電視餐餐盤——我保存你們，就像保存我的慢性病藥品，我判你們服國歌的勞役，我不准你們成為明天的熱門歌曲排行榜的烈士，我將你們變成回力棒，我的小神風特攻隊，你們渴望成爲失落的族群，但我烙了臂號，我將特效藥倒進死囚房中，我從橋上掛了防自殺的網子。聖徒們，朋友們，把我從歷史與便秘中救出來吧。讓鳥兒叫慢一點，讓我聽快一點。痛苦啊，你這隻龐大如工業的樹蛙，求你離開這間樹屋吧。

46

—我生病了，但不是病得很嚴重，凱特琳·特卡魁塔的叔叔說。

—讓我給你施洗吧，黑袍神父說。

—別讓你的水濺到我身上，一滴也不行。我看到許多人在你用你的水碰過之後就死了。

—他們現在在天堂。

—天堂是法國人嚮往的地方，我寧可和印地安人聚在一起，因爲到了天堂，法國人不會給我東西吃，法國女人不會和我們一起躺在陰涼的無花果樹下。

—我們全都來自同一個上帝。

—哎，黑袍子，如果我們來自同一個上帝的話，我們就應該和你們一樣，知道怎麼製作刀子和大衣。

—老哥哥，你聽我說，我手心這滴聖水可以讓你脫離永恆的苦海。

—天堂可以打獵嗎？可以打仗或舉辦宴會嗎？

—哦，不行！

—那我不去，太懶惰不好。

—地獄的烈火和恐怖的惡魔等著你。

—你為什麼要為我們的敵人休倫人施洗？他們會比我們先到天堂，等我們到天堂的時候，他們會把我們趕出來。

—天堂很大，大家都有位置。

—黑袍子，如果大家都有位置的話，大門幹嘛要守得那麼緊？

—剩下的時間已經不多了。這樣子你肯定會下地獄的。

—黑袍子，時間多的是。即使你和我談到黃鼠狼變成兔子的朋友，我們也不會扯斷時間的繩子。

—你像魔鬼一樣狡辯。老哥哥，火等著你。

—沒錯，黑袍子，一小堆陰涼的火，四周坐著我親人和祖先的靈魂。

耶穌會士離開之後，他把凱特琳·特卡魁塔叫來。

—坐在我身旁。

—是的，叔叔。

—拿掉我身上蓋的毯子。

—是的，叔叔。

—看著這具身體。這是一具年老的莫霍克身體。仔細看。

—我在看，叔叔。

—凱特琳，別哭。淚水會讓我們看不清楚，雖然從淚水中看到的東西很亮，但還是會變形。

—叔叔，我會不含著淚水看你。

—脫掉我所有的衣服，然後仔細看我。

—是的，叔叔。

—看久一點，仔細看，好好的看。

—叔叔，我會照你的意思做。

—時間多的很。

—是的，叔叔。

—妳那些姑媽在樹皮縫中偷看，但妳不要分心，好好的看。

—是的，叔叔。

—凱特琳，妳看到什麼？

—我看到一具年老的莫霍克身體。

—妳好好的看，我來告訴妳，靈魂開始離開我身體的時候，會發生什麼事。

—叔叔，我不可以聽，現在我是個基督徒。唷，別弄痛我的手。

—妳邊聽邊看，我告訴妳的東西不會冒犯任何神祇，不管是妳的或我的，不管是母熊女神，或兔子天神。

—我會聽。

—風離開我的鼻孔之後，我的靈體就會啓程，展開一趟漫長的歸鄉之旅。我說話的時候，妳的眼睛要看著這具遍布皺紋和傷疤的身體。我美麗的靈魂會展開一趟艱難危險的旅程。很多人無法完成這趟旅程，但是我會。我會踏著一根木頭通過一條陰險的河。狂野的激流會想盡辦法把我沖下來，撞到尖銳的石頭上。一隻巨犬會來咬我的後腳跟。然後我會走上一條狹窄的小徑，兩邊是會跳舞的大石頭，它們會撞在一起，把人夾扁，許多人就這樣子被夾扁，但是我會隨著石頭跳舞。凱特琳，我說話的時候，妳的眼睛要看著這具年老的莫霍克身體。小徑旁有一小間樹皮屋，屋裡住著鑽頭者歐斯克塔拉奇。我會站在他下面，讓他從我的頭顱中拿出腦子。每一顆經過他的頭顱都得取出腦子，這是參與永恆狩獵必要的準備動作。看著這具身體，並且仔細聽。

—是的，叔叔。

—妳看到什麼？

—一具年老的莫霍克身體。

—很好。現在給我蓋上毯子。別哭，現在我不會死了，我會夢到我的治療方法。

—噢，叔叔，那眞是太好了。

面帶笑容的凱特琳・特卡魁塔一走出長屋，她殘忍的姑媽立即對她拳腳交加，破口大罵。她倒在她們拳腳下。「關於這件事，她表示，」修隆斯神父說：「由於上帝的恩寵，她從未使自己的純潔受到絲毫污染，所以，上天堂的時候，她不怕面對任何質疑。要不是她這麼說，我們永遠不會知道這個事實，而且，要不是發生這件事，我們也永遠不會知道這個事實。」

—妳竟然幹妳叔叔！她們吼道。

—妳將他脫得光溜溜！

—妳偷看他的雞雞！

她們將她拖到德・隆貝維爾神父住的地方。

—好好管教你這個小基督徒吧，她竟然幹她叔叔！

神父先打發走這群叫囂的番人，然後才察看躺在他腳前這個渾身是血的年輕女孩。當他拉她起來的時候，他心中非常滿意。

—妳像長在毒荊棘中的一朵花。

—謝謝你，神父。

47

很久之前（感覺上），我在我的床上醒來，發覺F拉著我的頭髮。

—朋友，跟我一道走。

—F，現在是什麼時候？

—現在是一九六四年的夏天。

他臉上帶著一種以前我從未見過的詭異笑容，我也說不清楚爲什麼，但它就是讓我感到害羞，所以我夾著我的腿。

—起來，我們要去散個步。

—我要穿衣服，你身體轉過去。

—我不要。

—拜託。

—他掀開我身上的被子，由於睡太久，再加上一長串思念亡妻的迷夢，我整個人還昏沈沈的。

他緩緩搖著頭。

—當初你爲什麼不聽查爾斯・埃克西斯的話？

—F，別鬧了。

—你爲什麼不聽查爾斯・埃克西斯的話？

我把大腿夾得更緊，又將睡帽蓋在我的陰毛上。F毫不放鬆地盯著我。

—快承認。你爲什麼不聽查爾斯・埃克西斯的話？在孤兒院那個遙遠的下午，你爲什麼不把優待券寄出去？

—別煩我。

—看看你這是什麼身體。

—艾狄絲從沒有抱怨過我的身體。

—哈！

—她曾跟你提到過我的身體嗎？

—多著呢。

—譬如說？

—她說你擁有一具傲慢的身體。

—那他媽是什麼意思？

—朋友，承認吧，承認查爾斯・埃克西斯那檔子事，承認你驕傲的罪過。

—我沒什麼可承認的。把身體轉過去，我要穿衣服了。現在就說你那些廉價的大道理，時間未免太早了點。

他以迅雷不及掩耳的速度施展腋下扼頸術，扭住我的手，將我扭下懷念的床，然後硬逼我面對著浴室的鏡子。睡帽奇蹟般黏在我又粗又捲的陰毛上。我閉上眼睛。

—哎唷！

—看仔細，看完之後趕快承認，承認爲什麼你瞧不起查爾斯·埃克西斯。

—不。

他絞緊他的專業擒拿手。

—啊，啊，啊，放開我！救命啊！

—說出來！你因爲犯了驕傲的罪過，所以才會渺視那張優待券，對不對？查爾斯·埃克西斯對你來說還不夠好。在你貪婪的腦袋中，你懷著一種不可告人的慾望。你想成爲藍甲蟲。你想成爲萬能隊長。你想成爲變形人。你覺得羅賓還不夠好，你想當蝙蝠俠。

—我的背快斷了！

—你想成爲喬裝成克拉克·肯特的超人。你想活在漫畫書的前幾頁。你想成爲無敵神鶴，鶴杖永不離身。你希望你與整個世界之間的天空上寫著砰！咚！哐！啊！嗚！唷！每天只花十五分鐘就能脫胎換骨，對你而言根本毫無意義。快承認！

—好痛啊！好痛啊！對，對，我承認。我想要等待奇蹟出現！我不想靠優待券出人頭地！我希望一覺醒來突然變成透視眼！我承認！

—很好。

他鬆開擒拿手，扳過我的身子，抱著我。在我的囚禁浴室的昏淡瓷光中，我的手指頭很靈活。他穿的是不繫皮帶的名牌休閒褲，我解開腰部的扣子，順手撥掉我的睡帽。它掉在我的腳趾頭與他的鞋子之間，像在天體營中飄落的一片無花果葉。他性感的嘴上仍帶著那個詭異的笑容。

—唉，朋友，我終於等到你這份告白了。

手挽著手，我們走在蒙特婁狹窄的港口街道上。我們看著麥子像瀑布一般，洩進中國貨船的貨艙中。我們看到海鷗以垃圾爲圓心，在空中畫著完美的圓，展現牠們的幾何學。我們看著一艘艘巨大的郵輪駛出逐漸開闊的聖勞倫斯河，在汽笛聲中逐漸變小，縮成樺樹獨木舟，然後縮成白帽子，然後消失在遠山的淡紫色煙嵐中。

—爲什麼你一直那樣子笑？臉不會酸嗎？

—我笑，因爲我認爲我已經教了你足夠的東西。

手挽著手，我們爬上通往山上的街道，蒙特婁山，我們城市的名字就來自這座山。聖凱特琳街的商店不曾這麼明媚動人，正午的人潮不曾這麼歡欣鼓舞。我像是第一次看到它，奔放的色彩讓人想到白色馴鹿身上初初綻露的色斑。

—我們去吾爾華斯買蒸熱狗。

—我們雙手抱胸吃熱狗，試試看芥末有多嗆。

我們走上謝爾布魯克街，朝西，走向這個城市的英語區。在拉封登公園湖的轉角處，我們聽到示威群眾呼口號的聲音。

—解放魁北克！

—魁北克萬歲！渥太華滾蛋！

—英國女王吃大便！

—伊麗莎白滾回去！

報紙上剛宣布伊麗莎白女王訪問加拿大的計畫，一次國家元首的正式訪問，時間訂在十月。

—F，這是一群醜陋的群眾，我們走快點吧。

—不，這是一群美麗的群眾。

—爲什麼？

—因爲他們認爲他們是黑人，而這是本世紀一個人所能擁有的最美麗的感覺。

手挽著手，F帶我走到騷動現場。許多示威者身穿長袖運動衫，上面印著**解放魁北克**幾個字。我注意到每一個人都勃起了，包括女人。一個著名的年輕導演站在紀念碑的基座上，對振奮的人群演說。他留著學者型的小鬍子，穿一件暴力的皮夾克，常出現在國家電影局走廊上的一種裝扮。他的聲音清楚地傳過來。F在我手上施加了柔道的力道，示意我仔細聽。

—歷史！年輕一代在我們頭頂上吶喊著。我們和歷史有什麼關係呢？

這個問題讓群眾亢奮起來。

—歷史！年輕一代叫喊著。把我們的歷史還給我們。英國人偷了我們的歷史！

F繼續往人群內部擠。群眾自動接納我們，像流沙吞進實驗室怪物一般。這位年輕人嘹亮的聲音在我們頭頂上迴盪，就像噴在天上的字。

—歷史！他繼續說。歷史宣告，在這片大陸的爭奪戰爭中，印地安人將輸給法國人。在一七六○年，歷史宣告，法國人將輸給英國人！

—呸！絞死英國人！

我感覺到，我背脊底下有種愉快的騷動，於是身體貼著一個在我身後歡呼的狂熱份子薄薄的尼龍衣服，輕輕擺動。

—在一九六四年，歷史宣告，不，歷史命令，英國人必須交出這塊土地，他們非常珍惜的一塊土地，將它交給法國人，將它交給我們！

—好！我不幸的同胞！解放魁北克！

我感覺到，有隻手從背後滑進我寬鬆的褲子，一隻女人的手，因爲它的指甲長而光滑，尾部逐漸尖削，像飛機的機身。

—英國人去死！我突然大叫一聲。

—這就對了，F低聲說。

—歷史宣告，只有失敗者與勝利者。歷史不管個案內容，歷史只管現在輪到誰。我問大家，朋友們，我問大家一個簡單的問題：今天輪到誰啊？

—輪到我們！全場響起振耳欲聾的回答。

群眾，現在我是其中快樂的一員，群眾朝紀念碑緊壓過去，彷彿我們是螺栓上的螺帽，而我們渴望擁有的整個城市像扳手一樣，將我們越轉越緊。我鬆掉我的皮帶，讓她的手更深入。我不敢轉頭面對她。我不想知道她是什麼樣的人，對我而言，那似乎一點也不重要。我可以感覺到，她裹在尼龍中的乳房，緊緊壓著我的背部，在我的襯衫上印出兩圈汗漬。

—昨天輪到英國銀行家在蒙特婁的山上留下他的名字，今天輪到魁北克民族主義者在新勞倫斯共和國的護照上留下他的名字！

—共和國萬歲！

他的話讓我們興奮至極，全場歡聲雷動，一致表示支持。那隻冰涼的手翻轉過來，所以現在像罩杯一般貼住我的肉，而且比較容易伸向我毛茸茸的臀溝。帽子像爆米花一般在我們頭頂上飛來飛去，沒人在意他拿到的是誰的帽子，因爲我們手上拿的都是別人的帽子。

—昨天輪到英國人從加斯佩地區得到法國女傭。昨天輪到法國人得到亞里斯多德與蛀牙。

—呸！可恥！該殺！

我聞到她的汗水與生日禮物的香味，這比交換姓名之類的寒暄更具有親密感，更令人激動。

她將骨盆的部位緊緊頂著自己裹在褲子裡的手，彷彿是要收割她的性侵入的副產品。我將空著的一隻手伸到我們兩人後面，像抓橄欖球一樣，揪住她花一般的左臂，於是我們緊緊纏在一起。

——今天輪到英國人家事沒人做，輪到法國人在他們的信箱放炸彈！

F已經放開我的手，往演講者的方向擠。我把另一隻手挪到後面，扣緊右邊的屁股。我現在發誓，當時我們是變形人，因爲我的手似乎可以伸到她身上的任何部位，而她的手可以輕易在我內褲中四處游走。我們仔細配合群眾的呼吸，開始進行韻律式的運動，群眾是我們的家人，是我們慾望的孵化器。

——康德說：假如有人把自己變成蚯蚓，那他能怪別人踩到他嗎？塞庫．杜爾說：不管怎麼說，民族主義在心理上是無可避免的，而我們全部都是民族主義者！拿破崙說：一個失去獨立性的民族就等於失去一切。是歷史選擇拿破崙從王座上對著臣民，或者從破屋子的窗口對著大海講這句話！

這種學術品味對群眾而言有點深奧，只引起稀落的掌聲。不過，就在這時候，我突然從眼角瞄到，F被幾個年輕人扛在肩膀上。他被認出來的時候，現場突然爆出一陣唐突的歡呼聲，而演講者立即將突發的騷動納入全體群眾的強烈規範中。

——有一位愛國者已經來到現場！一位英國人甚至在他們自己的國會中也無法加以羞辱的人！

F滑回將他舉起來的那個恭敬的結，他緊握的拳頭舉在他的頭頂，像正要下沈的潛望鏡。而現在，就像這位老將的現身賦予了一種新的神秘的緊迫性，演講者開始滔滔不絕，幾乎像在歌唱一般。他的聲音愛撫著我們，就像我的手指頭之於她，就像她的手指頭之於我，他的聲音衝擊著我們的慾望，像河流衝擊著呻吟的水輪，而我知道我們所有的人，不只我與這個女孩，我們所有的人即將一起達到高潮。我們的手臂被纏在一起，被壓碎，我不知道握著我老二根部的是她還是我，也不知道在她硬挺的陰唇上塗塗抹抹的是我還是她！我們每個人都擁有變形人的手臂，而且我們全部抱在一起，腰部以下全部赤裸裸的，全部被汗水與淫水形成的青蛙膠凍封住，全部被最芬芳燦爛的雛菊鏈鏈住！

—血！血對我們的意義是什麼？

—血！把我們的血還給我們！

—用力搓！我吼道，但幾張憤怒的臉要我安靜點。

—打從我們的民族形成之初，這血，這幽微的生命之流，就一直是我們的滋養與我們的命運。血是身體的基礎，是民族精神的泉源。我們祖先的遺志潛藏在血中，我們的歷史在血中塑造，我們的榮耀從血中綻放，而且血是一種潛流，永遠不會被他們改變流向，永遠不會被他們偷來的錢吸乾！

—把我們的血還給我們！

—我們要我們的歷史！

—共和國萬歲！

—別停下來！我吼道。

—伊麗莎白滾回去！

—繼續講！我懇求說。再來一個！再來一個！繼續下去！集會已經結束，雛菊鏈開始崩解。演講者已經從紀念碑基座上消失。我突然面對著所有的人。他們紛紛轉身離去。我拉著人們衣服的領子和下襬。

—別走！叫他繼續講！

—同志，忍耐一點，革命才剛開始。

—不！叫他繼續講！大家別離開公園！

人群從我身邊蜂湧而過，樣子似乎很滿足。最初，當我抓住男人的衣領時，他們露出笑容，將我的咒罵行爲歸咎於革命熱情。最初，當我拉起女人的手，檢查手上是否留著我的陰毛，她們臉上露出笑容。我要她，我要這位與我共舞的女孩，我襯衫的背部還留著她的汗漬。

—別走。別離開！把公園封起來！

—放開我的手！

—我們得回去工作！

我請求三個衣服上印著**解放魁北克**的粗壯漢子把我扛上他們的肩膀。我試著將一隻腳扣在其中一人的褲腰，以便爬上他們的運動衫，從那人的肩膀上對著逐漸散去的家人講話。

—把這討厭鬼弄下來！

—他看起來像英國人！

—他看起來像猶太人！

—你們不可以離開！我還沒有射！

—這個人是性戀態！

—揍死他，他可能是性戀態。

—他聞女孩子的手。

—他聞自己的手！

—他有問題。

就在這時候，F出現在我身邊，偉大的F，他向他們保證我身分沒問題，然後帶我走出公園。現在公園和平常的公園沒什麼兩樣，湖中有幾隻天鵝，地上一堆糖果紙，如此而已。手挽著手，F帶我走下向陽的街道。

—F，我喊道，我沒有射。我又失敗了。

—不，親愛的，你通過了。

—通過什麼？

——考驗。

——什麼考驗？

——第二項到最後一項考驗。

49

「就讓寒風繼續吹吧，只要你愛我，管它吹東或吹西，我總會經得起考驗，只要你愛我。」這是西部流行歌曲排行榜第七名，很久很久以前。我想應該是第七名。歌名有六個字。六受金星支配，掌管愛與美的一顆行星。根據易洛魁星象學，第六天應該用來沐浴梳頭，穿上貝殼編製的華麗袍子，談情說愛，玩一些碰運氣的遊戲，和摔角。「你爲何不愛我？」是這首曲子的名字，列在排行榜的某個地方。今晚是冰冷的三月六日。在加拿大的森林中，這不是春天。月亮已留在白羊宮兩天。明天月亮會進入金牛宮。現在易洛魁人如果看到我的話，一定會恨我，因為我一臉鬍子。一六幾幾年，他們逮住佐格的時候，施加在他身上的小折磨之一（叫一個阿爾岡昆奴隸用貝殼切開他的大拇指之後），是讓小孩子用手拔他的鬍子。「給我寄一幅有鬍子的基督畫像來。」耶穌會士寫信給法國的朋友說，顯示他對印地安人的奇特習性有深刻了解。F曾跟我談過一個女人，她天賦異稟，陰毛長得特別茂密，而且經常用梳子梳理，讓它往下長，結果竟然垂下大腿根達六英寸之多。她用液體眼線筆，在肚臍下畫了兩隻眼睛和兩個鼻孔，撥開陰蒂上面的毛，分成兩道對稱的弧線，在緊閉的粉紅色陰唇上方形成兩撇八字鬍的樣子，然後讓其他的毛從陰唇的部位往下垂，像一臉胳腮鬍，最後再將一粒寶石塞進肚臍眼，當做種姓階級的標記，一個帶著異國情調的算命師或神秘主義者的滑稽畫像，就這樣完成了。接下來，她躲在被子裡面，只露出這個部位，然後開始表演口技，讓聲音自床單內透出，以幽默的口吻講一些當時頗流行的東方格言，逗得F樂不可支。爲什麼我就不能擁有這種記憶？F，如果我不能繼承你的記憶，你那些禮物，譬如說那堆香皀和成語手冊，對我又有什麼用呢？只有你的記憶才能賦予你那些生鏽的遺贈品某種意義，就如同鐵罐子和汽車殘骸只有在豪華的藝廊中，才會顯示出它們的價值，不是嗎？沒有你的特殊經驗，你那些深奧的教誨有什麼用？對我而言，你充滿異國情調，你和所有那些大師，還有你特殊的吐納和成功的自制力。我們這些有氣喘病的人該怎麼辦？我們這些失敗者該怎麼辦？我們這些無法正常大便的人該怎麼辦？我們這些沒有性派對可以參加，無法從縱慾的過程中對性產生一種超然態度的人該怎麼辦？我們這些像我一樣的人該怎麼辦？我們這些進不了國會的人該怎麼辦？我們這些在三月六日毫無來由感覺冷的人該怎麼辦？你跳電話之舞。你聽艾狄絲體內的聲音。我們這些戳死亡人體組織的人該怎麼辦？我們這些必須閱讀噁心資料的歷史學家該怎麼辦？我們這些在樹屋上發臭的人該怎麼辦？爲什麼你要把一切搞得這麼複雜？爲什麼你不能像聖奧古斯丁一樣安慰我，輕輕唱說：「看吧，無知的人將會起來，當著我們的面，將天堂奪去。」爲什麼你不能像聖母瑪麗亞一樣，於一八幾幾年，在普普通通的巴克街上對農家女凱特琳・拉布雷說：「凡是以信心和熱誠祈求的人，聖寵必將灑滿他身上。」爲什麼我得像月球火箭的鏡頭一般，去探測凱特琳・特卡魁塔臉上的坑坑洞洞？當你躺在我懷中淌血的時候，你爲什麼要說：「現在就看你了。」說這種話的人，意思通常都是，他們做的是試煉中比較重要的部分。誰想只做善後的工作？誰想滑進一個溫熱的空駕駛座？我也想要涼涼的皮革啊。從前我也愛蒙特婁啊。我並不總是森林中的怪物。我是個市民。我有個老婆，和許多的書。一六四二年五月十七日，梅梭諾夫的小艦隊抵達蒙特婁，一艘駁艇，一艘平底帆船，還有二艘划艇。隔天他們滑過人跡罕至的綠色河岸，然後在尚普蘭三十年前預定開墾的地點靠岸。早春的花朶灑在嫩綠的草上。梅梭諾夫跳上岸。帳篷、行李、武器和各種日用品，也隨之上岸。一座聖壇在一個合適的地點豎起來。船上的人全部站到聖壇前，包括高大的梅梭諾夫，他的部屬簇擁在他身旁，都是些粗野的人，包括蒙絲小姐，她的僕人德・拉・佩爾堤先生，以及一些工匠和幹粗活的人。宣教團長維蒙神父身穿氣派的禮袍，站在這個地方。聖餅高高舉起的時候，他們肅然跪下。然後神父轉過身來，對著這一小群人說：

—你們是一粒芥菜種子，你們將萌芽茁長，遮蔭大地。你們只有幾個人，但你們的事功是上帝的事功。他的笑容將降臨你們身上，你們的子孫將遍布大地。

天色暗了下來，太陽消失在西邊的森林中。螢火蟲在黑暗的草地上一閃一閃。他們抓來螢火蟲，用線繫起來，做成一束束閃亮的花，掛在聖壇前面。這時候聖餅仍曝在聖壇上。接著，他們搭起帳篷，生起營火，分派哨兵，然後躺下來休息。蒙特婁的第一場彌撒就是這樣完成的。而現在，從這小棚子裡，我可以看到當初所預言的那個大城市的燈火，預言中一個將遮蔭大地的城市，我可以看到燈火在柔軟的大花環上閃爍，像一群蒙特婁市中心的螢火蟲。這是我在三月六日的雪中精神上的安慰。而且我想起猶太教卡巴拉經典中的一句話，「每一件工作的存在，都是爲了得到更多的寬恕……」（梅克羅普洛斯普的鬍子，第六篇）。凱特琳・特卡魁塔的屍體，靠過來吧，現在是零下二十度，我不知道怎麼擁抱妳。妳在這個冰箱裡會發臭嗎？聖安琪拉・梅麗琦死於一五四〇年。她於一六七二年被挖出來（凱特琳・特卡魁塔，那時候妳才六歲），結果她的屍體散發出淡淡的清香，而到一八七六年它還完好無缺。聖約翰・涅波穆桑一三九三年在布拉格殉教，因爲拒絕透露告解室中的一樁秘密。他的舌頭被完整保存下來。三百三十二年後，在一七二五年，一群專家檢查這條舌頭，結果證實，它的形狀、顏色和長度都與活人的舌頭一樣，而且還軟軟的，很有彈性。博洛尼亞的聖凱瑟琳（一四一三～一四六三年）下葬三個月後被挖出來，屍體散發著濃郁的香味。聖帕西菲可斯死於一七一二年，四年後被挖出來，結果屍體香香的，沒有腐爛。在搬運屍體的時候，有人滑倒，屍體撞在階梯上，把頭給撞飛了；鮮血從脖子噴出來！聖約翰・維亞涅於一八五九年下葬，一九〇五年挖出來的時候，屍體完好無缺。完好無缺；但完好無缺能夠支持一段戀情嗎？聖法蘭西斯・薩維耶一五五二年下葬，四年後被挖出來，結果屍體還帶著自然色澤。自然色澤就夠嗎？十字架聖約翰死於一五九一年，九個月後，他看起來還好好的，手指頭切開還流出血來，到一八五九年，將近三百年後，他的屍體還沒腐爛。只是沒腐爛。聖約瑟夫・卡拉山提卡斯死於一六四九年（易洛魁人隔海焚燒拉勒蒙的同一年），他的內臟被挖出來保存，雖然沒有用香料處理，他的心臟和舌頭至今仍完好無缺，但是沒有其他部分的消息。我的地下室廚房烏煙瘴氣，而且烤箱的定時器有毛病，開關常會自己打開。F，這就是你帶我上來這株冰凍樹幹的原因嗎？我不怕任何香味。印地安人認為疾病是沒有實現的願望造成的。人們會將許多鍋子、獸皮、煙斗、貝殼幣、魚鉤、武器堆在病人前面，「希望裡面有他所需要的東西。」病人往往會夢見自己的治療方法，而他的要求從不會被拒絕，「不管那有多奢侈、多無聊、多噁心，或多可怕。」天空啊，讓我變成生病的印地安人吧。世界啊，讓我變成做夢的莫霍克人吧。春夢不會在髒衣服中結束。我知道一些印地安人的性資訊，內容具有高度精神病學價值，而我願意將它賣給我心靈的某個部分，因為那個部分花錢買解答。如果我把這些東西賣給好萊塢，它將會結束好萊塢。現在我很生氣，而且很冷。如果我沒有立即得到鬼魂的愛，不但要完好無缺，而且要香噴噴的，那我就要讓好萊塢結束掉。如果我沒有很快好起來，我就要讓電影結束掉。我不久之後就要摧毀你家附近的電影院。我要在晚場電影上面拉下一億片百葉窗。我不喜歡這種進退維谷的局面。為什麼我要成為那個切割手指頭的人呢？我需要對骷髏做梅毒篩檢嗎？我想成為那具獨生子屍體，被笨手笨腳的醫生抬著，我年輕的三百歲的血沖垮水泥階梯。我想成為太平間的燈光。為什麼我必須解剖F的老舌頭？印地安人發明蒸汽浴。這只是個花邊新聞。

49

凱特琳・特卡魁塔的叔叔夢見了他的治療方法。村裡的人趕緊照著他的話去做。他的治療方法並不稀奇古怪，那是公認的療法之一，沙格爾與我們的拉勒蒙在不同的印地安村莊都提過這種療法。叔叔說：

—把鎮上的年輕女孩全部給我找來。

村人馬上照辦。所有的年輕女孩都站在他的熊皮的四周，包括玉米田的小明星、清純的編織者、閒在家裡的女孩子，有的還披頭散髮的。「村子裡所有年輕女孩都應病人要求，來到他床前。」

—妳們都到齊了嗎？

—是的。

—是的。

—沒錯。

—嗯哼。

—是的。

—我來了。

—是的。

—當然。

—來了。

—來了。

—是的。

—到了。

—是的。

—應該是。

—是的。

—好像是。

—是的。

叔叔露出滿意的笑容。然後他問每個人一個老問題：「他一個個問她們，今天晚上想跟村子裡哪個年輕人一起睡覺。」我引用原始資料裡面的話，是基於一種責任感，因爲我怕有時候我的痛苦會扭曲事實，而我不希望脫離事實，事實是我無法忽視的一個重點。事實是一把破劍子，但我的手已凍僵，手指頭在流血。事實就像一個亮晶晶的新銅幣，你一直捨不得用它，直到它在你的珠寶箱裡磨出一道道刮痕，而那時候，它總是傷感地宣告，你終於破產了。我的財富已經用光。

—妳今天晚上想和哪個年輕勇士一起睡？

每個女孩說出今宵情人的名字。

—凱特琳，妳呢？

—一條荊棘。

—那一定很精采，她們忍不住笑成一團。

上帝啊，求你助我度過這個難關。我的腸胃已經爛掉。我又冷又無知。我在窗口嘔吐。我嘲笑我所喜愛的好萊塢。你想像得到是什麼樣的僕人在寫這些東西嗎？守舊的穴居猶太人哀聲祈求，嚇得發抖，對著他的第一個月蝕嘔吐。啊、啊、啊、啊嗚——————。修飾修飾這篇獻給你的禱告吧。我不懂得爲它製造類似「看看這朵百合」那種有一千個聲部的唱詩班音效。用雪剷光亮的切面修飾這堆東西吧，因爲我原本想建造一座聖壇。我原本想點亮一個小而奇特的公路聖殿，但我沈溺在古老的蛇池中。我原本想在塑膠蝴蝶身上安裝橡皮筋馬達，然後輕聲說：「看看這隻塑膠蝴蝶」，但我在始祖鳥俯衝的影子下顫抖。

祭司傳喚被女孩點到名的年輕男人，太陽下山之後，他們手牽手來到長屋。墊子已經鋪好了。他們躺下來，兩個兩個，「從屋子的這一頭直到那一頭」，然後他們開始接吻，打炮，吸吮，擁抱，呻吟，撕他們的皮，互相擠捏，輕咬奶頭，用老鷹羽毛搔老二，翻身找另一個洞，互相舔臀溝，對好玩的性交姿勢露出會心微笑，有人在尖叫聲中陷入高潮的昏迷時，鼓掌叫好。「屋子兩頭各有一位頭目，邊唱歌，邊搖著龜殼鈴鼓。」將近午夜的時候，叔叔感覺身體好了許多，所以就離開床舖，慢慢爬下整個屋子的走道，時而停下來，將頭靠在一個休息中的屁股上，或將手指頭放在一個淌著汁液的洞口，甚至冒險把鼻子探到「彈力球」之間，觀察顯微畫面，對於高難度動作，他總是讚賞有加，對於稀奇古怪的動作，他也會開點小玩笑。他從一對攤平的軀體爬到另一對，眼睛紅得像四十二街的影迷，有時候用大拇指和食指彈彈某隻顫抖的老二，有時候拍拍某個鬆弛的棕色小腹。每一個性交都是一樣的，而且每一個性交都不同，這是一個老人的治療方法所帶來的榮耀。他所有的女孩全部回到他的心中，他所有的蕨類一般的交媾，所有的長著羽毛的洞，所有的閃亮的按鈕，而當他在地上爬，從這一對到那一對，從這些情人到那些情人，從迷人的姿勢到迷人的姿勢，從撞擊到撞擊，從擁抱到擁抱——他突然了解他所知道的最偉大的祈禱的意義，那是馬尼托大神在其中顯現的第一個祈禱，最偉大最眞實的神聖公式。他邊爬邊吟唱這篇禱文：

—我改變
我還是一樣
我改變

我還是一樣
我改變
我還是一樣
我改變
我還是一樣
我改變
我還是一樣
我改變
我還是一樣

他沒有漏掉半個音節而且他喜歡他所唱的字句因爲當他唱出每個聲音的時候他看到它改變
而每個改變都是一種還原每個還原都是一種改變。

—我改變
我還是一樣
我改變
我還是一樣
我改變

我還是一樣
我改變
我還是一樣
我改變
我還是一樣
我改變
我還是一樣
我改變
我還是一樣

這是一種面具之舞而且每一個面具都是完美的因爲每一個面具都是一張眞實的臉而每一張臉都是一個眞實的面具因此既沒有面具也沒有臉因爲只有一種舞蹈在這舞蹈中只有一個面具和一張眞正的臉而事實上那是同樣的東西也是沒有名字的東西它改變然後變成自己一次又一次。到了早上，頭目將鈴鼓的節奏慢下來。天亮的時候，大家把衣服穿起來。老人跪在地上宣告他的信心，宣布他的治療已經完成，這時候，所有的情人緩緩走入迷濛的綠色早晨，摟著腰，搭著肩，結束了情人工廠的大夜班工作。凱特琳和他們躺在一起，也和他們一起離開，但沒被人發現。當她走到陽光下的時候，神父跑過來。

—結果怎樣？

—效果不錯，神父。

—上帝啊，求你廢了這種可惡又可悲的儀式吧。

最後這句話是來自沙格爾的信件。這種獨特的治療模式，休倫人稱為安達克萬德特。

50

我在寒風中傾聽，等待答案，等待指示，等待安慰，但我聽到的始終是永不止息的冬天。一夜又一夜，我哭喊艾狄絲的名字。

—艾狄絲！艾狄絲！

—啊、啊、啊、啊嗚——，狼影在山上嚎叫。

—F，救救我。好好解釋那些炸彈！

—啊、啊、啊、啊嗚——

一個夢又一個夢，我們躺在彼此懷中。一個早上又一個早上，冬天發現我一個人躺在枯葉堆中，眉毛上黏著冰凍的鼻涕和眼淚。

—F！為什麼你要把我帶到這裡來？

我聽到一個回答嗎？這間樹屋是歐斯克塔拉奇的小木屋嗎？F，你是鑽頭者嗎？我不知道這個手術竟然要花那麼長的時間，而且那麼麻煩。舉起粗鈍的戰斧再試一次吧。將石製湯匙戳進腦漿裡攪拌。月光想進入我的頭顱嗎？冰冷天空的閃爍巷道想流進我的眼窩嗎？F，你是鑽頭者，但爲了追求自己的手術而離開自己的小木屋，求助於普通病房嗎？或者你仍舊與我在一起，而我的手術正在積極進行中？

—F，你這下流淫人妻者，好好解釋你自己！

今天晚上，我大聲喊出這個問題，就像過去，我也這樣子喊過許多次。我想起你有一種討厭的習慣，喜歡在我看書的時候隔著我的肩膀張望，看會不會湊巧瞄到一兩句可以拿到交際場合賣弄的話。你曾在拉勒蒙神父一六四〇年寫的一封信上注意到一句話，「殉教者的血乃是基督徒的種子」。拉勒蒙神父很遺憾還沒有神父在加拿大被處死，他認爲這對新成立的印地安宣教團不是好兆頭，因爲殉教者的血是教會的種子。

—魁北克的革命需要一點血來潤滑。

—F，你爲什麼要那樣子看著我？

—我在想我是否已經教了你足夠的東西。

—F，我不想聽你那些齷齪的政治觀點。你是國會中的一株毒草。你用鞭炮做掩飾，偷偷把炸藥運進魁北克。你將加拿大變成一張巨大的心理治療病床，讓我們躺在上頭不斷做著認同的惡夢，而你所有的解答都和精神分析一樣無聊。而且你讓艾狄絲經歷了許多不正常的性愛，毀了她的身體，也毀了她的心靈，讓我變成一個寂寞的書蟲，整天受你折磨。

—唉，親愛的，瞧歷史與過去將你壓成這副德性，多可憐的駝子。

我們貼身站著，就如同我們在許許多多其他的房間，這次是在圖書館書庫淡褐的燈光下，我們的手插在對方的口袋中。他那帶著優越感的表情總是讓我感到厭惡。

—駝子！艾狄絲可從來沒抱怨過我的身體。

—艾狄絲！哈！聽了我就想笑，你根本不了解艾狄絲。

—F，不許你再說艾狄絲。

—我治好了艾狄絲的青春痘。

—艾狄絲的青春痘，才怪！她皮膚好得很。

—喃喃。

—它摸起來很細，親起來很柔。

—那是因爲用了我那些名牌香皀，告訴你吧，朋友，我剛認識她的時候，她就像隻醜小鴨。

—好了，F，我不想再聽了。

—你娶的人，你在蒙特婁山飯店理髮廳發現的那位手藝精湛的指甲美容師，究竟是什麼樣的人，該是讓你知道的時候了。

—不，F，求求你。別再破壞任何東西，把她的身體留給我吧。F！你的眼睛怎麼啦？你的臉頰怎麼啦？那是眼淚嗎？你在哭？

—我在想，要是我留下你一個人，你會怎樣。

—你要到哪裡去？

—革命需要流一點血。那會是我的血。

—啊，不！

—倫敦已經宣布，女王計畫在一九六四年十月訪問加拿大法語區。光是用警察封鎖線，鎮暴坦克，和充滿敵意的群眾背部，去歡迎她與菲立普王子是不夠的。我們不能犯印地安人犯下的錯。我們必須讓她的倫敦智囊了解，我們的尊嚴賴以滋養的食物，也就是其他人的食物：獨裁者的胡作非爲。

—F，你想幹什麼？

—謝爾布魯克街北側有一尊維多利亞女王銅像，我們去系統戲院的路上經過不少次，樣子還不錯，雕的是剛成年不久的維多利亞女王，那時她還沒有因爲痛苦和失落感而變胖。它是銅鑄的，時間久了，現在已經變綠。明天晚上，我會放一包炸藥在她的金屬大腿上。那只是一個已經過世的女王的銅像（讓我順便提一下，她知道愛的意義），只是一種象徵，但是政府喜歡玩象徵。明天晚上我要把那個象徵炸碎——連我一起炸碎。

—別這麼做，F，求求你。

—為什麼？

我不懂什麼是愛，但是某種類似愛的東西，用一千個魚鉤從我喉嚨裡硬扯出下面這幾個字：

—因為我需要你，F。

一個悲傷的笑容展現在我朋友的臉上。他從我溫暖的口袋中抽出左手，伸出雙手，彷彿要行祝福禮，然後緊緊將我擁在他的埃及襯衫中。

—謝謝你，現在我知道我已經教了你足夠的東西。

—因為我需要你，F。

—別再哭了。

—因為我需要你，F。

—靜下來。

—因為我需要你，F。

—再見。

他走開的時候，我覺得又孤獨又冷，鋼架上的棕色書籍窸窣作響，像風中的一堆落葉，每一片都帶著相同的枯竭與死亡的信息。在我寫下這些東西的時候，我腦海中清晰浮現F的痛苦。他的痛苦。是啊，當我撕開這個歷史的舊瘡疤，閃亮如同一滴純粹勝利的紅血——他的痛苦。

—再見，他隔著結實的肩膀回頭向我喊道。明天晚上注意聽爆炸聲，耳朵記得靠通風管近一點。

就像從這間寮子的窗口透進來的冰冷月光，他的痛苦淹沒我的認知，改變我心中一切事物的形狀、顏色和重量。

51

凱特麗・特卡魁塔

呼叫妳，呼叫妳，呼叫妳，測試九八七六五四三二一我可憐的沒通電的頭大聲呼叫妳而且撕裂消失於松針中的一二三四五六七八九，冷凍櫃的房客，被榨乾的雙膝跪在地上尋找毛髮當天線，搓著藍色阿拉丁神屌，呼叫妳，測試天空電纜，戳血扣子，摳星星粥糜，用牙醫鑿子鑽進額頭，裂開，像一顆被定了罪的石頭，呼叫妳，呼叫妳，害怕燉肉，黑色空氣中充滿羞辱的派，帶皮的頭髮下沒有交流電輸出，測試最後之舞，奶頭枕頭上的塑膠蠍子，甩在醫生身上的一把把牛奶，呼叫妳召喚我，呼叫妳拉我起來，那怕只是一次，偽造證據可以接受，塑膠樺樹皮可以接受，香港性道具可以接受，用錢告解可以接受，人造絲做的假髮可以接受，春藥可以接受，老派叔叔的風景明信片可以接受，甚至被當成理想的棕色柏拉圖，電影院座位上的摩擦可以接受，肥胖的舞台揶揄者可以接受，擺在大腿上、用來遮掩內褲的毛茸茸洞口的帽子可以接受，欣然接受，星象學的無趣可以接受，太太限制可以接受，警槍死亡，城市巫毒教可以接受，寂寞老太婆大腿上的降靈會感覺，犯法的橋上買賣，聖痕部位已磨損的薩巴泰投票按鈕，市場上的摩西號角，天圓地方的理論，都可以接受，爲失敗的湯姆準備的微細腰帶，用羊皮紙絨皮做虛假插畫的屄字典，現在呼叫妳，所有的理由都可以接受，繩索臀溝，明亮的公路瑪麗之家，藥房異象未經撤銷，禪學博士可以忍受，未經磨光的灌腸劑，不必附推薦信，學院風格的狂喜可以相信，髒兮兮的車子，我所有困惑的無神信仰在呼叫妳，以低垂的肉體大腦的恐懼，測試九八七六五四三二一一二三四五六七八九，沒通電的頭在呼叫。

52

我將常用語辭典擺在腿上，然後到處祈求聖女。

洗衣店的凱特麗・特卡魁塔
(她說的部分用一種美麗的字體)
我送床單來給妳洗
我明天晚上就要
妳看怎樣？明天晚上可以給我嗎？

它們對我非常重要
特別是我的襯衫
至於其他的東西，我最晚後天就要
我要它們乾淨得像新的一樣。
我有一件襯衫不見了，還有一條手帕和一雙襪子。
我要把這個要回來
我要這套戲服洗乾淨
我什麼時候可以拿？
我也有一件洋裝，一件外套，一條長褲，一件背心，一件襯衫，內衣褲，襪子，等等。
我三天後會回來拿
請，幫我燙這些衣服
好的，先生，你就來拿吧
你覺得這條褲子怎麼樣？
我喜歡它。那正是我要的
我的西裝什麼時候會好？
一星期以後

這要費不少功夫

我會幫你做出一套完美的西裝

我會自己來拿

不，不要來！

我們自己會把它送到你家裡的，先生。

很好。那麼我下星期六就等它送來

這套西裝很貴

這套西裝很便宜

妳是一位好裁縫師

謝謝你

再見

以後我還要做一套

隨時聽你吩咐，先生

我們會讓你非常滿意

香煙攤的凱特麗・特卡魁塔

（她說的部分用一種美麗的字體）

請，妳可以告訴我，哪裡有香煙攤嗎？

在路口的右手邊，先生

就在前面，先生

請，給我一包香煙

你們有賣什麼煙？

我們有高級香煙

我要一些抽煙斗的煙草

我要濃一點的香煙

我要淡煙

也給我一包火柴

我要一個煙盒，一個好的打火機，香煙

這些總共要多少錢？

二十先令，先生

謝謝你，在見。

理髮廳的凱特麗・特卡魁塔
（她說的部分用一種美麗的字體）
理髮師
頭髮
臉上的鬍子
嘴上的鬍子
肥皂
冷水
梳子
刷子
我要刮我自己的鬍子
請，坐下！
請，進來！
請，刮我的鬍子
請，把我後面的頭髮剪很短
不要太短

洗我的頭髮！
請，刷刷我
我會再回來
我很喜歡
理髮廳開到幾點？
每天晚上八點
我會常常來刮我自己的鬍子
謝謝你，再見
我們將會好好的對待你，因爲你是我們的顧客

郵局的凱特麗・特卡魁塔
（她說的部分用一種美麗的字體）
先生，郵局在哪裡？
對不起，我在這裡是一個外國人
問那個先生
他懂法文、德文

他會幫助你

請，告訴我郵局在哪裡

它在對面那邊

我要寄一封信

給我一些郵票

我要寄一些東西

我要發一通電報

我要寄一件包裹

我要寄一封緊急信件

你有帶你的護照嗎？

你有帶你的身分證嗎？

是的，先生

我要寄一張支票

給我一張明信片

寄一件包裹我要付多少錢？

十五先令，先生

謝謝妳再見

電報局的凱特麗・特卡魁塔
（她說的部分用一種美麗的字體）
先生，你要什麼？
我要發一通電報
要付費回電嗎？
一個字要多少錢
一**個字五十便士**
對一通電報來說
它很貴，但是沒有關係
電報要很晚才到嗎？
電報要多久才會到？
兩天，先生
那不是很久的時間
我野要發一通電報給我的父母親

我希望他們明天將會收到它
時間已經過了很久而我沒有得到他們任何消息
我想他們會以電報的方式回答我
請收下電報的費用
再見。謝謝

書店的凱特麗・特卡魁塔
（她說的部分用一種美麗的字體）

找安，先生
我可以選一些書嗎？
非常樂意。你要什麼？選吧！
我要買一本旅行的書
我要認識英格蘭和愛爾蘭
你要其他的東西嗎？
我要很多的書，但是，據我看，它們很貴
如果你得到很多書我們會下降一點價錢

我們有每一種書，便宜的和貴的
你要精裝的，還是沒有精裝的？
我要精裝的書
那樣才不會壞掉
書來了
總共多少錢？
四塊美金
妳有字典嗎？
我有
請，用袋子裝
我會將它們隨身攜帶
非常謝謝妳
再見！

上帝啊，上帝啊，我已經要求太多，我已經要求一切的東西！在我發出的每個聲音當中，我聽到自己要求一切的東西。我不知道，在我最冰冷的恐懼中，我不知道我需要多少。上帝啊，當

ΣΤΟ ΦΑΡΜΑΚΕΙΟ	在藥局
Παραχαλῶ, ἑτοιμάστε μου αὐτὴ τὴ συνταγὴ	請，幫我配這張處方上的藥
παραχαλῶ, περάστε σὲ εἴ-χοσι λεπτά. Θὰ εἶναι ἕ-τοιμη	請，二十分鐘後再來，那時候會好
θὰ περιμένω. Δὲν πειράξει!	我可以等，沒有關係！
πῶς πρέπει νὰ παίρνω αὐτὸ τὸ φάρμαχο;	這個藥要怎麼吃？
πρωἰ, μεσημέρι χαὶ βράδυ	早上、中午和晚上
πρὶν ἀπὸ τὸ φαγητὸ	吃飯前
μετὰ ἀπὸ τὸ φαγητὸ	吃飯後
αὐτὸ τὸ φάρμαχο εἶναι πολὺ ἀχριβὸ	這個藥非常貴
εἶμαι χρυωμένος. Δῶρτε μου χάτι γιὰ τὸ χρύο	我感冒了。給我一些治感冒的藥
χάτι γιὰ τὸν πονοχέφαλο	頭痛的藥
χάτι γιὰ τὸν λαιμὸ	喉嚨痛的藥
χάτι γιὰ τὸ στομάχι μου	肚子痛的藥
τὸ στομάχι μου μὲ πονεῖ	我肚子痛
ἔχω ἕνα τραῦμα στὸ πόδι	我腳受傷了
παραχαλῶ, περιποιηθῆτs αὐτὸ τὸ τραῦμα	請，幫我包紮傷口
πόσο χοστίξουν ὅλα;	總共多少錢？
δέχα σελλίνια. Εὐχαριστῶ	十先令。謝謝。

我聽到自己開始禱告的時候，我逐漸靜默下來：

第二卷

F的長信

親愛的朋友：

五年，整整五個漫長的年頭。我不知道這封信究竟會在什麼地方找到你。我猜你會經常想到我。你一直是我最喜歡的男性孤兒。噉，不只這樣，不只，但是，在最後這封信中，我沒有閒情逸致談情說愛。

如果我的律師有確實遵照我的指示去做，現在你應該已經擁有我留下的財物才對，包括我收藏的香皂，我的工廠，我的共濟會會袍，我的樹屋。我猜你已經接收了我的風格。我不知道我的風格已經將你帶到何處。當我站在這個最後的彈簧跳板上，我不知我的風格已經將我帶到何處。

我在工作治療室寫最後這封信。我讓女人把我帶到任何地方，而且我並不後悔。女修道院，廚房，香噴噴的電話亭，詩的課堂——我跟隨女人到任何地方。我跟隨女人進入國會，因爲我知道她們多喜歡權力。我跟隨女人到男人的床上，這樣我才能夠知道，在那地方她們得到了什麼。天上飄著一縷縷她們的香水形成的煙霧。世界迴盪著她們多情的笑聲。我跟隨女人進入這個世界，因爲我愛這個世界。胸部，屁股，我到處跟隨柔軟的氣球。當女人從妓院的窗口對我發出噺噺聲，當她們在跳舞時，隔著丈夫的肩膀對我發出輕輕的噺噺聲，我跟隨她們，和她們一起沈淪，而有時候，當我聽著她們的噺噺聲，我知道，那不過是她們柔軟的氣球萎縮塌陷時所發出的聲音。

這嘶嘶聲，就是在每個女人頭頂上盤旋的聲音。只有一個例外。我認識一個女人，她以一種非常不同的聲音圍繞著自己，也許那是音樂，也許那是寂靜。我談的當然是我們的艾狄絲。現在我已經埋了五年。你現在肯定已經知道，艾狄絲不可能只屬於你。

我跟隨年輕護士進入工作治療室。她們用漿過的衣服罩著柔軟的氣球，一種可愛而又挑逗的罩子，但很脆弱，像蛋殼，我古老的慾望可以輕易將它敲破。我跟隨她們沾著灰塵的白腿。

男人也發出一種聲音。親愛的激動的朋友，你知道我們的聲音是什麼樣子嗎？那是你在公海螺中聽到的聲音。猜猜看那是什麼聲音。我給你三次機會。你必須在線的旁邊寫下你的答案。護士喜歡看我使用我的尺。

一、__________

二、__________

三、__________

護士喜歡靠在我肩膀上，看我使用我的紅色塑膠尺。她們發出的嘶嘶聲，穿透我的頭髮，散發著酒精與檀香木的香味，她們漿過的衣服嘩嘩啪啪響，就像伴隨奶油巧克力復活節彩蛋而來的白色餐巾紙和塑膠吸管。

今天我多快樂啊。我知道這幾張信紙將會洋溢著我的快樂。你該不會認爲我會給你留下一份憂鬱的禮物吧。

怎麼樣，你的答案是什麼？我能夠跨越死亡的鴻溝，繼續進行你的訓練，這難道不奇妙嗎？男人發出的聲音與嘶嘶聲正好相反。那是噓聲，食指貼著嘴唇發出的聲音。噓——，然後屋頂被豎起來對抗暴風雨。噓——，於是森林被砍除，免得風將樹吹得嗖嗖作響。噓——，然後氫彈爆炸，異議和各種雜音一概被消除。那不是一種令人感到不愉快的噪音。事實上，那是一種充滿活力的旋律，就像蛤蜊冒出的氣泡。噓——，現在請大家注意聽。噓——，現在請動物不要叫。請肚子不要咕嚕咕嚕響。請時間將它的超音波狗喚回去。

那是我的原子筆在醫院的紙上發出的聲音，當我將它沿著紅色的尺劃過去的時候。噓——，它對白色混亂輕聲說，像宿舍一樣，躺成一排一排。噓——，它懇求跳舞的分子說，我喜歡跳舞，但是我不喜歡陌生的舞蹈，我喜歡有規則的舞蹈，我的規則。

老朋友，你將答案填上去了嗎？現在，當我躺在地下的時候，你是坐在一家餐廳，或一間修道院？你填上答案了嗎？你知道，其實你可以不必填。我又作弄你了嗎？

至於荒野中這種我們極力想加以清除的寂靜，現在情況又如何呢？我們曾爲了可以聽到一種聲音，而去勞動、耕耘、箝制、圍堵嗎？成功的機會微乎其微。聲音來自旋風，而我們在很久以前就遏制了旋風。我希望你能記住聲音來自旋風。有些人，我們這時代的某些人，記住了。我是其中之一嗎？

我將告訴你爲什麼我們會塞緊瓶塞。我天生是個老師，沒有辦法把知識留在自己心中。經過五年的折磨與逗弄，你應該已經理解到這一點了吧。我一直想把一切事情告訴你，當作一份完整的禮物。親愛的，你的便祕有沒有好一點？

我想，現在正飄浮在我身旁這兩個柔軟的氣球，這兩顆裹在制服中的復活節糖果，大概是二十四歲。二十四年的旅程，幾乎四分之一世紀的時間，但就乳房而言依然年輕。當我爲了符合某人爲精神正常下的定義而用尺畫線的時候，它們穿過漫長的時空，來到這裡，害羞地摩擦著我的肩膀。它們依然年輕，它們還算年輕，但是它們發出猛烈的嘶嘶聲，而且它們散發醉人的酒精和檀香木香氣。她的臉不曾透露半點信息，那是一張徹底擦洗過的臉，家族系譜被仁慈地洗刷掉了，一張準備讓我們用來放映哀傷家庭電影的銀幕，在我們病倒的時候。一張悲憫的史芬克斯的臉，可以讓我們的謎語滴在上面，而且，就像埋在沙中的爪子，她圓滾滾的乳房抓著、搔著制服。熟悉嗎？沒錯，感覺就像艾狄絲，我們的完美護士。

—你這幾條線畫得很好。

—我相當喜歡我的作品。

嘶，嘶，趕快跑，炸彈快死了。

—要不要給你一些彩色鉛筆？

—好啊，要是他們不和我們的橡皮擦結婚的話。

機智幽默，杜撰虛構，噓——，噓——，現在你明白爲什麼我們要爲森林隔音，在荒野圓形劇場四周鑿出石板凳了吧？是爲了聽嘶嘶聲，是爲了聽皺紋將彈力擠出來，是爲了參與我們的世界的死亡。記住這件事，然後忘了它。它值得你輸入大腦，但使用一個小小的迴路就夠了。我其實可以告訴你，我已經從這些領域中超脫，就像現在。

老朋友，和我一起玩吧。

牽著我的鬼魂的手吧。你在我們星球的空氣中浸泡過，你被火、大便、歷史、愛與失落洗禮過。記住這一點。它可以解釋金科玉律。

看著我吧，在我奇妙而短暫的歷史中的這一刻，護士靠過來看著我的作品，我的老二爛得發黑，你看過我世俗的老二衰敗的樣子，但現在，看著我的虛幻的老二吧，蒙著你的頭，然後看著我的虛幻的老二，我現在並沒有擁有它，也從未擁有過它，是它擁有我，它就是我，它背負著我，就像掃把背負著巫婆，帶我從這個世界飛到那個世界，從這個天空到那個天空。忘了這一段吧。

和許多老師一樣，我將一大堆東西送出去，只因爲那已變成我挑不動的擔子。我感覺我的垃圾存量逐漸減少。再過一陣子，就會只剩一些零零散散的故事了。也許我將會達到三姑六婆的境界，在蜚短流長中完成我對這個世界的禱告。

艾狄絲是性狂歡的倡導者，也是毒品的供應者。她長過一次蝨子，兩次毛蝨。我把毛蝨這兩個字寫得很小，因爲做任何事情都得看場合，而現在，有個年輕護士正貼身站在我身後，心裡頭在想，促使她這麼做的，究竟是我的力量，還是她的慈悲。我在做我的治療作業，一副心無旁鶩的樣子，她負責監督，但是，嘶——噓——，蒸汽的噪音響徹整個工作治療室，它與陽光混合在一起，它在每一位患者、醫生、護士、義工的頭上安了一個彩虹光環。你應該找時間去看看這位護士。當我的律師找到你，順利將我的東西移交給你的時候，她將是二十九歲。

在某條走道盡頭，一間擺著水桶、橡膠刷子、消毒拖把的大儲藏室裡頭，來自新斯柯夏的瑪麗·巫倫，將會剝下她沾滿灰塵的白襪子，爲一個老人獻出她的膝蓋的自由，而我們將不會遺忘任何事物，除了我們的假耳朵，用來聽醫院雜役的腳步聲是否逐漸接近的假耳朵。

蒸汽逸出行星，羊毛一般的蒸汽雲，如同全體男孩與全體女孩在宗教暴動中互相衝撞，熱騰騰，嗚嗚叫，像墳場的雞姦者，我們小小的行星熱烈擁抱它脆弱的、響鈴一般的命運，像即將熄火的引擎一般在世俗的心靈中歌唱。但有些人不是這樣子去聽，有些飛行中的成功的月球火箭的眼睛，不是這樣子去看。他們沒有聽到個別的噓聲和嘶聲，他們聽到的是混合在一起的聲音，他們在綻放的旋風中看到不時閃現的間隙。

我聽滾石合唱團嗎？沒間斷過。

我受夠了傷害嗎？

古老的風格逃避我。我不知道我是否可以等。我想去散步的那條河，每年似乎都陰錯陽差而沒去成。我有必要買那間工廠嗎？我有義務選國會議員嗎？艾狄絲睡起來有那麼爽嗎？我的咖啡桌，我的小房間，我那些嗑藥的好朋友，我沒有寄予太多期望的好朋友，似乎由於一些誤解、承諾和隨便打的電話而通通被我拋棄了。古老的風格，玫瑰色的醜陋的老臉，不願在鏡中浪費時間的老臉，沒有梳理的臉，面對複雜的交通會露出驚異的笑容的臉，我的古老風格跑哪裡去了？我告訴自己我可以等。我爭辯說我走的路是正確的。只有爭辯是不正確的嗎？是驕傲在用一種新的風格誘惑我嗎？是懦弱使我脫離一種古老的試煉嗎？我告訴自己：等著吧。我聽雨聲，聽醫院的科學噪音。我因爲許多小事情而高興。我戴著電晶體耳塞睡覺。連我的國會醜聞也開始迴避我了。我列名民族主義英雄的次數越來越密集。甚至我住院這件事，都被說成英國人封殺我的陰謀。我恐怕我還得去領導一個政府呢，雖然老二都爛了。我太容易領導別人，這是我致命的能力。

我親愛的朋友，超越我的風格吧。

老情人啊，你眼中有種東西將我描述爲我想要變成的人。只有你和艾狄絲曾對我這麼慷慨。雖然我折磨你的時候，你發出困惑的叫聲，但你是我想變成的好動物，或者退而求其次，我想那樣子過活的好動物。害怕理性心靈的是我，所以我才想稍稍把你逼瘋。我渴望從你的困惑中學到一點東西。我像蝙蝠，而你是我的叫聲賴以彈射的牆，如此我漫長的夜晚才不致迷失方向。

我無法停止教誨。我有教了你什麼嗎？

這段告白肯定讓我聞起來比較香，因爲瑪麗·巫倫剛賞了我一個明確的信號，表示願意配合。

—你想不想用一隻你的老手摸我的屄？

—妳想的是哪隻手？

—你想不想用一根食指壓我的奶頭，讓它消失？

—然後又讓它重現？

—要是它重現的話，我會永遠恨你，而且將你列爲動作遲頓者。

——————————————————

—這樣比較舒服。

——————————————————

——————————————————

—呣———。

——————————————

—我在滴水了。

你明白爲什麼我無法停止教誨嗎？我的阿拉伯式裝飾全是爲了出版。你的痛苦那麼傳統，你能想像我有多羨慕你嗎？

我承認，我常常會恨你。作文老師不見得樂於聽到學生用他的風格來致告別辭，特別是如果他本身從來就不是個畢業生。有時候我會感到枯竭：你可以受那麼多的折磨，而我除了一種系統，什麼也沒有。

我和猶太人一起工作的時候（你現在擁有這間工廠），常看到老板那張帶有地中海東部特色的臉上，出現一種奇怪的痛苦表情。我在他送走一個邋遢的猶太教徒時，注意到這種表情。那個人滿臉鬍子，流里流氣的，而且身上有股羅馬尼亞低地食物的氣味，他每兩個月到工廠一次，爲一家名不見經傳的依地語物理治療大學募款。我們老板總是給他幾個德國的銅板，然後迫不及待將他從出貨口送走，彷彿他在工廠會帶來比罷工更嚴重的問題。那陣子我總是對老板比較好，因爲他有種奇怪的脆弱和不安。我們緩緩走過大捆大捆開司米毛料與哈里斯呢料，我讓他在我面前盡情發洩。（至少他不討厭我的新肌肉。爲什麼你要把我趕走？）

—今天我的工廠像什麼樣子？一堆破布和標籤，亂糟糟，對我的精神簡直是種侮辱。

—先生，就像您的野心的墳墓，是嗎？

—沒錯，孩子。

—先生，就像喉嚨裡的刺和眼中的沙子，是嗎？

—我不要那個流浪漢再進到這裡，聽到沒有？再這樣搞下去，總有一天他們都會跟著他走，而我會帶頭跟著走。那可憐的王八蛋比誰都快樂。

但是，他當然從沒有給那討厭的乞丐吃過閉門羹，而且爲此而感到痛苦，很規律，就像經痛，那就是在月亮的管轄之下，女性對生命感到懊悔的方式。

你像月亮一樣使我受苦。我知道你被吃苦與隱忍的古老法則綁住。我害怕跛子的智慧。兩根枴杖，一種怪異的跛態，就可以毀掉我散步的心情，雖然我特意穿了新西裝，刮了鬍子，還一路吹口哨。我羨慕你確定你會默默無聞。我渴望破衣服的魔力。我羨慕我爲你製造的恐怖情境，但是自己卻不會感到害怕。我一直醉得不夠徹底，窮得不夠徹底，有錢得不夠徹底。這些狀況都會傷害到我，也許已經傷害得夠徹底了。它讓我想尋求慰藉。它讓我兩手往前伸出。是的，我渴望成爲新共和國的總統。我喜歡聽到武裝青少年在醫院門口呼喊我的名字。革命萬歲！讓我成爲我的最後三十天的總統吧。

親愛的朋友，今晚你在何處散步？你放棄肉了嗎？你已被解除武裝，內心空無一物，成了恩寵的工具嗎？你能夠停止說話嗎？寂寞已帶你進入狂喜嗎？

你的吸吮充滿愛心。我痛恨它，我濫用它。但我還是期望你能達到我渴望的境界。我還是期望你結出珍珠，讓這些深藏心底的痛苦折磨合理化。

這封信是用古老的語言寫的，爲了回想種種過時的語法，我吃了不少苦頭。我得讓自己的心思回溯到許多圍著鐵絲網的禁區，雖然我花了一輩子的時間才逃出那些禁區。然而，我並不後悔。

我們的愛永遠不會消失，這一點我可以向你保證，我，發出這封信的人，讓它像隻風箏，飛上你的慾望天空。我們一起被生下來，而在我們的親吻中，我們承認我們渴望被再生一次。我們躺在彼此的懷中，我們彼此是對方的老師。我們尋找每個獨特夜晚的獨特音調。我們想要消除靜電干擾，卻發覺靜電可能是音調的一部分，因此而痛苦不堪。我是你的旅程，你是我的旅程，而艾狄絲是我們的神聖的星星。這封信自我們的愛中躍升，像決鬥的劍迸出的火花，像顫動的鈸發出的陣陣針雨，像自我們的緊密擁抱中滲出的汗珠，像兩潭彼此接近的水銀發出的尖叫，像雙胞胎散發的神祕氣息。我是你的奧祕，你是我的奧祕，而且我們樂於知道奧祕是我們的家。我們的愛不可能消失。我走出歷史，來告訴你這件事。像兩隻長毛象，在專注的遊戲中將長牙纏在一起，於冰河期降臨之際，我們彼此保存對方。我們怪異的愛，使我們的男性輪廓保持剛毅和簡潔，因此我們只帶我們自己上我們各自的婚姻的床，而且我們的女人終於認識我們。

瑪麗·巫倫終於准許我將左手伸進她的制服中。她看著我寫前面這一段，所以我盡情揮灑。女人喜歡男人放縱自己，因爲那會將他從他的同伴中隔離出來，使他變孤單。女人對男性世界所知道的一切事情，都是來自那個世界孤單而又放縱的逃離者，所對她們揭露的。她們無法抗拒痛苦的男同性戀，因爲他們擁有非常專業的情報。

——繼續寫，她嘶道。

瑪麗已經轉身背對著我。氣球在尖叫，像示意一切勞動結束的笛聲。瑪麗假裝在看某個病人織的毯子，以此掩飾我們的寶貴遊戲。我緩緩推進我的手，像隻蝸牛，手心朝下，沿著她大腿背面又緊又粗的襪子往上爬。我的指關節和指甲碰觸到她裙子，感覺脆脆涼涼的，裹著襪子的大腿熱熱的，有弧度，有點潮，像一條新鮮的白麵包。

—高一點，她嘶道。

我一點也不急。老朋友，我一點也不急。我感覺我將以整個永恆來做這件事。她迫不及待收縮兩邊的屁股，像比賽前兩隻碰觸在一起的拳擊手套，我停下手來感受她大腿上的顫動。

—快點啦，她嘶道。

是的，從襪子的張力，我可以感覺到，我已接近繫在吊帶上的半島。我將沿著兩旁熱呼呼的肌膚游走整個半島，然後我將從奶頭狀的吊帶裝置上跳開。襪子的線綳得緊緊的。爲了避免過早接觸，我收攏我的手指頭。瑪麗急著扭動，旅程岌岌可危。我的食指偵測出吊帶裝置。它溫溫的。小小的金屬環，橡皮扣子，全都溫溫熱熱的。

—求求你，快一點，她嘶道。

像針頭上的天使一般，我的手指頭在橡皮扣上跳舞。我該往哪個方向跳呢？跳向外側結實的大腿，溫暖如同棲息在海灘的熱帶烏龜殼一般的大腿？或者跳向中間那片泥濘的沼澤？或者像蝙蝠一樣，鉤在右臀那顆懸在空中的柔軟大圓球上？她漿過的白色裙底相當潮濕，感覺就像停機棚，有些機棚裡頭不但會騰雲起霧，而且還眞的下雨。瑪麗抖動她的屁股，像一只不肯把金幣吐出來的撲滿。潮水即將氾濫。我選擇中間。

——啊好——

甜美的湯汁燜著我的手。濃稠的間歇泉淋著我的手腕。磁雨在測試我的寶路華手錶。她扭動身體，找尋合適的姿勢，然後當頭罩住我的手，就像張網捕捉黑猩猩。我原本在她潮濕的陰毛中蛇行，用指頭去壓，像在壓棉花糖。現在，豐沛的自流井，奶頭狀的褶邊，數不清的燈泡般的大腦，砰動的黏液心臟群，將我團團圍住。濕潤的摩斯電碼沿著我的手臂上下移動，控制了我的理性思維，電訊越來越密集，傳向黑暗大腦的沈睡區域，爲心中那群疲憊的篡位者選出快樂的新國王。我是在大型電子水上遊樂場中製造波動的海豹，我是在燈海中燃燒的鎢絲，我是瑪麗洞窟的生物，我是瑪麗波浪的浪花，瑪麗護士的屁股在貪婪地鼓掌，她熟練地沿著我的手骨犁她的屁股，直腸的玫瑰上下滑動，就像對樓梯扶手有特殊癖好者所做的夢。

——唏哩嘶嚕，唏哩嘶嚕。

我們不快樂嗎？我們雖然很大聲，卻沒有人聽到我們，但是，在所有的慷慨布施中，這只是一個小小的奇蹟，就如同盤旋在每個頭顱上的彩虹光環，也只是小小的奇蹟。瑪麗回頭看著我，同時慰問我，她兩眼往上翻，眼珠白得跟蛋殼一樣，張開的金魚嘴掛著驚異的笑容。在工作治療室的金色陽光中，每個人都相信自己是了不起的天才，紛紛在意味著他們身心健全的璀燦聖壇上，獻出籃子、陶製煙灰缸、皮編小錢包。

老朋友，你可以跪著讀下面這些東西，因爲現在我已經釐清我的論述中迷人的重點。我原本不知道我要告訴你什麼，但現在我知道了。我原本不知道我想宣告什麼，但現在我清楚了。我所有的言辭只是它的前言，我所有的動作只不過是清喉嚨的動作。我承認我折磨你只是爲了引起你對它的注意。我承認我出賣你只是爲了輕輕拍著你的肩膀。古老的愛人，在我們的親吻與吸吮中，這些才是我想向你傾訴的東西。

上帝活著。魔法在運作。上帝活著。魔法在運作。上帝在運作。魔法活著。活著就是在運作。魔法從未消失。上帝從未生病。許多窮人說謊。許多病人說謊。魔法從未衰退，魔法從未躲藏起來。魔法一直在主宰一切。上帝在運作。上帝從未死過。上帝是主宰，雖然爲他送葬的行列越來越長。魔法從未逃走，雖然它的祭弔者越來越多。上帝的確活著，雖然人家已準備給他穿上壽衣。赤裸的魔法生機蓬勃，雖然他的言語遭到扭曲。雖然他的死訊已正式昭告全世界，但是心不相信。許多傷心的人感到奇怪。許多震驚的人在淌血。魔法從未步履蹣跚。魔法一直在領導。許多石頭被滾下來，但是上帝不會倒下。許多狂野的人說謊。許多肥胖的人相信。雖然他們奉獻石頭，魔法還是被餵飽了。雖然他們鎖起他們的保險櫃，上帝還是一直被奉侍。魔法在運作。上帝主宰一切。活著就是在運作。活著就是在主導。許多衰弱的人受飢餓。許多強壯的人活跳跳。雖然他們誇耀孤獨，上帝還是與他們同在。牢房中的夢想家不孤獨，山上的船長也一樣。魔法活著。雖然它的死訊已獲得全世界諒解，心還是不相信。雖然法律被刻在大理石上，但是它們無法庇護人。雖然聖壇在國會中造起來，但是它們無法命令人。警察逮捕魔法，魔法跟他們走，因爲魔法喜歡飢餓。但是魔法不會停留。它從這隻手臂移到那隻手臂。它不會和他們待在一起。魔法在運作。它不會受到傷害。它在空的手掌上棲息。它在空的心靈中產卵。但魔法不是工具。魔法是目的。許多人驅趕魔法，但魔法卻留在原地。許多強壯的人說謊。他們只是穿過魔法，從另一邊出來。許多衰弱的人說謊。他們偷偷去找上帝，而雖然他們離開他後得到滋養，他們卻不說誰幫他們治了病。雖然山在他們面前跳舞，他們卻說上帝已經死了。赤裸的上帝的確活著，雖然人家已準備給他穿上壽衣。我想對我的心傾訴這一切。我想在我的心中對著它微笑。我想在我的心中供奉它，直到供奉的儀式就是周行於整個世界的魔法，而心本身就是穿行於肉體的魔法，而肉體本身就是在時鐘上跳舞的魔法，而時間本身就是上帝的魔法尺度。

老朋友，你不快樂嗎？只有你和艾狄絲知道，我已經等這指示等了多久。

—王八蛋，瑪麗・巫倫兇巴巴地罵我。

—怎麼啦？

—你的手軟掉了。快抓住！

老朋友，我必須被殺死多少次？看來，我還是沒搞懂生命的奧祕。我是個老人，一手寫信，一手摳水淋淋的屄，什麼也沒搞懂。如果我獲得的指示是種福音，那它會讓我的手枯萎嗎？肯定不會，因爲沒什麼道理。我從空氣中挑出謊言。他們正用謊言在對付我。眞理應該會讓我變強壯才對。我懇求你，親愛的朋友，解釋我，超越我。現在我知道我是個沒救的個案。去吧，將我的志向告訴世人。

—抓住。

瑪麗擺動身體，手又振作起來，就像遠古的海草在撥弄動物。現在，她的屄的柔軟手肘正要將我推向某個地方。現在，她的屁眼在我手臂的稜脊上摩擦，不像早先的玫瑰色梯欄白日夢，比較像在抹除夢痕的橡皮擦，而現在，唉，世俗的信息出現了。

—快抓住，求求你，求求你。現在他們隨時會注意到我們。

這是眞的。工作治療室的空氣焦躁不安，不再充滿金色陽光，只是明亮溫暖而已。沒錯，我已經讓魔法消失了。醫生們想起來他們是在工作，並且拒絕打哈欠。一位矮矮胖胖的小姐發出一個公爵夫人般的命令，樣子怪可憐的。一個小伙子哭了起來，因爲他又尿濕了褲子。一個前小學校長拼命放屁，並且威脅說不讓我們上體育課。生命的主宰啊，我的苦頭吃盡了嗎？

—快一點。

瑪麗用力繃。我的手指頭刷到一個東西。那不屬於瑪麗的身體。那是種異質性的東西。

—抓住它。拉出來。那是我們的朋友要我帶的東西。

—馬上就好。

親愛的朋友：

我想起來了。

送你的煙火我給錯箱了。我那套著名的香皂化妝品收藏中，也缺了青春痘藥皂。我曾用它治好了艾狄絲的青春痘。但是你當然不知道，因爲你沒有理由相信，艾狄絲那張吻起來那麼柔，摸起來那麼細的臉，會長青春痘。我剛認識她的時候，她的臉既不柔也不細，別說去摸它吻它，連看你都不會想看。那時候，她奇醜無比。在這封長信的另一部分，我將會告訴你，你在蒙特婁山大飯店發現的那位美麗的妻子，那位理髮廳的傑出指甲美容師，是如何被我們，艾狄絲和我，打造出來的。你開始做心理準備吧。

缺了青春痘藥皂，那套香皂用處就不大了，雖然裡頭包括透明香皂，松樹、檸檬和檀香木的幽魂，以及威利果凍。你能達到的效果，就是洗乾淨的香噴噴的青春痘，如此而已。也許那樣你就很滿意了——多悲觀的猜測啊。

你總是抗拒我。我爲你準備了一個身體，但你拒絕它。我理想中的你，是個手長十九英寸的人，但你掉頭而去。我看到你臃腫鬆垂的胸肌和馬蹄形肱三頭肌。在某些親密的擁抱中，我發現你實在把屁股降得太低了。當你在我面前蹲著的時候，你的屁股絕不能太低，以致讓它們坐在腳跟上，因爲，一旦這種狀況出現，大腿的肌肉就不再使力，而是屁股的肌肉在使力，所以你的屁股才會搖搖晃晃的，一種非常自私的發展，讓我感到很難過，而且也是你會便祕的一個因素。我看到你擦防曬油，身上閃閃發亮的樣子，胸腹部宛如洗衣板，上面刻著一道道尖銳的腹外斜肌和斜鋸肌。我有一種方法可以消除斜鋸肌。我知道哪裡有專業希臘健身椅。我有一套韁繩和馬鐙，可以快速將你的老二鍛練成眞正的鐵錘，叫鵜鶘一口吞不下去。我有一個括約肌強化器，可以讓你的肛門張縮自如，暢通無阻。我的瑜珈你懂嗎？我在艾狄絲身上費的功夫，你明白嗎？不管你認爲那是毀滅，還是創造。現在你察覺我的康莊大道了嗎？你知道你走的那些羊腸小徑對它是多大的侮辱嗎？

也許這是我自己的過錯。我留了好幾手，包括一些重要的配備和事實眞相，但只因爲我期望你會比我更強（沒錯，這比較接近事實。）我看到一位沒有領土的國王。我看到一隻淌血的槍。我看到來自被遺忘的天堂樂園的王子。我看到一個滿臉青春痘的電影明星。我看到一輛奔馳的靈車。我看到新猶太人。我看到受人歡迎的跛腳特勤隊。我希望你把痛苦帶到天堂。我看到火治好了頭痛。我看到選舉戰勝了自制力。我希望你的混亂變成一張捕捉魔法的網子。我看到沒有樂趣的歡喜，也看到相反的狀況。我看到所有的東西只因爲功能被強化就改變了本質。我想爲更純粹的禱告而破壞訓練的名譽。我對你有所保留，因爲我希望你比我的系統設想的更強。我看到划槳的傷口沒有變成肌肉。

誰是新猶太人呢？

新猶太人是優雅的瘋子。他用財力支持抽象思考，造成成功的救世主式的政治，色彩繽紛的流星雨，和其他的象徵性氣象。他因爲反覆研究歷史而患失憶症，他熱情接受的事實愛撫著他健忘的腦袋。他改變聖痕的價值觀達千年之久，使世界各國的人視它爲珍貴的性的吉祥物，熱烈追求它。新猶太人締造魔法加拿大，魔法魁北克法語區，和魔法英國。他證明渴望會帶來驚喜。他把悔恨當作原創性的堡壘。他混淆懷舊的黑人至上論，因爲這些理論越來越圖騰化。他以失憶症鞏固傳統，用再生誘惑全世界的人。他無條件接受全體文化遺產，以這種方式消解歷史和儀式。他旅行不必用護照，因爲所有的國家都認爲他沒有傷害性。他對監獄的滲透，強化了他的超國籍色彩，突顯了他的法治性格。有時候他是猶太人，但基本上是美國人，而且偶爾是魁北克人。

老伙伴，這是你和我的夢想。

—新猶太人，我們倆，古怪、好戰、隱形，屬於一個有可能出現的新族群，活在神蹟的流言蜚語中。

送你的煙火我給錯箱了，而這不完全是因爲疏忽。你拿到的是利奇兄弟美國煙火精選，據稱是該價位的貨色中花樣最多的一種，超過五百五十個。讓我們慈悲地說，當時我不知道這場試煉到底會持續多久。我原本可以給你老牌班納煙火總匯，同樣的價格，但是有一千多個又響亮又美麗的煙火。我使你無緣欣賞電子加農禮炮，古典櫻桃炸彈，銀色火雨，十八響雲中戰火，和自殺式日本夜行火箭。讓慈悲記載說，我這麼做乃是基於慈悲。那些煙火的爆炸聲，可能會引起惡意的注意。但沒有給你七彩家庭草坪煙火大展，我又能找什麼藉口呢？那是一套聲音小得不能再小的煙火啊。就這樣，你無緣欣賞維蘇威飛躍噴泉，彗星太陽炮，雙耳花瓶，巨型繁花炮，三角旋轉輪，和愛國彩色火旗。親愛的，繃緊你的神經吧。讓慈悲爭辯說，我為你省下了一大筆家庭的揮霍。

我要對你釐清所有的事情，包括艾狄絲、我、你、特卡魁塔、阿－族和鞭炮。

我不希望你被煙火燒死。另一方面，我不希望你的流放歷程太過於輕鬆。這是出於老師的職業性驕傲，以及一種微妙的羨慕心理，這種心理我在前面已經揭露過。

更陰險的是，我用一種順勢療法，定期為你注射一點狂喜，而這有可能會讓你免疫，最後對狂喜的侵襲完全無動於衷。弔詭這種食物只能養肥諷刺作家，而不是寫讚美詩的詩人。

也許我應該徹底一點，將我巧妙地以鞭炮為掩飾偷渡進來的輕機槍，通通交給你。我患的是處女座的老毛病，沒有一件事做得夠純粹。我從來不確定我要的是門徒，還是游擊戰士。我從來不確定我要的是國會，還是修道館。

我承認我從未認清魁北克革命的本質，即使在我的國會醜聞發生的時候，也是一樣。我拒絕支持戰爭，不是因為我是法國人，或反戰人士（我當然不是），而是因為我很疲倦。我知道他們怎麼對待吉普賽人，我吸了幾口即刻寧B，但我還是非常非常疲倦。你記得那一陣子的世界形勢嗎？一部巨型點唱機播著一首令人昏昏欲睡的曲子。這是一首已經播了幾千年的老歌，而我們閉著眼睛隨它起舞。它的曲名叫做歷史，而我們喜歡它，納粹、猶太人、每一個人都喜歡。我們喜歡它，因爲那是我們編造的，因爲，就像希臘古哲修西狄底斯，我們知道發生在我們身上的事情，才是這個世界上最重要的事情。歷史使我們感到陶醉，所以我們一再播放，直到深夜，意猶未盡。我們的指導者準備上床睡覺的時候，我們臉上露出笑容，我們很高興擺脫他們，因爲他們不知道怎麼對待歷史，儘管他們口沫橫飛，剪報一大堆。晚安，老騙子。有人將燈光調暗，於是我們將肉體擁進我們懷中，我們吸入頭髮的芬芳，我們互相頂著對方的生殖器。歷史是我們的歌。歷史選擇我們創造歷史。我們爲它獻身，被事件愛撫。

我們排成完美的昏昏欲睡的營隊，在月光下前進。它交付的使命將會被完成。在甜美的睡夢中，我們手拿著香皀，等待下雨。

別在意，別在意。我已經太過深入古老的語言了。它可能會把我陷住。

我很疲倦。我厭倦不可避免的事情。我想自歷史脫身。別在意，別在意。就說我非常疲倦吧。我說不行。

—立刻滾出國會！

—法國鬼子！

—他們最不可靠！

—投票處死他！

我帶著沈重的心情逃走。我喜歡國會的紅色座椅。我懷念紀念碑下的性愛。我在國家圖書館裡面射精。對空無的未來實在太不純粹了，所以我爲過去的成功哭泣。

我還要進一步承認，我喜歡槍的魔力，我以鞭炮爲掩飾，把槍偷渡進來。我從小就愛作怪。我在魁北克種槍，因爲我在自由與懦弱之間擺盪。槍會吸取魔力。我爲未來的歷史埋槍。如果歷史主宰一切，那就讓我變成歷史先生吧。槍是綠的。牙苞迸出來。我讓歷史回來，因爲我寂寞。別學我。超越我的風格吧。我只不過是個腐敗的英雄。

在我收藏的那些香皀中。別在意。

一段時間之後。

在我收藏的那些香皀中，有一塊是我花大把鈔票買的。去阿根廷渡假，周末在飯店與艾狄絲共處一室的時候。別在意這一點吧。我花了大約美金六百三十五元。服務生一直對我使眼色。他不屬於聰明伶俐的年輕新移民。從前是位男爵，擁有那麼點歐洲的土地。交易在游泳池邊進行。我要它。我要它。我渴求世俗的灰色魔法。人肉香皀。完完整整一塊，還像新的，雖然我迫不及待地用它洗了一次澡。

瑪麗，瑪麗，你在哪裡，我的小亞比煞？

我親愛的朋友，牽著我的鬼魂的手吧。

現在我要告訴你整個事情發生的過程。我只能爲你做到這個程度。我無法讓你親自參與其中。我只希望，我已經爲你做好這趟朝聖之旅的行前訓練。我當初沒有懷疑我的夢想格局可能太小。我相信我爲我的時代構築了最偉大的夢想：我要成爲魔法師。那是我心目中的榮耀。現在基於我的整個經歷，我要對你提出一個請求。不要成爲魔法師，成爲魔法本身。

我安排你進檔案中心找資料那個周末，艾狄絲和我飛到阿根廷，去曬曬太陽，做一些實驗。艾狄絲身體出了毛病：它的大小一直在改變，她甚至怕它可能會逐漸消失。

我們住的是一個有空調的大房間，面對海邊，拿了大把小費的服務生一走，我們立即鎖上門，並且扣上門栓。

艾狄絲將一大張橡膠床單鋪在雙人床上，繞到床的各個角落，仔細將它拉稱。我喜歡看她彎身的樣子。她的屁股是我的傑作。你可以說她的奶頭是怪異的奢侈品，但屁股是完美的。它每年都需要靠電子按摩和荷爾蒙藥物來保養，這是事實，但它的概念是完美的。

艾狄絲脫掉衣服，躺在橡膠床單上。我站在床邊。她眼中充滿怒火。

—F，我恨你。我恨你對我和我丈夫所做的事情。我太愚蠢，所以才會和你一起鬼混。我多希望他在你之前認識我——

—安靜下來吧，艾狄絲，我們就別再吵這些了，當初還不都是因爲妳想變漂亮。

—現在我什麼也記不得了。我腦中一片混亂。也許我以前曾漂亮過。

—也許吧，我以同樣哀傷的口氣回答她。

艾狄絲挪動棕色的臀部，好讓自己躺得自在一點，一道陽光穿透她的陰毛，給它染上一種鐵繡的色調。沒錯，那種美的確超出我的能力範圍。

陽光照在尻上
陰毛渾似著火
她的隧道沈入動物
她的膝蓋圓潤裸露

我跪在床邊，將一隻薄薄的耳朵貼在小花園上，傾聽小小的沼澤機器。

—F，你干預了太多事情。你違背了上帝的旨意。

—安靜，我的小丫頭。生命的殘酷，有時連我也無法忍受。

—當初你不該改變我，應該讓我維持你初初認識我的樣子。現在沒人會對我感興趣了。

—艾狄絲，我可以永遠舔妳。

她用她可愛的棕色手指搓著我的頸背上的短毛，搓得我隱隱生疼。

—F，有時候我會爲你感到難過，你本來可以成爲一位偉人的。

—別說話，我悶聲說。

—F，站起來吧，不要再舔我了。我一直假裝你是別人。

—假裝我是誰？

—服務生。

—哪個服務生？我問說。

—留一撮鬍子，身上穿雨衣那個。

—我明白，我明白。

—F，你也注意到他了，對不對？

—對。

我站起來的勢頭太猛，腦袋一陣天旋地轉，先前愉快吞進肚子的食物，突然翻湧上來。我恨我的生命，我恨我的干頂，我恨我的雄心壯志。有那麼一霎那，我但願我是個普普通通的人，一輩子與一個印地安孤兒關在熱帶旅館房間，過著與世隔絕的生活。

拿走我的相機
拿走我的玻璃杯
太陽與潮濕的永恆
讓醫生走吧

—F，別哭。你早就知道，這件事遲早會發生。是你要我放開一切的。現在既然沒人對我感興趣，我只好自己想辦法。

我顛到窗口，但窗子是密閉式的。大海一片深綠，海灘上點綴著許多遮陽傘。我多渴望我從前的老師，查爾斯・埃克西斯。我張大眼睛，想尋找一件潔白無瑕的泳褲，而且上面不能有生殖器造成的凹凸陰影。

—唉，過來吧，F，我無法忍受看著一個男人又吐又哭的。

她將我的頭安放在她裸露的乳房中間，每個耳朵塞進一粒奶頭。

—好啦，別哭啦。

—謝謝妳，謝謝妳，謝謝妳，謝謝妳。

—F，好好的聽，用你要我們大家去聽的方式好好的聽。

—艾狄絲，我正在聽。

讓我讓我跟隨
深入黏黏糊糊洞窟
看城市胚胎冒泡
隨那波浪漂浮

—F，你沒在聽。

—我在努力。

—F，我爲你感到難過。

—艾狄絲，救救我。

—我看你就繼續工作吧。這是唯一能救你的一種東西。想辦法完成你在我們每個人身上展開的工作吧。

她說得對。我是我們的小小出埃及記的摩西。我永遠不跨越紅海。我的山可能非常高，但它是聳立在沙漠上。就讓它滿足我吧。

我恢復我的職業態度。她的低級香水味殘留在我的鼻孔中，但這屬於我的工作範圍。我從我的毗斯迦山上勘察這位裸身女孩。她柔軟的嘴唇綻出笑容。

—F，這樣好多了。剛才你的舌頭雖然很靈活，但是你在當醫生的時候表現比較好。

—好吧，艾狄絲，現在告訴我，妳的問題是什麼。

—我再也無法讓自己達到高潮。

—妳當然不能。如果我們要讓泛高潮性的身體達到完美境界，使快感帶擴及每一寸肌膚，使電話之舞普遍化，那我們就得開始降低奶頭、嘴唇、陰蒂和屁眼的專制色彩。

—F，你這是在冒犯上帝。你使用骯髒的字眼。

—我想碰碰運氣。

—自從不能讓自己達到高潮之後，我一直很沮喪。現在我還不想試另外一種藥。它會讓我寂寞得受不了。我覺得模模糊糊的。有時候我會忘記我的屄在哪裡。

—艾狄絲，妳讓我感到疲憊。想想看，我已經把我全部的希望都放在妳和妳那可愛的丈夫身上。

—把高潮還給我吧。

—好吧，艾狄絲。這一點也不難。我們用書試試看。我預料到這種情況有可能發生，所以帶了幾本可以派上用場的書。我這個皮箱裡頭，還有一些人工陽具（給女性使用的），陰道按摩器，玉鈴瑲，和角先生。

—太好了。

—妳就躺下來聽吧。沈入橡膠床單裡面，張開妳的腿，讓空調設備做它的齷齪事。

—好，開始吧。

我清了清我著名的喉嚨。我選了一本大部頭的書，寫得很赤裸，主題是各式各樣的自淫行爲，對象有人與動物，花，兒童與成人，以及屬於各個年齡層和各種文化背景的女人。它的細目包括：爲什麼太太要自慰，我們能從食蟻獸身上學到什麼，不滿足的女人，異常行爲與性慾，自慰的技巧，女性的自由度，剃除陰毛，陰蒂的發現，棍棒自慰，女性金屬，框架愛撫，尿道自慰，個人實驗，兒童的自慰，大腿摩擦技巧，乳房的刺激，窗口的自淫。

—別停下來，F，那種感覺好像快回來了。

她可愛的棕色手指頭，緩緩移向她光滑的圓弧形小腹。我繼續唸，用我徐緩的、挑逗的、氣象報告般的口氣。我對著我呼吸沈重的、具有奇特性癖好的門徒朗讀，在性變得「不一樣」的時刻。「奇特」性行爲是種比性交高潮更有快感的性行爲。這些怪異行爲幾乎都帶有肢體傷害、驚嚇、窺視、痛苦或折磨的成分。一般人的性習慣，比較不帶這種施虐或受虐的色彩。**然而**，讀者將會驚訝地發覺，所謂正常人的喜好有多不正常。**個案史**與深度田野調查。以大量篇幅詳細描述性行爲的**所有面向**。**採樣項目**：摩擦、觀看、絲環、求雌狂、獸姦等等。一般讀者將驚奇地發現，「奇特」的性行爲如何被貌似天眞正常的性伴侶所傳承。

—F，感覺眞好，已經很久沒這樣了。

現在白日將盡，天色逐漸暗下來。艾狄絲在自己身上到處摸，大膽地聞著自己的味道。我自己幾乎也無法把持。書本的內容已對我產生作用。她年輕的身體上泛起雞皮疙瘩。我呆呆瞪著別出心裁的插圖：男人與女人的性器官，包括外部和內部，描繪插入方法正確和不正確的插圖。明白陰道如何承受陰莖，將使太太們受益匪淺。

—求求你，F，別這樣丟下我不管。

性的飢渴已經讓我的喉嚨快噴出火來。愛在撫弄。艾狄絲在她的擠捏下扭著身體。她猛然翻身，肚子朝下，用她美麗的小手刺激肛門。我一頭栽進一本半陽萎手冊。這個主題包含許多重要的篇章：如何使勃起的陰莖變大，如何使陰莖色澤變深，如何使用潤滑劑，月經期間的滿足，濫用停經期，如何用太太的手克服半陽萎。

—F，別碰我，我會死掉。

我不假思索唸起一個描述兄妹互相口交的段落，又接著唸其他的東西。我的手已經快失去控制了。我在一種追求刺激性生活的新觀念中辛苦跋涉。我沒有漏掉談論長壽的部分。眞是高潮迭起，人人有希望達成。大批女同性戀被採訪，而且被粗暴地質問。有些因爲答得吞吞吐吐而受到折磨。齷齪的同性戀，快說吧。一本傑出的書，呈現了職場上的性侵擾。除手毛的化學藥品。不是模型！是男女性器官和排洩物的眞實照片。探索性的親吻。我一頁翻過一頁。髒話自艾狄絲的口沫中汩汩冒出。她的手指頭閃閃發光，她的舌頭因爲品嘗她的淫水而挫傷。我以日常用語唸書本上的內容，一本接一本，最敏感的部位，勃起的原因，丈夫在上面一～十七頁，太太在上面十八～二十九頁，坐姿三十～三十四頁，側姿三十五～三十八頁，站跪姿三十九～五十三頁，各種蹲姿五十四～一〇九頁，全方位的性交動作，特別爲夫妻製作的。

—艾狄絲，讓我玩玩前戲吧！我哀求說。

—不行。

我匆匆瀏覽一本性辭典。在一八五二年，理查．伯頓悄悄地割了包皮，時年三十一歲，活到六十九歲。「擠奶的人」。亂倫寶典。人種混合的十個步驟。偷拍的技巧。極端行爲的證據。虐待狂，肢體傷害，食人慾，口交者的食人慾，不成比例的性器官如何配合。看看新美國女人隆重誕生的過程吧。我大聲唸出各項眞實記載。她將不會被剝奪性的歡娛。**個案史**顯示了改變中的趨勢。充滿大學女生渴望被求歡的描述。女人不再視口交爲禁忌。男人自慰到死。前戲中的食人慾。頭顱性交。「掌控」高潮的訣竅。割包皮，贊成，反對，沒意見。親密性的接吻。性實驗有什麼好處？自己的與別人的性構造。罪惡必須被加以傳授。吻黑人的嘴。大腿文獻。渦旋癖的手壓方式。死神騎著駱駝。我給她一切東西。我的嗓子哭出乳膠。我沒有對她隱瞞蕾絲，刺激的開襠褲，以及柔軟有彈性的胸罩，用這種胸罩，胸部才不會鬆垮、下垂、寬展，以至年紀輕輕兩個乳房就彼此分離。我對著艾狄絲彼此分離的奶頭吐露完整的紀錄，耶誕褲，火警雪花，魔術胸罩，普通包裝隆胸膏，可洗式皮製金賽娃娃，陰垢消除劑，**小尤物**煙灰缸，「**再寄一**份消疝護墊給我，好讓我有備份可以替換。現在它使我可以以最快的速度操作我的沖壓機，每天八小時。」我挿播這段話，爲悲傷，爲憂鬱柔軟平坦的鼠蹊護墊，它可能潛伏在艾狄絲的記憶沼澤中，當髒污的啓動桿，當撐長的開關，自邊陲貧民窟升起，準備發射破破爛爛的、神格化的、濕淋淋的火箭的時候。在那貧民窟，唯一的小喇叭獨奏是祖父黏稠的咳嗽和內褲錢的問題。

艾狄絲擺動沾滿口水的膝蓋，在一道道潤滑的小溪流上跳來跳去。她的大腿在泡沫中發光，她的淡色的肛門被殘忍的假指甲挖掘。她爲了獲得解脫而尖叫，由想像力所駕馭的飛翔，被頑冥不化的屄所否決。

—F，快想點辦法，我求你，但是別碰我。

—艾狄絲，親愛的！我對妳做了什麼？

—站回去，F！

—我能做什麼？

—試試看。

—恐怖的故事可以嗎？

—都可以，F，快一點。

—猶太人的故事呢？

—不要，太奇怪了。

—一六四九年呢？貝伯夫和拉勒蒙可以嗎？

—都可以。

於是我開始背誦小時候的功課，內容是易洛魁人如何殺害耶穌會士貝伯夫與拉勒蒙，在二十日早晨，他們燒焦的、肢離的遺骸，被一個耶穌會士與七個武裝法國人發現，「他們目睹了這種慘狀。」

十六日下午，易洛魁人將貝伯夫綁在火刑柱上，然後開始燒他，從頭到腳。

—迫害崇敬上帝的人，將永遠受烈火折磨，貝伯夫以教師的口吻恫嚇他們。

神父說話的時候，印地安人割掉他的下嘴唇，將一塊火紅的鐵塞進他的喉嚨。他沒有露出痛苦的表情，或發出痛苦的聲音。

接著，他們帶拉勒蒙上場。他們在他赤裸的身上綁著一條條樹皮，塗上樹脂。拉勒蒙看到他長官臉上有個不自然的洞，露出牙齒，淌著血，燒焦的嘴中還吐出一截灼熱的工具握柄。這時候，他以聖保羅的話哀嚎說：

—我們成了世界的一項奇觀，成了天使與世人眼中的一項奇觀。

拉勒蒙撲倒在貝伯夫腳下。易洛魁人抓住他，將他綁在一根火刑柱上，然後點燃捆在他身上的樹皮。他哀求上帝保佑，但他不會這麼快死。

他們用燒得滾燙的戰斧做成一個項圈，套在貝伯夫的脖子上。他毫不畏縮。

一個皈依基督教又反悔的易洛魁人擠上前來，要求用熱水澆他們的頭，因爲傳教士在印地安人頭上澆了很多冷水。一個水壺被懸吊起來，水被煮滾，然後慢慢淋在被擄獲的神父頭上。

—我們給你們施洗，讓你們快樂上天堂，他們笑著說。你們告訴我們說，在地上吃越多苦，在天上就會越快樂。

貝伯夫屹立不搖。經過許多恐怖折磨之後，他們剝下他的頭皮。他們剖開他胸膛的時候，他還活著。這是一位非常勇敢的敵人，許多人站上前來喝他的血，吃他的心。他的死震驚了他的加害者。他的試煉持續了四個小時。

從小體弱多病的拉勒蒙被帶回屋內。在屋子裡，他整夜受折磨，直到天亮後不久，一個印地安人對這個漫長的消遣感到厭倦了，所以才用戰斧給了他致命的一擊。他身上沒有一個地方沒被燒過，「這些可惡的東西甚至把熾熱的煤渣放進他的眼窩。」他的試煉持續了十七個小時。

—艾狄絲，感覺怎樣？

其實我用不著問她。我的朗誦只是使她更接近一個她無法企及的巔峰罷了。她在慘烈的渴望中呻吟，她的雞皮疙瘩在哀求中閃閃發光，她渴望擺脫世俗快樂的痛苦束縛，衝向那個無明的領域，像睡夢，像死亡，一種超乎快樂的快樂之旅，在那地方，每個人像孤兒一般，朝著一個原子世系航行，而且那地方比家族徽章或收養家庭更私密，更滋養。

我知道她永遠無法達成目標。

—F，把我救出來吧，她苦苦哀求。

我插上丹麥震動按摩器的插頭。接著發生了一件丟臉的事情。那種美妙的電子震動一占領我的手，像一大群受過訓練的海草，編織著，撫摸著——我立即猶豫起來，捨不得把這個工具交給艾狄絲。哪知道，在她水汪汪的試煉中，她還是注意到我試著把完美吸黏式支架偷偷塞進我的內褲陰影中。

她奮力從她的水池中爬起來，撲向我。

—卑鄙的傢伙，把那東西給我！

她一掌揮過來，像熊一般（是出於某種祖傳的記憶嗎？）我還沒繫緊改良型神奇扣帶，按摩器已飛出我的懷抱。就這個樣子，帶爪的手掌一擊而下，熊將魚自溪流的懷抱中劃出。按摩器螃蟹一般在光滑的地板上急走，一路嗡嗡叫，像個翻覆的火車頭。

—F，你眞自私，艾狄絲氣呼呼罵我說。

—這是說謊者與忘恩負義者的看法，我用最溫和的口氣說。

—別擋住我。

—我愛妳，我緩緩朝按摩器移動，同時對她說。艾狄絲，我愛妳。我的方法可能不對，但我從未停止愛妳。我想結束你們的痛苦，妳的和他的（你，親愛的老伙伴），這難道是自私嗎？我到處看到痛苦。我無法忍受看著你們的眼睛，它們長滿了痛苦和慾望的蛆。我無法忍受親吻你們，因爲你們的每一個擁抱都透露一種絕望而尖刻的乞求。在你們的笑聲中，不管是爲錢而笑，或爲夕陽而笑，我總聽到你們的喉嚨被貪婪撕裂。在跳高的時候，我看到身體萎縮，在兩次高潮之間，你們迸射悔恨的潮水。無數的東西被建造起來，無數的東西沈埋在公路網底下。你們不喜歡刷牙。我給了你們有美麗奶頭的乳房：你們能夠滋育其中的任何一顆嗎？我給了你們有不同記憶的老二：你們能夠訓練一個種族嗎？我帶你們去看完整的二次世界大戰電影：當我們走出電影院的時候，你們有覺得比較輕鬆嗎？沒有，你們一頭栽進研究的荊棘中。我吸吮你們，你們卻大聲嚎叫，說要給我比毒藥更厲害的東西。每握一次手，你們就爲一個失落的花園哭泣。

你們在每件物品上發現鋒利的邊緣。我無法忍受你們的痛苦發出的喧囂。你們遍體鱗傷。你們急需繃帶，而我只能就地取材，完全沒有時間煮開水消毒。謹慎是種奢侈品。我沒有時間檢視自己的動機。自我淨化只不過是種藉口。面對這麼悲慘的情況，我做什麼都可以被容許。我不必為我的勃起負責。我不必為我自己的邪惡野心做解釋。面對你們的膿血，我無法停下來檢查我的方向，看我是否對準了一顆星星。當我一跛一跛走下街道的時候，每個窗口都在廣播一個命令：改變！淨化！實驗！燒灼！翻轉！燃燒！保存！教育！相信我，艾狄絲，我必須行動，而且迅速行動。那是我的天性。就當我是時間緊迫的科學怪人吧。我像是在車禍現場醒過來，周遭到處斷手和斷腳，尋求安慰的麻木叫喊聲，指著回家方向的斷裂手指，與許許多多逐漸枯萎的殘骸，就像自玻璃紙中切下來的一片片乳酪，但是，在這個解體的世界中，我能拿到的只有針和線，所以我雙腿跪落，從糾結的東西中拉出碎塊，開始加以縫合。人的模樣我有點概念，但這個概念一直在改變。我無法花一輩子時間去尋找理想的體形。我聽到的全是痛苦的叫聲，看到的全是支離的身體。我的針拼命縫，有時候，我發覺針線竟然穿進我的肉中，將我與自己的奇怪創造物合併在一起，所以我將我們撕開，然後我會聽到我自己的聲音與其他的聲音一起嚎叫，於是我知道我也是這場災難的一部分。但我也理解到，我並不是唯一一個跪在地上拼命縫的人。有其他的人像我一樣，犯著同樣荒唐的錯誤，被同樣不純粹的緊迫性鞭策著，將自己縫進一堆廢物中，痛苦地將自己撕扯開來——

—F，你在哭。

—原諒我。

—別哭了。瞧，你的勃起消失了。

—現在一切都在逐漸瓦解。我的自制力正在崩潰。妳知道訓練你們兩個，我需要用多少自制力嗎？

我們兩個在同一瞬間躍向按摩器。她的汁液讓她變得滑溜溜的。在我們的爭奪過程中，有那麼一下子，我但願我們是在做愛，因爲她所有的管口都緊糾糾的，而且散發著香味。我抓住她的腰，但她的屁股隨即溜出我的緊密摟抱，就像是一粒濕淋淋的西瓜子，她的大腿揚長而去，像一列趕不及搭上的火車，讓我空著滑溜溜的雙手，一鼻子撞在昂貴的桃花心木地板上。

老朋友，你還和我在一起嗎？別絕望。我跟你保證，這件事會在狂喜中結束。是的，在這故事中，你太太一絲不掛。在幽暗房間的某個角落，垂掛在一把椅子的椅背上，像一隻疲憊的大蝴蝶，她的內褲，因爲塗抹了淡淡一層汗水而乾硬，正在夢中，夢著參差不齊的指甲，而我與它一起做夢——巨大、飄搖、下沈的夢，交錯著互相垂直的刮痕。對我而言，這是行動的結束。我可以繼續嘗試，但我知道我已經放棄你們兩個，而你們兩個也放棄了我。我還有一個計策，但那太危險，所以我一直沒有使用它。我在後面會談到，事件將逼我使用它，而它將導致艾狄絲的自殺，我的住院，以及你在樹屋的殘酷試煉。我警告過你多少次，說你將會受到寂寞鞭撻？

所以，我就那樣子躺在阿根廷。丹麥震動按摩器在艾狄絲年輕的輪廓爬上爬下，嗡嗡響，像一具電動刨刀。房間裡頭又冷又暗。在絕望的乞求中，她不斷挺起下身，這時候，滑溜的膝蓋偶爾會捕獲一絲月光。她已停止呻吟；我猜她已接近令人屏息的死寂領域，高潮喜歡以口技家的喘息和宇宙性的木偶情節淹沒這個區域。

─感謝上帝，她終於低語說。

─艾狄絲，我很高興妳可以達到高潮。我替妳感到高興。

─感謝上帝，它終於離開我了。我竟然得給它吹喇叭呢。它要我做口交。

─妳說什───？

我還沒問清楚是怎麼回事，它已經跳上我的屁股，它的白痴嗡嗡聲拔高，變成神經病尖叫聲。它可分離的胯部組件自行塞進我毛茸茸的大腿中間，靈巧地輕輕托住我那兩顆害怕的蛋。我以前聽過這種事，而且我知道事後我將會痛苦悔恨。按摩器釋出一團化學奶油，黏在我辛苦鍛煉成的結實臀縫頂端，就像將一顆裝著氰化物的蛋丟進毒氣室一般。我的體溫慢慢將奶油溶化，爲它的無恥插入做潤滑準備，這時候，幾個舒適的乳膠罩杯開始到處做出刺激的吸吮動作。彈性擴展器似乎有自己的生命，而且幸運扣帶將一切東西分別展開，而我感覺，空調正從我幾乎從未察覺過的微小表面徐徐蒸發汗水和奶油。我準備在那兒躺上十天。我甚至不感到驚訝。

我知道它會貪得無厭，但我準備屈服。泡棉護墊整個展開的時候，我微微聽到艾狄絲在叫我。之後，我就什麼也沒聽到了。感覺上就像一千位密切配合的性哲學家在仔細檢查我的身體。白色棍子剛戳進去的時候，我可能有發出慘叫聲，但化學奶油持續釋出，而且我感覺有一個罩杯改變了功能，專門處理排泄物。它像石膏嘴唇一般在我耳中嗡嗡叫。

我不知道它究竟在我的私密地帶肆虐了多久。

艾狄絲打開一個電燈開關。她無法忍受看著我。

—F，你快樂嗎？

我沒有回答。

—F，我該做點什麼事嗎？

或許按摩器以一種饜足的嗡嗡聲回答了她。它收進美國蕾絲，動作快得跟義大利食客一般，杯罩停止了吸吮的動作，我的陰囊唐突地垂落，然後，機器從我顫抖的肉上滑落。現在我想，當時我是快樂的……

—F，要不要我把插頭拔掉？

—艾狄絲，隨妳便，我累壞了。

艾狄絲用力扯掉電線。按摩器一陣顫抖，靜默下來，終至完全靜止。艾狄絲鬆了一口氣，但這口氣鬆得太早了點。按摩器開始發出一種嚇人的汽笛聲。

—它有電池嗎？

—沒有，艾狄絲，它沒有電池。

她雙手抱胸蓋住乳房。

—你意思是——？

—沒錯，它已經學會自己充電。

按摩器朝艾狄絲前進，她退向一個角落。她奇怪地彎下身來，彷彿是要將她的屄隱藏在大腿後面。我無法從身下那潭果凍中動彈，剛才，在那潭果凍中，我被數不清的改良物雞姦。它悠閒地橫過旅館房間，後面拖著一堆扣帶和罩杯，宛如一件用草葉和胸罩做的夏威夷裙子。

它已經學會自己充電。

（沒有名字且無法以言語形容的天父啊，求你帶我走出無奇不有的沙漠吧。我已經和事件打交道太久。我太想變成一位天使。我帶著一袋權力追逐奇蹟，想用鹽醃漬它們狂野的尾巴。我想支配瘋狂以便竊取它的情報。我想用瘋狂編寫電腦程式。我想創造恩寵以便說明恩寵存在。我想別懲罰查爾斯・埃克西斯。我們看不到證據，所以我們苦苦追索我們的記憶。敬愛的天父，請接受這個告解：我們不曾訓練自己去接受，因為我們相信沒有任何東西可以接受，而且無法忍受這個信仰。）

—救我，F，快救救我。

但是我被一根刺痛的釘子固定在地板上，釘頭是我的肛門。

它不慌不忙接近她。這時候艾狄絲已經不設防地坐下來，弓著背，張開她可愛的腿。恐懼與即將到來的噁心刺激讓她呆住了，現在她已經準備屈服。我曾凝視過許多洞，但從沒有看過哪個洞有這種表情。柔軟的毛自滴著水的陰唇往後梳，看起來就像路易十四的太陽王頭像。陰唇的褶襞一下張開，一下收攏，就像有人在玩鏡頭的光圈。按摩器慢慢爬到她身上，過沒多久，這孩子（艾狄絲當時二十歲）開始以她的嘴巴和手指頭做出一些沒有人曾對你做過的事。相信我，老朋友，我這話一點也不誇張。也許這就是你想從她身上得到的東西。但是你不知道怎麼鼓勵她，而這不是你的錯。沒有人做得到。就因爲如此，我才設法不讓互撥電話的遊戲變成性愛遊戲。

整個攻擊的過程可能持續了二十五分鐘。在前十分鐘，她要求它玩她的胳肢窩，她明白表示哪個奶頭比較飢渴，她扭轉軀幹，將隱密的粉紅色地帶獻給它——直到按摩器開始掌控整個場面。之後，艾狄絲就快樂地淪爲汁液、肌膚、排泄物、肌肉組合成的大餐，只爲滿足它的胃口而存在。

當然啦，看起來她是充滿了歡喜。

按摩器從她臉上滑落，露出她那傷痕纍纍的淡淡笑容。

—別走，她低聲說。

它爬上窗台，先是發出低沈的嗚嗚聲，接著轉速加劇，帶著尖銳的呻吟聲，一舉穿透玻璃而出，玻璃碎裂，隨著它的出場而掉落，彷彿那 是一張別緻的舞台布幕。

—讓它留下來吧。

—它已經走啦。

我們拖著我們奇怪的身體，來到窗前。我們探出頭去，看著按摩器爬下飯店的大理石樓面，這時候，芬芳濕熱的熱帶夜晚飄進房間。抵達地面之後，它越過停車場，一下子就到了海灘。

—天哪，F，好過癮哦。你摸摸這裡。

—我知道，艾狄絲。妳摸摸這裡。

月光下，空無一人的沙灘上，一齣奇怪的戲在我們面前展現。海浪拍上明亮的岸邊，碎裂成深色浪花。按摩器正緩緩朝海浪前進，就在這時候，幽靈般的棕櫚叢中閃出一條人影。是個男人，穿著一條潔白無瑕的泳褲。我不知道他是要攔截它，狠狠地摧毀它，或只是想就近觀看，仔細欣賞它邁向大西洋的古怪優雅行程。

夜色感覺多柔和啊，就像搖籃曲的最後一段。我們底下那條小小的人影，一手插腰，一手搔著頭，聚精會神地看，就像我們，看著這個儀器沒入波濤起伏的大海，看著海水淹沒它閃亮的罩杯，像在宣告一個文明的結束。

—它會回來，回到我們身邊嗎？

—那不重要，重要的是它活在這個世界上。

我們肩併肩站在窗口，兩條人影，站立在一個大理石梯上，高高聳入浩瀚的清朗夜空，沒有任何憑靠。

微風揚起一小綹她的頭髮，我感覺到它從我的臉頰飄落。

—艾狄絲，我愛妳。

—F，我愛你。

—而且我愛妳丈夫。

—我也是。

—什麼都和我計畫的不一樣，但現在我知道將會發生什麼。

—我也是，F。

—妳知道嗎，艾狄絲，有種東西正在我心中醞釀，一種不尋常的愛在低聲呼喚，但我將永遠無法完成它。我衷心祝福妳丈夫能夠完成它。

—他會的，F。

—但他將獨自完成它。他只能獨自完成它。

—我知道，她說。我們一定不能和他在一起。

我們眺望著開闊的海洋。悲傷突然鋪天蓋地襲向我們，一種我們不曾擁有或要求的無私悲傷。搖搖盪盪的海水處處泛著碎裂的月光。老情人，我們向你說再見。我們不知道離別何時會完成，或如何完成，但它始於那個時刻。

金黃色的門上響起一陣職業性的敲門聲。

—一定是他，我說。

—我們要不要穿上衣服？

—不必吧。

我們甚至不必開門。他身上有工作鑰匙。他穿著舊雨衣，留了一撮鬍子，但底下什麼也沒穿。我們轉身面對他。

—你喜歡阿根廷嗎？我客套地問他。

—我懷念新聞片，他說。

—也懷念遊行嗎？我搭上他的話又問。

—也懷念遊行。但其他的東西這裡都找得到。唷！

他注意到我們紅通通的性器官，開始興致勃勃地撫弄它們。

—太好了！太好了！我看得出來你們已經做好充分的準備。

接下來發生的都是些司空見慣的事。也許我已經向你傾銷了太多的痛苦，所以我不想多談我們與他胡作非爲的細節，免得你更加痛苦。爲了不讓你爲我們擔心，我只能說，我們的確已經做好充分的準備，而且我們根本懶得抗拒他卑鄙刺激的命令，甚至在他要我們親吻鞭子的時候。

—我有一樣東西招待你們，他終於說。

—艾狄絲，他有一樣東西招待我們。

—好啊，她疲憊地回答。

他從雨衣口袋拿出一塊香皂。

—浴缸三人行，他愉快地說，口音非常重。

於是我們和他浸在浴缸玩水。他爲我們抹上香皂，從頭抹到腳，邊抹邊告訴我們這塊香皂的特點。現在你應該已經知道，它是從溶化的人肉中提煉出來的。

那塊香皂現在在你手中。我們接受了它的洗禮，你太太和我。我很好奇你會怎麼用它。看吧，我已經爲你展示了事情發生的過程，從一種風格到另一種風格，從一個親吻到另一個親吻。

還不只這些，還有凱特琳・特卡魁塔的歷史——你很快就可以看到全部的內容。

我們疲憊地用飯店的豪華浴巾互相擦拭身體。服務生小心翼翼擦我們的私處。

—以前這種東西我要多少有多少，他說，但口氣中毫無懷舊的感覺。

他穿上雨衣，站在落地穿衣鏡前，仔細整理嘴上那撮鬍子，又將頭髮按自己喜歡的方式分好邊，梳整齊。

—別忘了通知警察公報。我們待會再談香皂的價錢。

—等一下！

他打開門正要走，艾狄絲突然雙手抱住他的脖子，拉他到床邊，將他傑出的頭壓在自己的胸脯上，輕輕地搖著。

—妳幹嘛這麼做？我問她說，這時候服務生已離開好一陣子，房間內除了他的胃脹氣留下的淡淡硫磺味，已感覺不到他存在的跡象。

—有那麼一下子，我感覺他是阿—族。

—啾，艾狄絲！

我跪在你太太腳前，用我的嘴貼著她的腳趾頭。房間一團亂，地板上一灘灘汁液和泡沫，但她聳立在污穢中，像一尊帶著月光肩章和月光奶頭的美麗雕像。

—啾，艾狄絲！不管我對妳做過什麼，乳房也好，屄也好，失敗的液壓屁股也好，我所有一廂情願自以為是的干預，全都不重要。現在我知道，雖然妳一臉青春痘，但妳遠超乎我的想像，妳遠超乎我的小格局。妳究竟是誰？

—*Ισις ἐγῶ εἰμί πάντα γεγονός καί ὄν καί ἐσόμενον καί τό ἐμόν πέπλον οὐδείς τῶν θνητῶν ἀπεκαλυψεν!*（我是繁殖女神伊希斯，是一切已存在的事物，與一切將存在的事物，沒有凡人揭開

過我的面紗！）

—妳不是在開玩笑吧？那我只配舔妳的腳趾頭。

—快舔吧。

很長一段時間之後。

老伙伴，我記得你曾跟我說過一個故事，有關印地安人如何看待死亡的故事。印地安人相信，肉體死亡之後，靈魂要經過漫長的旅程，才能抵達天堂。那是一趟艱難而又危險的旅程，很多人無法完成。你必須從一根在激流中彈跳的樹幹上，通過一條陰險的河流。一隻狂吠的巨犬會追咬旅人。有一條狹窄的小徑，兩旁是會跳舞的大石頭，它們會撞在一起，不能隨它們起舞的朝聖者，會被夾得粉碎。休倫人相信，這條路旁有一小間樹皮屋，屋裡住著歐斯克塔拉奇，意思是鑽頭者。他的任務是為過往的旅人取出腦子，這是「進入永恆的必要準備工作」。

問問你自己吧。讓你吃足苦頭的樹屋，也許是歐斯克塔拉奇的小木屋。你不知道這個手術竟然要花這麼長的時間，而且這麼麻煩。粗鈍的戰斧一次又一次戳進腦漿。月光想進入你的頭顱。冰冷天空的閃爍巷道想流進你的眼窩。冬夜的空氣感覺像「鑽石溶液」，它想淹沒空無一物的碗。

問問你自己吧。我是你的歐斯克塔拉奇嗎？我祈禱我是。親愛的，手術正在積極進行中。

我與你在一起。

但誰可以為歐斯克塔拉奇動手術呢？如果你了解這個問題，你就會了解我的試煉。為了追求我自己的手術，我必須求助於普通病房。樹屋對我而言太寂寞了：我必須求助於政治。政治為我減輕的負擔，是我左手的大拇指。（瑪麗・巫倫不在意。）這時候，我左手大拇指也許正在蒙特婁鬧區的某個屋頂上腐爛，或者，它的碎屑黏在某個鐵皮煙囪的煙灰上。那是我的遺骸箱。慈悲吧，老朋友，為世俗主義者慈悲。樹屋非常小，而我們是一大群嚮往天空的人。

但是，謝爾布魯克街上，英國女王銅像的金屬身軀，也隨我的大拇指一起消失了。

轟隆！嘩！

長久以來，那個莊嚴的中空身軀，就像一顆大石頭，屹立在我們的血液與命運的純淨溪流中。現在，在一聲轟然巨響中，它整個飛濺開來，連同一位愛國者的大拇指。

那天雨下得多大啊！英國警察所有的雨傘，也無法保護這個城市，使她不受氣候改變侵襲。

解放魁北克！

定時炸彈！

魁北克萬歲，渥太華滾蛋！

一向只懂得為冰上曲棍球歡呼的一萬個聲音，現在呼喊著：**英國統治者吃大便。**

伊麗莎白滾回去。

謝爾布魯克街有個洞。很久很久以前，它被一個外國女王的屁股給堵住了。一粒純淨血液的種子被種在那個洞中，有一天，它會帶來大豐收。

當我將炸彈塞進銅綠斑駁的女王衣褶中時，我很清楚自己是在幹什麼。事實上，我相當喜歡這尊銅像。在女王陰影的庇護下，我摳過不少好學不倦的屄，所以，朋友，我請求你慈悲。我們是無法住在淨光中的人，我們必須處理象徵。

我對英國女王沒什麼成見。我甚至從未因爲她不是賈姬・甘乃迪而怨恨過她。在我心目中，她是一位英姿煥發的女士，雖然她那班設計師給她穿的總是一些怪里怪氣的制服。

一九六四年十月的那一天，女王與菲立普王子在武裝的魁北克街道上進行了一趟落寞的旅程。亞特蘭提斯的房地產大亨在海浪捲上陸地那天，都不可能這麼落寞。在一八八九年那場沙暴中，歐齊曼迪亞的腳都有更多的伙伴。他們直挺挺坐在防彈汽車內，像努力要看懂外國電影字幕的小孩子。沿路排列著黃色鎮暴部隊和敵視群眾的背。我沒有因爲他們的孤寂而沾沾自喜。而且我試著不去羨慕你的孤寂。畢竟，爲你指向一個我無法前往之處的人是我。我現在指著那個地方，以我失落的大拇指。

慈悲！

你的老師爲你展示事情發生的過程。

現在，蒙特婁的男人和女人，走起路來和以前不一樣了。音樂自馬路的人孔中飄出來。他們的服裝也不一樣了，再也沒有臭兮兮的口袋，裡面塞著一大團可麗舒衛生紙，包著非法射出的精液。抬頭挺胸，性器官隔著透明的內褲愉快地互相打招呼。痛快的性愛，像一船歡樂的旅鼠，從大理石英國銀行移居到革命咖啡館。聖凱特琳街上充滿了愛。這位聖徒是未婚女子的守護神。歷史將一個民族的斷裂鞋帶結了起來，於是人們又邁開大步往前走。可別受騙：一個民族的尊嚴是種觸摸得到的東西：它的衡量指標是，有多少勃起不必活在孤寂的夢中，女性火箭的呻吟分貝又有多高。

第一項世俗奇蹟：加拿大人，始終是汽車旅館寒冬的受害者，始終深受修女民主喜愛，始終被拿破崙法典的黑色皮帶束著腰身——革命已經完成只有潮濕的好萊塢曾做過的事。

注意看這些文字，注意看事情發生的過程。

不只因為我是法國人，所以我才渴望魁北克獨立。不只因為我不希望我們的民族變成旅遊地圖角落上的一幅稀奇古怪的圖畫，所以我才渴望擁有凸出的國界線。不只因為不獨立，我們就會淪為北方的路易斯安那，我們的血將只留下幾家有名的餐館和一個拉丁區。不只因為我知道，命運和寶貴的精神之類的崇高事物，必須用旗子、軍隊、護照之類的骯髒事物來加以確保。

我想在美洲這塊巨石上錘出一道彩色的美麗傷痕。我希望大陸的角落有一根可以透氣的煙囪。我希望一個國家一分為二，以便讓人們也學著將自己的生活一分為二。我希望歷史穿著銳利的冰刀跳上加拿大的背脊。我希望鐵罐的鋒利蓋子啜飲美洲的喉嚨。我希望兩千萬人知道，一切事情都可以不一樣，大大的不一樣。

我希望國家嚴肅地自我懷疑。我希望警察變成一種股份有限公司，並且隨著股市崩盤。我希望教會分裂成好幾派，然後在電影的兩邊廝殺開來。

我承認！我承認！

你看到了事情發生的過程嗎？

在我被逮捕，隨後以精神罪犯的名義監禁在這家醫院之前，我把白天的時間用來寫反對盎格魯撒克遜帝國主義的小冊子，將時鐘黏在炸彈上，都是一般性的顚覆工作。我懷念你美妙的親吻，但我無法阻止你走上，或跟隨你走上一個我爲你計畫的旅程。我之所以爲你計畫這個旅程，正是因爲我自己無法走向這個旅程。

但是在夜晚啊！夜晚如汽油一般灑在我最絕望的夢上。

我們怎麼對待印地安人，英國人也怎麼對待我們。英國人怎麼對待我們，美國也怎麼對待英國人。我要求爲每一個人報仇。我看到城市在燃燒，我看到電影陷入一片黑暗。我看到玉米田著火。我看到耶穌會士受懲罰。我看到樹木收回長屋的屋頂。我看到害羞的鹿爲了拿回牠們的衣服而殺人。我看到印地安人受懲罰。我看到混亂吞噬國會的金色圓屋頂。我看到水溶解那正在飲水的動物的蹄子。我看到篝火被小便澆息，加油站被整個吞沒，公路一條接一條陷入荒莽的沼澤。

那個時候我們非常接近。那個時候，我就在你身後不遠之處。

朋友啊，牽著我鬼魂的手，別忘記我吧。你被這麼樣的一個人愛著，他非常溫柔地閱讀你的心，他尋找你尚未成形的夢，當作他的歇息之處。常常想著我的身體吧。

我答應要給你一封充滿歡樂的信，不是嗎？

我想爲你卸下你最後的擔子：讓你在極度困惑中受苦的無謂歷史。你這種性格的人，在洗禮的階段之後，就很難有所進展。

生命選擇讓我成爲一個與事實爲伍的人，我接受這項責任。你不能繼續在這堆爛污中攪和。甚至別把凱特琳・特卡魁塔的死，及死後的種種奇蹟，當作一回事。用你防範蚊子咬的注意力去讀它就夠了。

向便秘和寂寞說再見吧。

F的古體歷史祝禱文

我們都在等待的奇蹟

它在等待國會崩塌消失

等待檔案館不再是棟房子

等待神父們被名望解了毒。

被濫用的獎章與記錄
完全無助於我們神聖的情慾之旅
只能如同某些變態者從未使用的鞭子
在麻痺性的信賴中逼迫我們的肉體。
我看見一個孤兒，無法無天無憂無慮
站在天空的邊邊
身體與常人無異
但眼中沒有爲事物命名的缺陷。
自小被人養在爐邊，他內心受盡傷害
光，風，冷，暗——他們拿他當新娘對待！

F的中古體歷史祝禱文

歷史是一個疥癬的[1]點[2]
爲了讓現金[3]進入夢鄉
射出[4]花生[5]大便[6]
用盡我們需要保存[7]的分量

1.疥癬的（scabbie）：骯髒的，充滿細菌的，受感染的，會導致疥癬，針孔發炎，敗血，肝炎。也指粗鈍的或生鏽的。

2.點（point）：毒品界用語，指皮下注射針頭（第十二號）。

3.現金（cash）：黑社會用語，指良心，大腦，或任何痛苦的知覺。在蒙特婁地區之外，我沒聽過這種說法，而且比較常聽到的地方，是聖勞倫斯大道和東北餐館。在法語血統和英語血統的不法圈子內，都很流行。很長一段時間沒有使用毒品，與親戚或教區神父不期而遇，接受社工或爵士樂人類學家訪談，都叫「現金工作」。

4.射出（shooting up）：將毒品打入靜脈。針頭以小紙圈固定在眼藥水滴管中。

5.花生（peaunt）：嗜糞癖者（coprophagist）[1,2]用語，指假的或人造的東西。本來是種輕蔑語，但有時也被用為表示訝異的親暱語，例如「怎麼回事，我的小花生！」或如意思更直接的法文「搞什麼花生！」這個辭最初出自正派人士，安大略地區有一群自教會分裂出來的「馬拉諾」教派，他們為了受到社會尊重和接納，而開始在膜拜儀式中使用花生醬。在毒品界，它指為了獲得暴利，而摻雜麵粉、奶糖或奎寧的毒品。

6.大便（shit）：原指海洛英和「烈性毒品」，現在泛指從印度大麻到無毒性的阿斯匹靈之間的任何一種欣快劑。值得一提的是，長期使用海洛英的人會得便秘（conspitation）[3]，因為它會使腸子減少蠕動。

7.保存（to keep）：在毒品界，保存是指擁有一些用來賣，而不是自己使用的毒品。

① κοπρος（kopros）—希臘文當然是大便的意思。但梵文čakrt 則是指肥料。親愛的，想像你自己是個採海綿的潛水夫吧。你了解有多少噚的海水在壓擠你長滿青苔的摸索嗎？

② φαγειν（phag-ein）—希臘文吃的意思。但是看看梵文：bhájati—分享、共食：bháksati—享受、消費：bhága š—快樂，財富。你使用的字都是沒有陽光的海底上的影子，沒有半個字具有教育或祈禱的內涵。

③ Con-stipatum：拉丁文 stipare 的過去分詞，指裝起來，壓下去，塞進去，塞緊。與希臘文 στίφος（stiphos）是同源詞，指緊緊壓成一團的東西。在今天的雅典，το στίφος 是指密密麻麻的群眾，一大群人或動物。朋友，我正慢慢把電纜放下水中，所以你不久就可以開始呼吸了，而且，由於我的緣故，你很快就會長出你自己的可愛的銀色的鰓。

凱特琳．特卡魁塔最後四年的生活
與死後發生的奇蹟

1

有個皈依基督教的印地安人，名叫歐肯拉塔利漢，是個歐尼優族酋長。他生活態度一向積極進取，對於新的信仰也不例外。他的名字意思是熾熱的灰燼，這是他性格的最佳寫照。他衷心期盼所有的莫霍克人都熱烈擁抱新的白臉上帝。一六七七年，他組了一個使徒宣教團，率團進入易洛魁人居住的區域。他帶了一個羅利特的休倫人，還有另一個皈依者，而這個人「碰巧」是凱特琳・特卡魁塔的親戚（碰巧二字可以減低天意的色彩，如果我們想要的話。）他們走訪的第一個村子，是卡納瓦克，我們的新皈依者，與她的告解神父德・隆貝維爾，就住在這個村子。歐肯拉塔利漢是傑出的演說家，他的演說風靡全村的人。凱特琳・特卡魁塔聽他說起他在蘇聖路易的新生活。

—以前，靈沒有與我同在，我活得像隻動物。後來，我聽人說起聖靈，也就是天上與地上眞正的主人，現在我活得像個人。

凱特琳・特卡魁塔想去這個被他說得天花亂墜的地方。德・隆貝維爾神父也希望這個特殊的孩子可以在比較友善的基督教環境中平安過日子，所以欣然同意她的請求。幸好，這時候她叔叔去奧蘭治堡（奧爾巴尼），與英國人進行交易。神父知道，她那些姑媽不會反對讓這女孩離開她們。歐肯拉塔利漢想繼續他的宣教任務，所以就決定，讓凱特琳與他的兩個同伴偷偷溜走。行前準備在暗地裡匆匆進行。隔天一大早，他們就駕著獨木舟啓程。神父在岸邊祝福他們，看著他們划向飄渺的霧中。凱特琳手中捏著一封信，要轉交給蘇聖路易的神父。她口中喃喃自語。

—再見，我的村莊。再見，我的家鄉。

他們沿著莫霍克河往東行駛，然後往北溯行哈得遜河，這條河上樹障重重，不時會碰到低垂的大枝幹，虯結的蔓藤，與濃密的灌叢。他們進入聖薩克里曼湖，這個湖現在叫做聖喬治湖，所幸湖水相當平靜。他們朝正北走，進入尚普蘭湖，溯行黎塞留河，直到尚布利堡。在這地方，他們捨舟步行，深入聖勞倫斯河南邊至今依然鬱鬱蒼蒼的茂密森林。在一六七七年秋天，這三個人抵達了蘇聖路易的方蘇瓦薩維耶宣教所。你需要知道的，就是這些。用不著苦苦思索她違背了對叔叔許下的諾言。你很快就會明白，世俗的誓言無法束縛凱特琳．特卡魁塔。別擔心她年邁的叔叔哼著淒涼的情歌，在遍地落葉中找尋她的足跡。

2

我必須加緊書寫的腳步，因爲瑪麗．巫倫的器官不是永恆的彈球機，不會永遠在性的驚喜中嗡嗡叫，而且我那只有四根手指頭的手可能也會累。但我會寫下所有你需要知道的東西。這個宣教團的負責人，是彼耶．修隆斯與克勞德．蕭西提耶，爲我們留下寶貴資料的兩位神父。他們展讀女孩帶來的信：「凱特琳．特卡可維塔將在蘇聖路易住下來。請費心指導她。你們很快就會明白，我們交給你們的，是多珍貴的寶物。在你們手上，它將增進上帝的榮耀，以及受上帝垂憐者的健康。」女孩被安排住進安娜絲塔西住的屋子，一個老太婆，屬於最早皈依基督教的易洛魁人，而且她「碰巧」認識凱特琳．特卡魁塔的阿爾岡昆族母親。這孩子似乎喜歡這個宣教團。她跪在聖勞倫斯河岸邊的木十字架前，隔著滾滾而下的河水，可以看到遠處的綠色地平線，和維爾瑪麗一帶的山丘。她身後是寧靜的基督教村莊，以及我將要描述的種種饒有深意的折磨。河邊豎十字架的地方，是她最喜愛的地點，而且我猜，她會對著魚、浣熊和白鷺鷥說話。

3

底下是她的新生活中最重要的一個事件。在一六七八年至一六七九年的冬天，另一個婚姻計畫開始在醞釀。每個人，包括安娜絲塔西，都希望凱特琳・特卡魁塔張開她的尻。在這個基督教村子，或在原先那個不信教的地方，情況都一樣。在本質上，每個社區終究是世俗的。但她已放她的尻飛走，現在誰來要它都沒用，不管是莫霍克勇士，或基督教獵人。他們心目中的人選裡頭，有個瀟灑的年輕小伙子。而且，把她從卡納瓦克救出來，並且供應她食物的那位親戚，在那個霧濛濛的早上，根本就沒有想過，他得承擔一項終身的經濟責任。

—以後我不再吃東西。

—親愛的，這不是吃的問題，而是不結婚太不自然了。

她含著淚水跑去找修隆斯神父。他是個聰明人，他活在現世，活在現世，活在現世。

—我說，孩子啊，他們說的也有道理。

—嗯———！

—妳得想想將來。將來會挨餓的。

—我不在乎我的身體會怎樣。

但是，我的老朋友與我的門徒，你在乎她的身體，對不對？

4

宣教所的氣氛相當狂熱。沒有人喜歡自己的膚色。受洗前的罪孽掛在他們的脖子上，就像已經被他們扔掉的沈重獸牙項鍊，而且，如同修隆斯神父所說的，他們爲了抹除過去的陰影，「紛紛採取激烈的悔罪行動」。以下是他們採取的幾種行動。把這村子想像成一幅曼荼羅，或一幅勃魯蓋爾繪製的兒童遊戲圖，或一張標著數字的簡明示意圖。往下看著宣教所，看看分散在各個角落的身體，從盤旋在半空中的直升機往下看，看看分散在雪地上的痛苦的身體。這的確是一幅需要被記在你大拇指指臂上的圖形。我沒時間仔細描述那種血淋淋的場面。試著從你自己的水泡的稜鏡上去體會它吧，而且在那些水泡中，選一顆你不小心造成的水泡。他們喜歡讓自己的身體流血，他們喜歡放一些血出來。有些人穿著內側有釘子的鐵甲，有的人還在鐵甲上繫著一捆木頭，走到哪拖到哪。有個赤身露體的女人在零下四十度的雪地上打滾。另一個女人在冰凍的河邊將自己種在雪堆裡，只露出一個頭，以這種奇怪的姿態誦唸玫瑰經，可別忘了，這種祝禱文譯成印地安語，唸起來比法文版要多出一倍的時間。有個赤身露體的男人在冰上鑿了一個洞，站在洞中，只露出上半身，然後一遍又一遍數念珠唸經文。他像條冰美人魚一般將自己的身體拔出來，結果勃起的模樣早已凍成固定形狀。有個女人帶著才三歲大的女兒進入冰洞中，因爲她想預先贖去孩子的罪。他們等候冬天的到來，這些皈依者，然後在它的面前攤平自己的軀體，然後它像一把巨大的鐵梳，從他們身上扒過。凱特琳・特卡魁塔身穿鐵甲，拖著沈重的步伐工作。就像聖德蕾莎，她可以說：「或者受苦，或者死亡。」凱特琳・特卡魁塔去找安娜絲塔西，問她說：

—妳認爲什麼東西最可怕最痛苦？

—乖女兒啊，我不知還有什麼東西比火更可怕。

—我也是。

這是文獻中記載的一段對話。它發生於一個加拿大冬天，在蒙特婁冰封的河流對岸，時間是一六七八年。凱特琳等到所有的人睡著之後。她來到河邊的十字架前，生起一堆火，然後，她花好幾個鐘頭的時間，用熾熱的炭渣愛撫可憐的腿，就像易洛魁人在折磨奴隸一般。她曾看過這種場面，而且一直想知道那是種什麼樣的感覺。她就這樣爲自己打上烙印，成了耶穌的奴隸。老朋友，我拒絕把它寫得太有趣，那對你沒有好處，而且我對你的訓練可能因此而失去作用。這不是消遣，這是遊戲。再說，你也知道痛苦是怎麼回事，那種痛苦，因爲你曾出現在貝爾森集中營新聞片裡面。

5

凱特琳．特卡魁塔跪在木十字架前禱告和禁食。她不是爲了讓靈魂在天堂得到恩寵而禱告。她不是爲了永遠不讓她的婚姻滋養歷史而禁食。她不是爲了讓宣教團蓬勃發展而用石頭割自己的肚子。她不知道她爲什麼要禱告和禁食。她在耗弱的精神狀態中進行這些苦修。千萬別相信聖痕不會痛。千萬別在尿急的時候做決定。你母親在給別人算命的時候，千萬別待在房間內。千萬別以爲總理羨慕你。親愛的，我得將你困在聖壇上，才有辦法告訴你一些事情，否則我的教導就只是一個標題，一種時尚。

6

她緩緩走進聖勞倫斯河南岸遍地落葉的樹林中。她看到鹿突然自灌叢中躍出，在牠騰空而起的時候，仍伸長耳朵在聽。她看到兔子躲進洞穴裡面。她聽到松鼠在收藏的橡實堆中驚聲怪叫。她看到一隻鴿子在松樹上築巢。二百年後，鴿子就會背叛森林，成天在多明尼廣場的銅像上閒晃。她看到一群群的鵝，排列成一個個不穩定的箭頭。她跪在地上呼喊，「生命的主宰啊，我們的身體必須靠這些東西維生嗎？」她坐在河岸邊，一動也不動。她看到鱘魚躍出水面，灑落的水珠晶潤如同貝殼幣上的珠子。她看到瘦瘦的鱸魚，動作快得跟狂野歌曲中突然竄出的笛音一般。她看到長長的狗魚，在狗魚底下，她看到螯蝦，各自活在不同深度的水域。她讓手指頭隨流水漂盪，一邊呼喊著，「生命的主宰啊，我們的身體必須靠這些東西維生嗎？」她緩緩朝著宣教所走上回程。她看到玉米田，金黃而又乾枯，羽毛和穗子在風中窸窸窣窣響，像一群高齡的祭祀舞者。她看到藍莓叢和草莓叢，用兩根松針和一滴雲杉樹脂編了一個小小的十字架，豎在一棵倒下的醋栗旁。一隻知更鳥聽到她在哭，一隻他媽的知更鳥停在半空中聽她哭。我必須以虛構來提起你的興致，你就是這種人。現在，夜晚已經降臨，三聲夜鶯揚起憂鬱的歌聲，像一頂幽靈帳篷，罩在她的哭聲上，一頂帳篷或一個金字塔，從遠處聽來，三聲夜鶯的歌聲有三個面。有人喜歡帳篷，有人喜歡金字塔，這似乎不重要，但是在一九六六年，在你的困境中，這很重要！「生命的主宰啊，」她呼喊說，「我們的身體必須靠這些東西維生嗎？」在星期六和星期日，凱特琳沒有吃半點東西。當人們強迫她喝湯的時候，湯裡面必須摻進灰燼，她才肯接受。「她以灰燼彌補喝湯的罪過。」

7

上帝啊，請原諒我，我在我的大拇指上看到這種慘狀，整個冬天的村莊看起來就像一場納粹的醫學實驗。

「比較五個易洛魁人的頭顱之後，我發現他們的平均顱內容量是八十八立方英寸，與白種人平均値差距小於兩立方英寸。」——莫頓，《美洲人的頭顱》第一九五頁。美國野蠻部落的頭顱容量，比墨西哥和秘魯野蠻部落的頭顱容量大，這頗不尋常。「容量上的差別，主要限於枕部與底部的部位」——換句話說，限於動物習性的區域。見J・S・菲利普《美國主要印地安族群的頭顱丈量》。

這是法蘭西斯・帕克曼著作中的一個注腳，在第三十二頁，一本有關北美耶穌會士的著作，出版於一八六七年。我在圖書館中隔著你的肩膀張望時，記住了這一段話。我擁有照相機一般的記憶力，所以，如果在你的耳朵旁盤桓太久，對我可能會造成一場大災難，這一點現在你可以理解了嗎？

8

凱特琳・特卡魁塔在宣教所最好的朋友，是一個年輕寡婦，教名是瑪麗德蕾沙。她是歐尼優人，本名是特蓋珍塔。她是個非常漂亮的年輕女人。在草原宣教團，她是出了名的特立獨行。一六七六年冬天，她隨同丈夫參加一趟深入烏塔烏艾斯的狩獵之旅。狩獵團總共有十一人，包括一個嬰兒。那是個嚴酷的冬天。風抹去了動物的足跡。大雪掩埋了獵徑。有個成員死於暴風雪中，結果被拿來吃。嬰兒也在人們的玩笑聲中吃了一些。他們很快就沒東西吃，於是先把原本準備帶來做鞋子的一些獸皮吃了，然後開始吃起樹皮。特蓋珍塔的丈夫病倒了。她守著他。兩個獵人去尋找獵物，一個莫霍克人，一個鄒農陶安人。一個星期後，莫霍克人獨自回來，兩手空空的，卻打著飽嗝。狩獵團決定向前推進。特蓋珍塔拒絕丟下丈夫。其他的人離開他們，走時還對她眨了眨眼睛。兩天後，她與狩獵團重新會合。她趕上他們的時候，他們圍坐在鄒農陶安寡婦與她兩個小孩的旁邊。在吃這三個人之前，有個獵人問特蓋珍塔：

—基督徒對吃人肉有什麼看法？

她怎麼回答不重要。她跑進雪裡。她知道，下一個被烤來吃的將是她。她回想到她那汗淋淋的性生活。她參加這場狩獵沒有事先告解。她請求上帝原諒，並且發願，如果能活著回到宣教所，一定會重新做人。十一個狩獵團的成員，只有五個回到草原。瑪麗德蕾莎是其中一個。一六七六年秋天，草原宣傳團搬到蘇聖路易。一六七八年復活節過後不久，兩個女孩在即將完工的小教堂前見了面。凱特琳先開口。

—瑪麗德蕾莎，我們到裡面去吧。

—凱特琳，我不配進去。

—我也不配。那東西吃起來是什麼味道？

—哪一部分？

—整個說來。

—像豬肉。

—草莓吃起來也像豬肉。

9

這兩個女孩總是形影不離，她們迴避其他同伴。她們一起在河邊的十字架前禱告。她們只談上帝，或與上帝有關的事情。凱特琳非常仔細地看著年輕寡婦的身體。她檢查那兩粒被男人嚼過的奶頭。她們躺在柔軟的青苔上。

—轉過來。

她俯視裸露的臀部，上面印著淺淺的蕨類花紋。

凱特琳向她的朋友描述她所看到的東西。然後輪到她俯臥在地上。

—我看不出有什麼不一樣的地方。

—應該有吧。

10

她每個星期三禁食。星期六，她們以樺樹枝條互相鞭打，為告解做準備。凱特琳總是堅持先脫下衣服。「在悔罪行動中，第一個跪下來接受鞭打的總是她。」為什麼她要堅持先被鞭打呢？因爲，輪到她鞭打對方的時候，一使力，她朋友加諸她身上的鞭痕裂口，就會裂得更深。凱特琳總是抱怨瑪麗德蕾莎打得太輕，而且非得打到肩膀血淋淋才肯讓她停手。必須有足夠的血滴在草葉上：這是衡量流了多少血的辦法。底下是蕭西提耶神父所記載的一段她的禱辭：

—我的耶穌啊，我必須對你冒個險。我愛你，但我已經冒犯了你。我來這裡是爲了實現你的公義。我的上帝啊，卸下你的憤怒吧，讓我來承擔它……

蕭西提耶神父告訴我們，有時候她的身體無法完成禱告，但她眼中的淚水可以完成。這些資料充滿震撼力，不是嗎？這不是那種枯燥乏味的圖書館研究工作，不是嗎？我認爲這篇文字將會摧毀工作治療室那些籃子。

11

法國人與易洛魁人之間的戰爭仍在持續進行。印地安人要求部分蘇聖路易的皈依同胞加入他們的行列，答應日後絕對尊重他們的宗教自由。皈依者拒絕，易洛魁人擄走他們，然後把他們綁在柱子上用火烤。一個名叫埃迪安的基督徒勇敢地接受火刑，死前還高聲傳揚福音，爲折磨他的人祈禱，希望他們皈依。他的勇氣讓印地安人大爲感動。其中有幾位要求受洗，希望洗禮的儀式可以賦予他們同樣的勇氣。但是，由於他們無意停止對法國人的攻擊，所以他們的要求被拒絕了。

—他們應該得到洗禮的，凱特琳喃喃對著身上的血污說。他們應該得到洗禮的。他們受洗的目的是什麼，並不重要。用力！用力！瑪麗德蕾莎，妳怎麼搞的？

—現在換我了。

—好吧。不過，趁我現在還沒站起來，我要檢查一個東西。盡量把妳的腿張開。

—這樣可以嗎？

—好，就這樣。妳已經變成處女了。

12

在星期一和星期二，凱特琳．特卡魁塔也偷偷禁食。這件事與你息息相關，特別是對你腸子的毛病而言。我有其他重要情報給你。德蕾莎．紐曼，一個巴伐利亞農家女孩，從一九二三年四月二十五日起，就拒絕吃任何固體食物。不久之後，她宣稱她已經感覺不到吃東西的需要。整整三十三年，她不吃東西過日子，時間從第三帝國延續到東西德分裂。一八九四年死於布魯克林的莫莉．法蘭徹爾有好幾年沒吃東西。終身奉侍耶穌的碧翠絲．瑪麗修道院長，西班牙現代版的凱特琳．特卡魁塔，常常長期禁食。最長的一次持續了五十一天。在四旬齋期間，如果聞到肉味，她會全身痙攣。努力回想一下，你想得出來艾狄絲吃過東西嗎？你記得她穿在襯衫內那些塑膠袋嗎？那回過生日，她彎身要吹蠟燭的時候吐在蛋糕上，你記得嗎？

13

凱特琳・特卡魁塔病得很重。瑪麗德蕾莎將她們的狂熱舉動告訴神父。修隆斯神父溫和地要求凱特琳答應他，不再做出過於激烈的悔罪行動。這是她所違背的第二個世俗諾言。她逐漸恢復了她的健康，如果那種日積月累的虛弱狀態也可以用健康二字來形容的話。

—神父，我可以發願當處女嗎？

—Virginitate placuit（蒙悅納的處女）。

—什麼？

—妳將成為第一位易洛魁處女。

一六七九年三月二十五日，聞報節那一天，凱特琳・特卡魁塔正式將自己的身體獻給救世主和他的母親。婚姻的問題解決了。她這世俗的奉獻讓神父們非常高興。小教堂內點滿了明亮的蠟燭。她也喜歡蠟燭。慈悲吧！可憐可憐我們這些只愛蠟燭的人，或只愛蠟燭所顯示的愛的人。我相信，在某隻偉大的眼睛中，蠟燭是一種完美的通貨，就如同所有的安達克萬德特，打炮療法。

14

蕭西提耶神父與修隆斯神父很困惑。凱特琳身上到處是流血的傷口。他們觀察她，他們偷偷觀看她跪在河邊木十字架前，他們數著她與她的同伴相互鞭打的次數，但他們看不出有什麼過激之處。在第三天，他們嚇到了。「她看起來跟死人一樣。」他們再也無法將她身體的衰敗歸因於她平常的虛弱。他們質問瑪麗德蕾莎。她說了實話。那天晚上，神父們進了凱特琳‧特卡魁塔的屋子。這印地安女孩裹著毯子，正在睡覺。他們扯開毯子。凱特琳沒有睡著。她只是裝睡。在那種痛苦中沒有人睡得著。這女孩以編織貝珠皮帶的技巧，將數千根荊棘的刺編在她的毯子和睡墊上。身子稍稍一動，血就會從新的傷口中流出來。她已經這樣子折磨自己多少個夜晚了？火光下，她全身赤裸裸，身上血流如注。

—別動！

—不要再動！

—我試試看。

—妳動了！

—對不起。

—妳又動了！

—是刺的關係。

—我們知道是刺的關係。

—我們當然知道是刺的關係。

—我試試看。

—試試看吧。

—我正在試。

—試著保持不動。

—妳動了！

—他說的對。

—我不是真的在動。

—那妳是在做什麼？

—我抽搐。

—抽搐？

—我不是真的在動。

—妳抽搐？

—是的。

—別再抽搐！

—我試試看。

—她這是在要自己的命。

—我正在試。

—妳在抽搐！

—哪裡？

—下面。

—現在好一點了。

—看看妳的大腿！

—什麼？

—它在抽搐。

—對不起。

—妳在作弄我們？

—我保證我不是。

—停下來！

—臀部！

—它在抽搐！

—手肘！

—什麼？

—在抽搐。

—膝蓋。膝蓋。**膝蓋**。

—在抽搐嗎？

—是啊。

—她全身都在抽搐。

—她控制不了。

—她會把她的皮撕下來。

—她試著要聽我們說話。

—是的，她在試。

—她總是在試。

—克勞德，把那個給她。

—這些刺眞醜陋。

—一堆醜陋的刺。

—孩子，妳聽得到嗎？

—是的，神父。

—我們知道妳極度痛苦。

—沒那麼嚴重。

—別說謊。

—她說了假話嗎？

—凱特琳，我們認爲妳在進行某項計畫。

—看那裡！

—那不是抽搐。

—那是故意在動。

—火移近一點。

—我們來仔細看看她。

—我不認爲她還能聽到我們說的話。

—她似乎很遙遠。

—看看她的身體。

—它似乎很遙遠。

—她看起來像一幅畫，有點像。

——是的，那麼遙遠。

——這是一個特殊的夜晚。

——嗯。

——像那種淌血的畫。

——像那種哭泣的聖像。

——那麼遙遠。

——她就在我們眼前，但我從沒看過誰這麼遙遠。

——摸一根刺看看。

——你來摸吧。

——哎唷！

——我就知道，是眞的。

——我很高興我們是神父，你呢，克勞德？

——高興極了。

——她聽得到我們嗎？

——孩子？

——凱特琳？

—是的，神父。

—妳聽得到我們嗎？

—聽得到。

—我們聽起來是什麼樣子。

—你們聽起來像機器。

—它好看嗎？

—它漂亮嗎？

—它很漂亮。

—是哪種機器？

—普通的永恆機器。

—孩子啊，謝謝妳。謝謝她，克勞德。

—謝謝妳。

—這個夜晚會結束嗎？

—我們有可能回去睡覺嗎？

—我很懷疑。

—我們會在這裡站很長的時間。

—是的。繼續觀看。

15

莎士比亞死了六十四年。安德魯・馬韋爾死了二年。約翰・彌爾頓死了六年。我們現在正處於一六八〇年冬天的核心。我們現在正處於我們的痛苦的核心。我們現在正處於我們的證據的核心。誰料想得到這竟然要花那麼長的時間？當我以我的聰明機智進入女人的時候，誰能料想得到？你正在某個地方聽我的聲音。那麼多的人在聽。每個星星上都有一隻耳朵。在某個地方，你穿著污穢襤褸的衣服，心中正在納悶我究竟是誰。我的聲音終於聽起來像你的聲音了嗎？當我試圖爲你卸下擔子的時候，是否把太多的東西背上了自己的肩頭？凱特琳・特卡魁塔的最後歲月令我著迷，現在我渴望得到她。我從皮條客變成嫖客。老朋友，難道一切的準備就是爲了這場墳場的三角戀情？我們現在正處於我們的痛苦的核心。這就是渴望的本質嗎？我的痛苦和你的痛苦一樣値得嗎？我是不是太輕易放棄醉生夢死的生活？是誰將政府的轀繩打成同心結？我可以乘著被我加滿了油的魔法飛翔嗎？這就是誘惑的本義嗎？我們現在正處於我們的巨痛的核心。伽利略。喀卜勒。笛卡爾。亞力山卓・斯卡拉蒂現在是二十歲。誰將掘出碧姬・芭杜，看看她的手指頭是否會流血？誰將檢驗瑪麗蓮・夢露墓中的甜美氣味？誰將與詹姆斯・賈克奈的頭一起滑落？詹姆斯・狄恩的身體現在還柔軟嗎？上帝啊，夢會留下指紋。鬼魂在撲了粉的洋漆上追蹤。我想進入碧姬・芭杜躺著的實驗室嗎？二十歲的時候，我想在皮革海灘上遇到她。夢是一捆線索。妳好，著名的金髮裸女，他們將妳創出來的時候，一個鬼魂正在對妳說話。我看到妳張開的嘴巴在福馬林中盤旋。我想我可以讓妳過得幸福，如果我們擁有錢財與保鑣的話。燈光亮起之後，新藝拉瑪體銀幕上竟然繼續淌血。我豎起一根猩紅的指頭，讓群眾安靜下來。在白色銀幕上，妳的色情自發事件繼續流血！我要在革命的蒙特婁四處展示碧姬・芭杜。我們年老的時候將會碰面，在一個老獨裁者的自助餐館。除了梵蒂岡，沒人知道妳是誰。我們偶然發現一個事實：我們原本可以讓對方幸福。伊娃・裴倫！艾狄絲！瑪麗・巫倫！海蒂・拉瑪爾！包法利夫人！羅琳・白考兒是瑪琳・黛德麗！碧姬・芭杜，這是F，一個鬼魂，來自綠色雛菊叢，來自他的性高潮的石窟，來自蒙特婁英語區僻靜的精神病工廠。躺在我的紙上吧，銀壇小尤物。讓妳的浴巾保持著妳胸部的形影。在我們獨處的時候，逐漸變成一個性變態吧。用化學的或舌頭的請求驚嚇我。濕著頭髮出浴，然後將刮過毛的交叉著的雙腿擱在我的獨臂桌上。讓電扇每次面對妳的時候，揚起金色步道般的細長髮絲。當妳在我們的第一次爭吵中逐漸入睡的時候，讓浴巾滑落。瑪麗啊，我已經回到妳身邊。我的手已經回到那一小扇眞正的黑色肉體窗口，那是現在的屄，當下的浸潤。我從誘惑出發，而且我展示它發生的過程。

—你犯不著，瑪麗・巫倫說。

—是嗎？

—是啊。它全包括在所謂的性愛裡面。

—我可以隨意想像嗎?

—可以,但動作要快!

16

我們處於一六八〇年冬天的核心。凱特琳·特卡魁塔全身冰冷,即將死亡。她死於這一年。這是一個偉大的冬天。她病到無法離開屋子。偷偷地挨餓,荊棘床墊繼續像要把戲一般彈耍她的身體。現在教堂對她而言太遙遠了。但是,蕭西提耶神父告訴我們,她每天要花一段時間跪在地上,或坐在一把簡陋的板凳上。樹來鞭打她。我們現在處於一六八〇年復活節前聖星期的開頭。聖星期一,她明顯地更加衰弱。他們告訴她她快死了。瑪麗德蕾莎用樺樹枝愛撫她的時候,她禱告說:

—上帝啊,向我顯示儀式屬於你。在儀式的過程中,為我開啓地上的一道裂縫。用下顎骨一般的破碎理念改變你的世界。我的主啊,求你和我玩耍。

宣教所有一個奇特的習俗。他們從不將聖餐帶到病人的屋子,而是用樹皮擔架將病人抬到教堂去領聖餐,儘管這趟路程風險很高。這女孩病到肯定無法被擔架抬著走。他們該怎麼辦?在早期加拿大,要建立一種習俗並不是那麼容易,而且,他們渴望擁有一個被傳統與古老所尊榮的加拿大耶穌，就如同今天的他，蒼白的塑膠製品，懸掛在交通罰單上方。這是我喜歡耶穌會士的原因。他們爭論究竟他們更需要爲哪一邊負責，是歷史或奇蹟，或者，換種比較英雄式的說法，是歷史或可能的奇蹟。在凱特琳・特卡魁塔黏滯的眼中，他們看到一種奇怪的光。他們敢拒絕她，使她得不到救世主聖體的最後慰藉嗎？他們應許這垂死的女孩，她躺在被荊棘扯碎的衣服中，半裸露著身體。群眾一陣歡呼。完美害羞者的情況是個例外，不依照一般慣例處理。皈依者裡面已經有人開始這麼稱呼她。尊嚴的場面還是免不了一些卑微的細節，凱特琳要求瑪麗德蕾莎找一條新毯子，或別的什麼東西，蓋住她半裸的身體。聖餐被送往病人屋子的過程中，全村的人一路跟隨。群眾擠在她睡墊四周，宣教所的皈依者全到齊了。她是他們最高的希望。法國人在森林中殺戮他們的同胞，但這垂死的女孩多少可以證明，他們做出的抉擇是正確的。如果說有哪個愁慘的場面曾摻雜了這麼多的非物質奇蹟，那就是這裡，就是現在。神父的聲音開始響起。赦罪禱告結束之後，她以渴切而模糊的眼睛，與傷痕纍纍的舌頭，領受了「救主耶穌基督的聖體」。現在，她看起來隨時會死的樣子。許多觀禮者希望女孩在臨終的禱告中能提到他們。修隆斯神父問她是否願意分別接見他們。他輕聲問她，因爲她正承受巨大的痛苦。她露出笑容，說她願意。一整天，他們帶著他們的擔子，在她的睡墊旁排成一列。

—我踩到一隻甲蟲，請爲我禱告。

—我用尿傷害了瀑布，請爲我禱告。

——我侵犯我妹妹，請爲我禱告。
——我夢見我是白人，請爲我禱告。
——我故意讓鹿慢慢死，請爲我禱告。
——我想吃人肉，請爲我禱告。
——我作了一把長柄鐮刀，請爲我禱告。
——我從蠕蟲身上取得黃色顏料，請爲我禱告。
——我曾經想留油膏鬍子，請爲我禱告。
——西風恨我，請爲我禱告。
——我將我的念珠給了英國人，請爲我禱告。
——我弄髒了纏腰布，請爲我禱告。
——我殺了一個猶太人，請爲我禱告。
——我賣過鬍子油膏，請爲我禱告。
——我吸過糞煙，請爲我禱告。
——我強迫我弟弟看，請爲我禱告。
——我抽過糞煙，請爲我禱告。
——我破壞了一場歌唱表演，請爲我禱告。

—我在划船的時候自慰，請爲我禱告。
—我折磨一隻浣熊，請爲我禱告。
—我相信草藥，請爲我禱告。
—我從瘡疤裡面取得橙色顏料，請爲我禱告。
—我祈禱我們得到飢荒的教訓，請爲我禱告。
—我已經八十四歲，請爲我禱告。

他們一個接一個，跪下來，然後從她毛渣渣的臨終臥榻前走過，留下他們可憐的精神行李，直到整個屋子感覺就像一個巨大的慾望海關，而且她的熊皮旁邊的泥土被許許多多的膝蓋磨得閃閃發亮，就像最後一具準備逃離即將毀滅的世界的火箭上的銀色面板，而當尋常的夜色降臨這個復活節村莊的時候，印地安人與法國人簇擁在他們嗶嗶剝剝的火堆前，嘴唇做出示意別人靜下來和送飛吻的樣子。唉，爲什麼描述這件事情讓我感到這麼寂寞？晚禱過後，凱特琳·特卡魁塔要求再進去樹林一次。修隆斯神父准許她的請求。田中的玉米覆著一層正在溶化的雪，她拖著自己的身體，艱辛地自底下穿過，進入芬芳的松林，進入森林的粉末狀陰影，藉著斷裂指甲的支撐，她拖著自己的身體，穿過暗淡的三月星光，來到冰冷的聖勞倫斯河邊，爬到冰凍的十字架前。勒龔普神父告訴我們，「她在這裡鞭打她的肩膀，長達十五分鐘，直到肩膀上血肉模糊。」而且是在沒有她的朋友幫助下做這件事。隔天轉眼到來，聖星期三。這是她最後的日子，這個用來追思聖餐與十字架奧義的日子。「我還記得她最後一次發病的經過。」修隆斯神父知道這是她最後的一天。下午三點，臨死的劇烈痛苦開始發作。她跪著禱告，和她一起禱告的是瑪麗德蕾莎，與其他幾位已鞭打過身體的女孩子。凱特琳・特卡魁塔「說了耶穌和瑪麗亞的名字，但拼錯了，之後，就喪失了說話的能力。」但你爲什麼不確實記下她發出的聲音呢？她在和名字玩耍，她在錘煉好的名字，她正要把所有掉落的枝條接到活樹上面。是 Aga 嗎？是 Muja 嗎？是 Jumu 嗎？你們這些白痴，她知道由四個希伯來字母組成的神名！你們讓她溜掉！我們讓另一個溜掉！而現在我們必須看看她的手指頭是否會流血！當時她就在我們面前，被釘著，口中唸唸有詞，準備解開世界之謎，而我們卻讓遺骸箱尖利的嘴巴去啃咬她的骨頭。國會！

17

她死於下午三點三十分。那天是聖星期三，一六八〇年四月十七日。那時候她二十四歲。現在我們正處於這個下午的核心。修隆斯神父在剛嚥氣的屍體旁禱告。他的眼睛閉著。突然間，他張開眼睛，發出驚奇的叫聲。「我無比驚訝，忍不住大叫出來。」

—哎——唷——！

凱特琳・特卡魁塔的臉已經變成白的！

—快過來！

—看她的臉！

讓我們仔細看看修隆斯神父的現場報導吧，把我們的政治判斷暫時拋到一邊，並記住我答應過要給你帶來好消息。「從四歲起，凱特琳的臉就留下瘟疫的烙印；疾病與苦行使她的容顏變得更加枯槁扭曲。但是，在她死後一刻鐘左右，這張臉，這張又醜又黑的臉，突然起了一種變化。忽然間，她變得那麼漂亮，那麼白……」

—克勞德！

蕭西提耶神父一路跑過來，全村的印地安人跟在後面。彷彿在安詳的睡夢中，彷彿在一把玻璃做的遮陽傘下，她飄進黑色的加拿大下午，她的臉如同雪花石膏，那麼沈靜，那麼光潔。在村人屏息凝視之下，她就這樣微仰著白色的臉，踏上了死亡的旅程。

—上帝讓番人嘗到了信仰的滋味，這將成爲一種使他們信教的新理由。

—噓————！

—安靜！

稍後兩個法國人正好經過這個地方。

—看看睡在那邊那個漂亮的女孩。

當他們明白那是誰的時候，他們跪下來禱告。

—我們來做棺材吧。

就在那時刻，這女孩進入天空的永恆機器。她隨著她女朋友瘋狂的感恩笑聲往上飄，隔著她的原子肩膀回眸一望，將一道雪花石膏的光線投在她本來的臉上。

18

紅與白，皮膚與粉刺，綻放的雛菊與燃燒的野草——請原諒，老朋友與所有你們這些種族主義者。讓我們從星星的排列中創造傳奇，使它成為我們的技藝，但也讓我們忘記這些傳奇，空泛地凝視著夜空，使它成為我們的榮耀。讓庸俗的教會用顏色的改變去滿足白種人。讓庸俗的革命用燃燒的教堂去滿足灰種人。讓宣言查封我們所有的財產。我們愛上了遍布著彩虹的塔景。忍受由紅到白的改變吧，編織徽章的人們，在我們的夜晚，我們全是那個樣子。但我們只是從前從前。我們受傷的指縫才溜過一秒鐘，現在我們又愛上了純粹的旗子，我們的隱私毫無價值，我們並未擁有我們的歷史，它被一陣纖細的種子煙塵捲走，我們彷彿以一堆高聳的野雛菊的網子在篩它，而且我們的時裝變漂亮了。一隻風箏爬到醫院上空，有些工作治療室的犯人盯著它看，有些不理會它，瑪麗與我，我們溜進希臘花瓶和希臘餐廳的狂歡中。一隻蝴蝶剛破繭而出，在搖曳的油亮綠蔭中橫衝直撞，小小的馬戲班子墜下，像遇到亂流的風箏，鄉村跳傘員試了試傾斜的蕨葉，然後朝著模糊的伊卡魯斯郵票俯衝而下。蒙特婁洗衣店從高昂的房租飄下來——但我當然完美地失敗了，因為我已經選擇凸顯事實慈悲。下面這件事對大多數的我們而言，是個好消息，所有的教會和政黨都可以利用這個信息。博洛尼亞的聖凱特琳死於一四六三年，一位五十歲的修女。她的姊妹草草埋了她，沒有用棺材。不久之後，她們內心就充滿罪惡感，一直擔心壓在她臉上那層厚厚的泥土。她們獲准挖出屍體。她們刷洗乾淨她的臉。結果發現，泥土的壓力只稍稍扭曲了她的臉，埋了十八天之後，可能只有鼻子稍稍塌陷。屍體聞起來香香的。她們在檢查它的時候，「原本白得像雪一般的屍體慢慢變紅，而且滲出一種香味很特別的油狀液體。」

19

凱特琳·特卡魁塔的葬禮。安娜絲塔西和瑪麗德蕾莎細心地整理屍體。她們擦洗她的四肢，刮下乾掉的血污。她們梳她的頭髮，並且爲它抹上油。她們給她穿上編了珠子的皮袍，爲她的腳套上新的鹿皮鞋。通常，屍體是用樹皮擔架抬到教堂。法國人給她做了一具「道地的棺材」。

—別蓋上！

—讓我看看！

群眾必須被滿足。他們渴望再審視她嶄新的美一個鐘頭。現在我們置身聖星期四，充滿悲傷的日子，充滿歡樂的日子，如同她的傳記家所說的。人們將她從教堂抬到河邊墓園的十字架前，她生前喜歡在這地方錘煉她的禱詞。關於埋葬地點，蕭西提耶神父與修隆斯神父有過一番爭執。蕭西提耶神父想把她葬在教堂內。修隆斯神父希望避免這種奇特的做法。在凱特琳曾一起參與的一次修墳工作中，神父聽她提起過她自己喜歡的地方——河邊。

—那我就不再堅持。

隔天是受難節。傳教士對一群情緒極其高亢的信徒宣講耶穌基督受難的事跡。他們不讓宣講者唸完受難經文起頭的句子。

—巡撫的兵——

—不！不！哭泣！啊嗯！

—巡撫的兵就把——

—停止！時間！哭泣！求求你！

那天一整天，以及隔天，神父們親眼目睹了他們從未見過的最激烈的悔罪行動。

—他們會把自己撕裂的！

—終於發生了！

星期五晚上，有個女人在荊棘上打滾，直到天亮。四五個晚上之後，另一個女人做了同樣的事情。

—把火移近一點。

他們鞭打自己，直到血流滿身。他們用光裸的膝蓋在雪地上爬。寡婦發誓不再結婚。年輕的已婚婦女發誓，萬一丈夫死了，絕不再婚。也有結了婚的夫婦決定分居，從此以兄妹相待。蕭西提耶神父特別提到善良的方蘇瓦・鄒納陶安，他把他太太變成妹妹。他做了一小串念珠，給它取名「凱特琳念珠」。它包括一個十字架，是唸信經用的，還有兩粒唸主禱文和聖母頌的「穀子」，以及唸三段榮耀頌的其他三粒「穀子」。消息傳開來，從火到火，從皈依者到皈依者，從皈依者到異教徒，從異教徒到異教徒，傳遍易洛魁人的土地。

—聖徒死了。

—聖徒死了。

在早期教會，這種類型的公眾認可被稱為等值封聖。往下看，往下看，看看雪中的曼荼羅，看看整個村子，看看在白色田野上扭動的人影，試著從意外灼傷的個人水泡的不透光稜鏡中去看。

20

底下是杜魯特上尉的見證。他是方特納克堡的指揮官，蒙特婁有條街以他的名字做街名。夏勒瓦神父說，他是「國王派駐這個殖民地的最勇敢的軍官。」他也以他的名字為蘇必略湖畔的一個美國城市命名。

本簽名者謹在此見證，以下所述之事，句句屬實。我被痛風折磨已達二十三年之久，曾病到一連三個月無法睡覺。所以我求助於凱特琳・特嘉可維塔。她是易洛魁處女，死於蘇聖路易，是人們心目中的聖徒。我向她祝禱，如果由於她的幫助，上帝讓我恢復健康，我將去探訪她的墳墓。我奉她的名進行九天連禱的儀式，儀式結束的時候，我完全康復了。自那之後，十五個月來，我的痛風一直沒再發作。

時間：一六九六年八月十五日

地點：方特納克堡

見證人：杜魯特

21

如同北美洲港口一個編了號的移民，我希望重新開始。我希望重新開始我的友誼。我希望開始我的總統之路。我希望重新開始瑪麗。我希望重新開始我對你的膜拜，你從未拒絕過我的奉侍，在你閃耀的記憶中，我沒有過去或未來，你的記憶從未凍成歷史的棺材，讓你的孩子像一群業餘的殯葬工人，將彼此未曾經過準確丈量的身體往內塞。拓荒者不是美國的夢想，因爲他已經以勇氣和方法限制了自己。夢想是成爲朝著紐約霧茫茫的天線中航行的移民，夢想是成爲易洛魁人的城市中的耶穌會士，因爲我們不期望摧毀過去以及它的沈重的失敗，我們只期望奇蹟將證實，過去具有令人感到快慰的預言性，而那種可能性清楚地呈現在我們的腦海中，就在這個西裝寬翻領般的貨物甲板上，我們的西裝上口袋裝滿了上次戰爭留下的過時機槍，但那將震驚並征服印地安人。

22

凱特琳・特卡魁塔第一次顯靈發生在蕭西提耶神父身上。這女孩死後五天，復活節星期一清晨四點，他正專心禱告的時候，她在一團朦朧的光暈中向他顯靈。她右邊是一間上下顛倒的教堂。她左邊則是一個正在受火刑的印地安人。這異象持續了兩個鐘頭，所以驚喜萬分的神父有時間仔細觀察。這是他到加拿大的目的。三年後，在一六八三年，一場颶風侵襲村子，吹倒了六十英尺長的教堂。而在易洛魁人對宣教所的一次攻擊行動中，有個皈依者被奧農達克族人抓走，然後在他宣揚他的信仰的時候，慢慢用火燒他。親愛的朋友，這樣子解釋這個異象可能會滿足教會的需求，但我們也得注意，在這樣的解釋中，異象本身的涵義完全被事件模糊掉了。一間廢棄的教堂，一個受折磨的人——這不是造就聖徒的基本要素嗎？死後八天，她在一團燦爛的光芒中向年邁的安娜絲塔西顯靈，「腰以下的部分融合在璀燦的光彩中。」她有向你顯示她的其他部分嗎？她也向瑪麗德蕾莎顯靈，當時屋子裡只有她一個人，而且還爲了她所做的某些事情溫和地責備她。

—妳在鞭打肩膀的時候，盡量別坐在腳跟上。

幸運的蕭西提耶神父又看到兩次異象，一次是一六八一年七月一日，另一次是一六八二年四月二十一日。這兩次顯靈，凱特琳向他展現了她的美貌，而且他清楚地聽到她說：

—仔細看，然後把這個模型拷貝下來。

她以拉丁文、法文、英文重複說了三次。於是他根據異象中的模樣畫了許多幅凱特琳的肖像，而且這些肖像放在病人的頭上之後，都產生了神奇的療效。現在考納瓦格藏有一幅相當古老的油畫。那會是蕭西提耶神父畫的嗎？我們永遠不會知道。但願它在你身上可以產生神奇療效。但修隆斯神父呢？其他所有的人可都吃到甜頭了。他的電影在哪兒？最像我的就是他，因爲他持續的時間比卡通片的一點火星還短，只有羅馬教徒在追尋他。

23

「……神奇治療事跡不勝枚舉。」修隆斯神父於一七一五年寫說。不只發生於番人身上，甚至發生於魁北克和蒙特婁的法國人身上。他稱她爲新大陸的魔術師。我懷著一種痛苦的感覺，記下某些治療事跡。這種感覺現在你應該可以想像。

在一六八一年一月，方蘇瓦．侯納的太太已經六十歲，而且已病入膏肓。她住在馬格德連草原，那也是蕭西提耶神父服務的教區。神父將一個耶穌受難十字架掛在她的脖子上。凱特琳．特卡魁塔死前緊緊握在手中的就是這個十字架。侯納太太病癒之後，拒絕歸還這件遺物。神父堅持非還不可，但給了這女人一小包凱特琳・特卡魁塔墳上的土，讓她掛在原先掛十字架的地方。過了一段時間，她因爲某個原因將它取下來。它一離開她的頭，她立即舊病復發，倒在地上。直到那包土回到她的胸口之後，她才再度恢復過來。一年後，她丈夫的腎突然一陣劇痛。她一時被愛心沖昏了頭，二話不說，將那包土從身上解下來，掛在他脖子上。他的疼痛立即停止，但她舊病再度復發，身體開始搖搖晃晃，而且哭天搶地說她丈夫要謀殺她。在幾個旁觀者的勸導下，他將那包土還給了他太太。她的病馬上好了，但他的腎又開始痛了。我們就在這個地方離開他們吧，就讓他們在這種殘酷的新儀式中服侍凱特琳・特卡魁塔，因爲她在召喚他們。親愛的伙伴，這感覺是不是很熟悉？艾狄絲是不是像一包土在我們之間跑來跑去？上帝啊，我看到侯納夫婦，他們已經好幾年沒碰對方的身體，現在他們在廚房的石頭地板上，像動物一樣互相抓來抓去。

在一六九三年，蘇聖路易的宣教團長是布利亞神父。他雙臂突然癱瘓，結果被送到蒙特婁接受治療。離開之前，他要求凱特琳姊妹會，一個爲紀念她而組成的志工團，請她們爲他的病舉行九天連禱儀式。在蒙特婁，他拒絕所有的治療。到第八天，他僵硬的雙手仍舊毫無起色，但他還是信心十足，叫醫生走開。隔天早上四點，他揮著雙手醒過來，他並不意外，但滿心歡喜，立即表示他的感恩。

一六九五年，治療事跡像一種新舞步，悄悄在上層階級蔓延。第一宗發生在監督官德・尚皮尼先生身上。他的感冒拖了兩年一直沒好，而且越來越嚴重，弄到別人幾乎聽不清他在講什麼。他太太寫信給蘇聖路易的神父，請他們爲她丈夫的疾病，安排一個九天連禱的儀式，祈求他們的聖女施恩。他們爲九天連禱選擇的禱文，是一段主禱文，一段聖母頌，和三段榮耀頌。德・尙皮尼先生的喉嚨一天比一天清爽，在第九天，它完全恢復正常，還不止這樣，他的嗓子現在比以前更加宏亮。德・尙皮尼夫人大力推廣易洛魁處女崇拜。她將數千張凱特琳・特卡魁塔的畫像分送到每個地方，包括法國，連路易十四都仔細地看過一張。

一六九五年，德・格朗維爾先生和他太太用一點水攪拌墳土，餵他們的小女兒，當時她已經快死了，結果她笑咪咪地坐起來。

「凱特琳的法力甚至擴及動物身上。」修隆斯神父寫說。拉欣有個女人與一頭母牛相依爲命，有一天，這頭母牛的身體突然毫無來由脹起來，脹到這女人認爲牠已經活不成了。她跪在地上。

—神聖慈悲的凱特琳啊，可憐可憐我，救救我的牛吧！

她話還沒說完，牛當著她的面開始消下去，恢復了原先的模樣，「而且這頭牛從此身體一直很壯。」

去年冬天，修隆斯神父寫說，蒙特婁有一頭小公牛掉進冰穴中。人們將牠拉上來，但牠凍壞了，根本無法走路，整個冬天只能待在獸欄裡。

—殺了那頭牛！牛的主人吩咐家人說。

—啊，讓牠再活一個晚上吧，一個女傭請求說。

—好吧，但是明天牠就得死！

她在牠喝的水中摻了一點墳土，然後說：

—爲什麼凱特琳不像治人一樣治好牠的病呢？

這是眞正從神父的書上引用的一句話。隔天早上，人們發現小公牛已經站起來，大家都很震驚，除了女孩與牛之外。最重要的問題當然被歷史忽略了。母牛與小公牛最後還是被吃掉嗎？或者說，基本上什麼也沒改變嗎？

數以千計的治療奇蹟，發生在小孩與老人身上，全用白紙黑字記載下來。一千場九天連禱，一千具身體再度恢復生機。她死後二十年，奇蹟就沒那麼頻繁出現了，但是一直到一九〇六年我們還有奇蹟出現的證據。我們來看看一九〇六年四月份的《加拿大聖心堂通訊》。奇蹟發生在西西格瓦寧，馬尼圖林島上一個偏僻的印地安聚落。那裡有個善良的印地安婦人（一個善良的番女），有十一個月的時間，她因爲嘴部和喉嚨的梅毒潰瘍而痛苦不堪。她會染上這種病，是因爲「用患了梅毒的女兒的煙斗抽煙。」這個疾病來勢洶洶，潰爛的面積越來越大，而且越來越深。她連喝一小口湯都有困難，嘴部的傷口腫得太厲害了。神父於一九〇五年九月二十九日來到她家，在變成耶穌會士之前，他曾是個醫生。她知道這件事。

—救救我吧，醫生。

—我是個神父。

—像醫生一樣救我吧。

—現在沒有醫生救得了妳。

他告訴她，她的病已超出人力的救治範圍。他勸這位受難者懇求凱特琳・特卡魁塔代她向上帝禱告，那是「妳自己的同胞！」那天晚上，她開始進行九天連禱儀式，獻給早就離開人世的易洛魁處女。一天過去了，兩天過去了，什麼事也沒發生。第三天，她用舌頭去搜尋口腔的上顎，但梅毒的盲人點字像亞歷山大圖書館的藏書一般，已消失不見。

24

一六八九年，蘇聖路易宣教團遷到聖勞倫斯河更上游的地方，遷徙的原因是土地已經太貧瘠。舊址（位於波塔奇河匯入聖勞倫斯河之處）原叫卡納瓦克，或者是，在急流處。現在它叫凱特麗齊特卡阿達特，或者是，凱特琳安葬之處。他們將凱特琳的遺骸帶到新的村子，新村子名叫卡納瓦岡，或者是，在急流處。他們稱廢棄的村落爲卡納塔克溫克，或者是，已遷村之處。一六九六年，他們再度遷村，沿著大河南岸往上搬。最後一次遷村發生於一七一九年，宣教團安頓於現址，位於拉欣對岸靠急流處，現在有一座橋通到蒙特婁。它沿用一六七六年的易洛魁名字卡納瓦克，或它的英文拼法，考納瓦格。目前仍有部分凱特琳・特卡魁塔的遺骸保存在考納瓦格，但並不全。她的某些骨骸在不同時期被送出去。爲了慶祝另一個易洛魁宣教團成立，她的頭於一七五四年送到聖雷吉。安放頭顱的教堂毀於一場大火，頭顱也隨之消失。她墓碑上寫著：

凱特麗・特卡魁塔
一六八〇年四月十七日
番邦綻放的最美麗花朵

F的凱特琳・特卡魁塔最後四年歷史全文結束

好啦！完成啦！老朋友，我完成了我必須做的事情！我完成了我所夢想的東西，當你、艾狄絲和我坐在系統戲院的樸素座椅上時，這一直是我的夢想。你可知道，在那些銀色時刻，我用什麼問題折磨自己？我總算可以告訴你了。我們現在置身系統戲院深處。我們正在黑暗中玩著陰謀詭計，想讓自己的手肘獨占木頭扶手。在外面的聖凱特琳街上，戲院看板展示著幾英里燈火中唯一故障的霓虹燈：少了兩個永遠不會被加以修理的字母，閃現的名字變成小充戲院，

小充戲院，小充戲院。秘密素食團體常聚在看板下，交換來自蔬菜壁壘外的違禁品。他們骨碌碌的眼中閃耀著他們古老的夢想：完全禁食。他們之中有一個向大家報告說，《美國科學月刊》的編輯在沒有搭配任何同情性評論的情況下，又登了一篇非常殘暴的文章：「事實已經證明，蘿蔔被人從地裡拔出來的時候，會發出一種電子慘叫聲。」今天晚上，就連六毛五分的三片同映節目也安慰不了他們了。他們之中有一個帶著絕望的狂笑，衝到熱狗攤前，結果才嚼了一口就出現可怕的戒斷症狀。其他人悲哀地看著他，然後散入蒙特婁的娛樂區。這個訊息的嚴重性超乎他的想像。有一位迷上了一家排氣管通向人行道的牛排館。在一家餐廳，有一位跟服務生抗議說，他點的是「蕃茄」，但還是以一種勇敢的自殺姿態，同意接受不小心拌了肉醬的意大利麵。但這遠遠沒有發生在玻璃收票筒前面的事情嚴重，我們三人幾個鐘頭前才經過這收票機，並滿足了它。我們別忘了，門口的收票機並不是那麼溫順。有好幾回，排我前面的觀眾，收票口就堅決不接受他的票，所以他只好跑到懷著輕蔑性的女性崗亭去退錢。在每家戲院門口站崗的這些女人並不是那麼好商量：她們一心一意要保護聖凱特琳街，免得它自我毀滅：由她們掌控的這些小型街頭辦公室，結合了紅十字會與總司令部的優點，以一種高超的行政效率，保護著潮水一般的車流。而這位不被接受的顧客拿了錢之後該怎麼辦？他能去哪裡？既然社會爲了讓自己變成一種不可或缺的東西而發明了罪惡，這殘酷的拒絕是不是太霸道了點？他沒有黑暗的地方可以吃噢亨利！——所有的糖果都受到威脅！活著只能玩自殺的把戲嗎？或者，收票機的長牙齒的喉嚨所做出的拒絕附有某種油膏？那是上帝揀選的高貴油膏嗎？有某位新的英雄發現了他的試煉嗎？這意味著一個隱修者的誕生嗎？或者正好相反，誕生的是另一個同樣充滿激情的極端，一個反隱修者，一個耶穌會士？而這種聖徒與宣教者之間的棋盤式選邊抉擇，是他的第一個悲劇性的考驗嗎？這對艾狄絲、你和我不重要，我們已經安全經過兩個走道和半場座椅，正在享受光影遊戲。我們現在置身系統戲院晚場電影的深處。在嚴格的界限內，像煙囪中的煙，煙塵滾滾的放映光束在我們頭頂上扭曲變化。像在試管懸浮液中騷動的水晶，不穩定的光束在它的黑色牢獄中一變再變。像一營遭到暗中破壞的傘兵以各種扭曲的姿態從訓練塔上直直墜落一般，畫面一個一個湧向銀幕，在撞上銀幕那一霎那飛濺成對比的顏色，一個接一個崩解，彷彿北極地區善於僞裝的繭突然炸開，將色彩繁複的血肉噴灑在雪地上。不，它更像封在巨大望遠鏡中的一條幽靈般的白蛇。牠是一條正要游回家的巨蟒，懶洋洋地盤據著灌溉戲院大廳的整個排水管。牠是創世紀花園樹影中的第一條蛇，那條白化的蛇，向我們的女性記憶獻出某種東西的滋味，不，是一切東西的滋味！當牠在我們頭頂的幽暗中漂浮、跳舞和扭動的時候，我常常抬起眼睛向放映機的光束求教，而不是求教於它所攜帶的故事。你們兩個都沒有注意到我。有時候我會讓出大片扶手的領土，看會不會讓你從電影的樂趣中稍稍分心。我仔細研究蛇，而牠使我覬覦一切東西。在這種醉人的冥思過程中，牠請我提出一個問題，一個會讓我最受折磨的問題。我提出這個問題，而它立即開始折磨我：如果新聞片逃進劇情片，那會發生什麼事？

不管我們願不願意，如果新聞片自願或意外出現在維士寬銀幕的隨便哪個畫面上，那會發生什麼事？新聞片像博爾德水壩一樣擱在街道和劇情片之間，重要性有如中東的一條邊界線——如果打開一個缺口（我是這麼想），一種瘴氣般的混合物將以全面侵蝕的特質宰制全人類的生活。我是這麼想！新聞片介於街道與劇情片之間：像星期日駕車出遊路程上的一個隧道，它很快就結束，並且在漸濃的夜色中將鄉下的山巒與貧民窟連接起來。這需要勇氣！我讓新聞片逃跑，我慫恿它大大方方走進情節中，結果它們以一種驚人的原創性融合在一起，就如同在公路邊的汽車旅館區，樹木與塑膠合成了一種新鮮別緻的風景。汽車旅館萬歲！它的名字、動機與成功，通通萬歲！我心愛的老朋友，底下就是我的信息。底下就是我所看到的：底下就是我所聽到的：

蘇菲亞．羅蘭爲洪水受害者寬衣解帶

洪水終於變成眞的

快樂嗎？我不是答應過你嗎？你不相信我做得到嗎？現在我必須離開你了，但我發現這相當困難。瑪麗現在焦躁不安，一直動個不停，我們兩個現在都感覺不到什麼樂趣，而且她的某些汁液那麼陳舊，沒有加以補充，以至我手臂上出現了一道道蒸發的痕跡。工作治療室的病人正在未完成的籃子上簽名，這樣下回護士才認得出來哪個籃子是誰的。短暫的春天下午，天色已暗下來，鐵窗外緊繃的丁香花苞尚未透出芬芳。下午的床單枕巾已消毒好了，我們酥軟的摺床需要我們。

—汪汪！嗯—！汪汪汪！

—瑪麗，外面怎麼這麼吵？

—是狗在叫。

—狗？我不知道竟然會有狗出現。

—沒錯，是有狗。現在快著點！將它拉出來！

—我的手嗎？

—那包東西！油紙包著那包東西！

—我一定得這麼做嗎？

—那是我們的朋友要我帶來的東西。

她以一種魚一般的動作調整她的臀部，改變了屄內的整個容受構造。如同鱒魚將魚鉤拉進口腔深處一般，某種平滑細緻的微型噴泉架將油紙包交給我的被鉤住的手指頭，然後我將它拉出來。她用寬大的制服遮住我，讓我背著別人閱讀紙包中的信息。現在我正要將它唸出來，因爲瑪麗堅持要我這麼做。

愛國元老

首任建國總統

共和國向你的貢獻
致上最高的敬禮
越獄計畫今晚進行

這些潦草的字跡是用隱形墨水寫成的，而在她的潤滑液中，它們被顯現出來！今晚。

—嗯—！汪汪汪汪！

—瑪麗，我很害怕。

—別擔心。

—我們不能在這裡多待一陣子嗎？

—瑪麗，妳看這幾條線畫得美不美？

—F，現在沒時間玩性愛遊戲了。

—但是我覺得我在這裡會快樂。我覺得我可以得到我在訓練過程中苦苦追求的孤寂。

—那很容易，F，事情本來就是這個樣子。

—瑪麗，我想留下來。

—我看這不可能，F。

—但我已在成功的邊緣啊，瑪麗，我已經快絕望了，我已經快輸掉所有的東西了，我就快擁有謙卑了。

—輸掉它！輸掉一切！

—救命啊！來人啊！救—命—啊！

—沒有人聽得到你的叫聲，F，快走吧。

—**救——命——啊——！**

—喀哩，喀哩喀哩。滋————。卡啦！

—瑪麗，那是什麼怪聲音啊？

—靜電，F，收音機發出來的。

—收音機！妳根本沒提到什麼收音機。

—安靜點，它有話要告訴我們。

（攝影機推進，變成收音機三個字的特寫鏡頭，印刷體的。）

—現在說話的是收音機。晚安。收音機輕鬆地打斷這本書，爲你們插播一則預先錄製的歷史上的新聞：**恐怖份子領導人在逃**。數分鐘前，一名尚未辨認出身分的恐怖份子自精神性犯罪醫院脫逃。當局認為，他回到城市之後可能引發新的激烈革命行動。有一位潛伏在醫院工作人員中的女性共犯協助他的逃亡行動。在聲東擊西的過程中，她受到進行例行搜尋任務的警犬猛烈攻擊，現在正在進行急救手術，但情況很不樂觀。當局相信，潛逃的罪犯將會與蒙特婁森林中的恐怖份子聚點聯繫。

—瑪麗，這件事正在發生嗎？

—是的，F。

—嗯——！汪汪汪！撲！咬！

—瑪麗！

—快跑，F！跑啊，快跑啊！

—汪汪！嗚——汪汪汪！嗯——！撕——！

（淌口水的警犬張嘴撕咬瑪麗・巫倫）

—妳的身體！

—快跑！跑，F，為了我們所有的阿—族，快跑！

（收音機特寫，展示一部它自己的電影）

—現在說話的是收音機。咿呀！噫嘻！這是啊哈哈，這是嘻嘻，現在說話的是收音機。哈哈哈哈哈哈，哦啲啲，哈哈哈哈哈哈，好癢，好癢啊！**（音效：回音）**這是收音機說話的聲音。

放下你的武器！這是收音機的復仇。

而這是你的愛人，F，終於完成我答應你的快樂的信。上帝祝福你！親愛的，繼續朝著我的目標前進吧！

F 謹上

第三卷

美麗失敗者

第三人稱的後記

春天從西邊進入魁北克。溫暖的日本黑潮將氣候變化帶到加拿大西岸，然後西風載它一程。它在欽諾克的呼吸中越過大草原，喚醒種子和熊的洞穴。它像一場立法的夢，飄過安大略上空，然後溜進魁北克，進入我們的村莊，進入我們的樺樹叢。在蒙特婁，咖啡館像鬱金香球莖的花圃，紛紛從它們的地窖冒出來，展示著形形色色的遮陽篷和椅子。在蒙特婁，春天就像一次屍體解剖。每個人都想看看冰凍的長毛象的內部。女孩子撕掉袖子，露出雪白美麗的肌膚，感覺就像樹皮下的木頭。街道上升起性的宣言，像一個打滿了氣的輪胎，「冬天再次沒將我們凍死！」春天從日本來到魁北克，但是，就像戰前買花生糖附送的玩具，它在第一天就壞了，因為我們拚命玩它。春天來到蒙特婁，像一部描述里維拉戀曲的美國電影，每個人都必須和一個外國人睡覺，然後，室內的燈光突然亮起，夏天已經到了，但我們不在乎，因為，對我們的品味而言，春天實在有點花俏，有點娘娘腔，就像好萊塢廁所的毛皮。春天是種充滿異國情調的進口貨，像來自香港的橡膠性道具，我們只在某個特殊的下午需要它，如果有必要，明天我們就會投票贊成提高它的關稅。春天穿過我們身邊，像一位出國觀光的瑞典女大學生，她為了體驗一下八字鬍子而進了一家義大利餐廳，但他們以古老的范倫鐵諾攻擊她，而她從裡頭隨便挑了一部卡通片。春天在蒙特婁只做短暫停留，那麼短暫，所以你可以為它騰出時間，但不必為它做任何計畫。

那天，在城市南邊一處國有林中，就是一個這樣的日子。有個老人站在他的怪屋子的門口，一間破破爛爛又搖搖晃晃的樹屋，像個秘密男性俱樂部。他不知道他已經在那裡住了多久，而且他很好奇為什麼他不再以排洩物把屋子搞得臭兮兮的，但他沒有好奇太久。他嗅了嗅西風的芬芳，然後察看了幾根松針，尖端黑黑的，彷彿冬天是場森林火災。在他汚穢糾結的鬍子底下那顆心中，空氣中的年輕香味並沒有引起沈重的鄉愁。痛苦的薄霧像遠處一張桌上擠出的檸檬，使他瞇起眼睛：他搔搔他的記憶，想從他的過去中找出一個事件，好讓季節的變化帶點神話色彩，或許是一次散步，或許是一回勝利，好讓他可以為春天添上一點新意，但他的痛苦找不出任何東西。他的記憶沒有呈現任何事件，它本身就是一個事件，而且流動得太快，像休會時間講的笑話中的痰盂裡面裝的東西。而且，感覺上，幾分鐘前，零下二十度的風還狂掃著覆滿冰雪的冷杉次生林，帶著上千把小刷子的風，在漆黑的枝椏間刮起一陣陣微小的白色風暴。他底下仍有一團團溶解中的雪丘，像漂到岸邊的死魚肚。和往常一樣，那天天氣非常好。

—天氣很快就會變暖和了，他大聲說。我身上很快就會又變得臭兮兮的，我粗厚的褲子現在只是漿硬了，到那時候，它可能會變得黏糊糊的。我不在乎。

冬天會有的問題他一樣不在乎。但不是從來都不在乎。不知多少年前，當一個徒勞的研究或逃避將他追趕到樹幹上的時候，他恨透了寒冷。寒冷像公車站一般將他的棚子團團圍住，而且懷著一種具有高度針對性而又心胸狹窄的憤怒，猛烈侵襲他。寒冷選上他，像一顆上面刻著某位下肢癱瘓患者姓名的子彈。夜復一夜，他在冰冷的酷刑中痛苦叫喊。但是，剛結束的這個冬天，寒冷只是以它的普通行程通過他，而他只是被凍得半死而已。夢一個接著一個，從他的口水中扯下尖叫聲，乞求某個原本可能解救他的人的名字。一個早上又一個早上，他在汚穢的樹葉和紙張上醒來，那是他的床墊，冰凍的鼻涕和眼淚黏在他的眉毛上。很久以前，每次當他以他的痛苦劃破空氣的時候，動物會慌忙奔逃，但那是他爲某種東西而尖叫的時候。現在，既然他只是單純地叫喊，兎子和鼬鼠不會害怕。他猜，現在牠們認爲那只是他的正常吠叫聲，所以便接受了它。而每當這種痛苦的薄霧使他瞇起眼睛，就像這個春天的日子，他就會用力張大嘴巴，邊折磨他臉上的髮結，邊讓他的叫聲傳遍國有林。

—啊、啊、啊、啊！嗨，你好。

老人看到，有個七歲大的小男孩正小心翼翼跳過一處處溶雪，朝著他的樹跑過來，所以呼嘯聲轉成問候聲。老人向喘呼呼的小孩揮了揮手。他是附近一家渡假旅館老板最小的兒子。

—嗨！嗨！叔叔！

小孩並不是老人的親戚。這叔叔二字他用得很妙，既表示對老人家的尊重，又用手指頭做出不雅的動作，因爲他知道這傢伙很下流，而且腦筋不太淸楚。

—你好啊，親愛的孩子！

—你好，叔叔，腦震盪有沒有好一點？

—上來吧！我好想你。今天我們可以脫光衣服。

—叔叔，今天我不行。

—別這樣子。

—今天我沒時間。叔叔，講個故事給我聽。

—如果你沒時間爬上來，那你就沒時間聽故事。今天很暖和，正好可以脫掉衣服。

—討厭，快跟我講印地安故事，你常發誓有一天要把那些故事寫成一本書，快講吧，就當作我很關心這件事。

—孩子，用不著同情我。

—住嘴，下流的討厭鬼！

—上來吧，噢，快點啦，這棵樹又不高，你上來我就講。

—你就在上面講吧，如果你不介意，如果這對你渴望的手指沒什麼差別，如果這是半斤八兩，那我要蹲在我現在站的地方。

—蹲在這裡！我給你清出一個位置。

—叔叔，你少噁心了，現在開始講吧。

—注意！看看你蹲的樣子！那樣子你會毀了你的身體的。大腿要使力，屁股別坐在腳跟上，保持一點適當的距離，否則你的臀肌會過度發展。

—有人問我，小孩子在樹林中遇到你的時候，你有沒有講過髒話。

—誰問你？

—不知道。我可以尿尿嗎？

—我知道你是個好孩子。小心你的綁腿。寫出你的名字。

—叔叔，講故事！也許等一下我會說我的名字。

—好吧。你仔細聽，這是一個很精采的故事：

易洛魁語	**英語**	**法語**
格尼亞格歐諾	莫霍克	阿尼耶
歐拿尤提卡歐諾	奧內達	歐尼優
歐南達格歐諾	奧農達加	奧農達克
格烏格維歐諾	卡尤嘉	哥亞哥因
南達瓦歐諾	塞尼卡	鄒農陶安

易洛魁語的語尾歐諾（法語中的奧農）意思是人。

—謝謝你，叔叔，再見。

—難道要我跪下來求你，你才肯上來嗎？

—我告訴他們說你講髒話。今天早上，也不知怎麼搞的，我跟警察講了我們的事情。

—你有告訴他們詳細內容嗎？

—我不得不講。

—比如說呢?

—比如說你的怪手放在我皺巴巴的陰囊上。

—他們怎麼講?

—他們說他們已經懷疑你好幾年了。

老人站在公路邊,手打出搭便車的手勢。車子一部接一部從他面前經過。不把他當稻草人的司機都認爲他是個極其可怕的老人,沒有人願意讓他碰到自己的車門。他身後的樹林中,一群天主教民防團正在搜尋他。要是落入他們手中,他肯定要吃一頓毒打,一種難以言喻的愛撫,就如同土耳其的勞倫斯。在他頭頂上,今年的第一群烏鴉停在電線上,像算珠一樣排在電線桿之間。他的鞋子像兩段樹根,從泥地中吸出水來。當他遺忘這個春天的時候,一陣痛苦的薄霧將會飄過。而他肯定會遺忘這個春天。交通不算繁忙,但車子的擋泥板規律地自他眼前呼嘯而過,以小小的空氣爆裂聲鄙視他。突然,當動作在電影銀幕上凝成停格畫面的時候,一部歐斯莫比爾從他眼前的朦朧車流中浮現。方向盤後是個漂亮的女孩,也許是個金髮家庭主婦。她的小手輕輕擱在方向盤上緣,戴著一副優雅的白手套。她漫不經心開著車,像降靈盤上的指針。她留著鬆散的頭髮,但是習慣開快車。

—爬進來，她對著擋風玻璃說。盡量別弄髒車子。

他將自己塞進她旁邊的皮椅中，爲了不讓身上那團破布卡住，他一連關了好幾次車門。除了鞋子，自扶手以下的部位，她什麼也沒穿，而且還開著圖燈，以確保你會注意到這種狀況。車子開走的時候受到一陣石塊和鉛彈的攻擊，因爲民防團已接近樹林邊緣。他立即發覺，她調整了空調送風孔，讓風對著她的陰毛吹。

—妳結婚了嗎？他問說。

—結婚又怎樣？

—我也不知道幹嘛要問。很抱歉。我可以把頭擱在妳大腿上嗎？

—大家老是問我結婚了沒有，婚姻只是某種儀式的象徵，容易壞，也容易翻新。

—小姐，少講一點大道理吧。

—髒鬼！快舔我！

—這是我的榮幸。

—屁股別頂著油門。

—這樣可以嗎？

—好，好，好，好。

—往前挪一點，皮革弄得我下巴好痛。

—你可知道我是誰？

—嘶嚕嘶嚕嘶嚕——不知道——嘶嚕嘶嚕嘶嚕。

—猜猜看！猜猜看！你這團臭屎！

—我一點興趣也沒有。

—Ισις ἐγώ—（我是繁殖女神伊希斯—）

—小姐，外國人讓我感到厭煩。

—爛樹頭，你快結束了嗎？咿！咿！你弄得眞好！

—妳應該換把抗汗的木條椅，省得整天對著風口坐在自己的淫水中。

—親愛的，我爲你感到驕傲。現在下車吧！把椅子弄乾淨！

—我們已經到市區了嗎？

—到了。再見，親愛的。

在系統戲院前，老人爬出緩緩行駛的車子。她的鹿皮鞋踩下油門，車子衝向菲立普廣場車陣的側面。老人在看板下停了一下子，以兩種淡淡的心緒看著聚成一團的素食者，一種是懷舊，一種是同情。一買好票，他立即忘了他們。他在黑暗中坐下來。

—對不起，先生，請問電影什麼時候開演？

—你瘋了不成？離我遠一點，你身上好臭。

他換了三四個位置，等著放映新聞片。最後他一個人坐在第一排。

—服務生！服務生！

—噓，安靜點！

—服務生！我已經等老半天了，電影什麼時候開演啊？

—先生，你吵到別人了。

老人回過頭來，結果看到一排排靜默的仰視的眼睛，以及偶爾做機械性咀嚼的嘴巴，而且眼睛一直持續移動，彷彿他們是在看一場小型的乒乓球賽。有時候，當所有的眼睛容納著同一個影像，像巨型吃角子老虎所有的格子都現出搖晃的鈴鐺一般，他們會一致地發出一種噪音。它只發生在他們全都看到同樣的東西的時候，而他記得，這種噪音叫做笑聲。

—先生，最後一部劇情片正在放映。

現在他終於了解他需要了解的事情了。電影對他而言是隱形的。他眨眼睛的頻率和放映機片門閉合的頻率一樣，每秒二十幾次，所以銀幕完全是黑的。這是自動的。觀眾裡頭，有一個或兩個，察覺到一件事情，理查・威麥在《死之吻》中的狂熱笑聲，一再帶給他們一種前所未有的新鮮樂趣，於是他們意識到，觀眾當中可能有一位懂電影的瑜珈大師。這些學生肯定以新的熱情練起他們的瑜珈動作，努力想確保銀幕故事的張力，卻沒想到，他們的動作面對的不是永遠的懸疑，而是一張黑暗的銀幕。生命中第一次，老人感到完全放鬆。

—不行，先生，你不可以再換位子了。咦，他到哪兒去了？真奇怪。

當手電筒的光線從老人身上穿透的時候，他笑了。

在大街射擊遊藝場的蒸氣浴中，熱狗看起來赤裸裸的。大街射擊遊藝場在聖勞倫斯大道上，已經有點老舊，但永遠不會被現代化，因爲，只有辦公大樓能滿足飆漲的房地產。投幣式攝影機壞了，只呑進銅板，既不閃光也不輸出照片。抓娃娃機永遠不接受工程師指揮，盒裝的過期巧克力與日本塑膠打火機上，蒙著一層油灰。裡面有幾台黃色的老式彈球機，沒有加裝鰭拍的機型。鰭拍將第二次機會的概念合法化，結果破壞了這種遊戲的精神。這是不爭的事實。它們減弱了玩者那種存亡在此一舉的危機感，淡化了鋼珠毫無攔阻直衝而下的幻滅性。鰭拍代表極權主義對犯罪的第一次突擊，將它呆板地併入遊戲中，顚覆了它原本的刺激感和挑戰性。自從引進鰭拍之後，新一代玩者沒有人眞正懂得肢體動作的運用，而一向像刀疤那麼受尊敬的側翻，現在感覺和打一支界外球沒什麼兩樣。第二次機會是最重要的犯罪觀念，它是英雄事蹟的槓桿，亡命之徒的唯一聖殿。但除非是奪自命運手中，否則第二次機會就會失去它的重要性，它創造的將不是罪犯，而是搗蛋鬼，不是普羅米修斯之類的英雄，而是業餘的扒手。向大街射擊遊藝場致敬吧，在這地方，人們還是可以得到一些訓練的。但它已不再擠滿了人。有幾個青少年男妓在溫暖的糖果機前閒晃，一群處於蒙特婁慾望機制最底層的男孩，他們的皮條客脖子上圍著假毛皮領巾，嘴裡鑲著金牙，嘴上畫著假鬍子。他們全都可憐地盯著大街（人們都這麼稱呼聖勞倫斯大道），彷彿過往的人群永遠不會解開他們可以正當地加以糟蹋的密西西比遊艇。燈光是早期的螢光燈，它對漂染的頭髮頗不利，像X光一般，穿透蓬鬆的金髮，直照黑色髮根，而且像公路地圖一般，標出每一顆青春痘。熱狗攤，主要由一排排鋁管構成，展現了一種貧民窟診所中陰沈的清潔感，這種清潔感得靠不斷的抹油來維繫，而不是除油。服務生是身上有刺青的波蘭人，他們因爲古老的理由而討厭對方，誰也不理誰。他們穿的衣服有點像理髮師的制服，講波蘭語，和一點有關熱狗狀況的世界語。跟他們抱怨爲什麼給一毛錢銅板不找零，根本沒用。有個冷漠的無政府主義者，將暫停使用的牌子掛在故障的電話和射擊台的投幣口。保齡球記分板習慣將每次全倒的分數均分給第一位和第二位球員，不管球是誰滾出的，或有幾個人在玩。不過，在大街射擊遊藝場的機器中，還是常常可以看到眞正的運動員，他們擺出一種輸銅板的姿態，企圖將衰敗併入遊戲本身的風險中，當一個標靶明明被擊中，卻不摺起來或亮燈的時候，他們會將它理解成遊戲本身的複雜設計。只有熱狗攤沒有衰敗，而那只是因爲它們不是靠機械操作的。

—先生，你以爲這是什麼地方啊？

—哎，讓他進來吧，這是春天的第一個夜晚。

—什麼啊，我們總要有個標準吧。

—進來吧，先生，我免費請你吃熱狗。

—不用，謝謝你，我不吃東西。

趁波蘭人互相爭辯的時候，老人溜進大街射擊遊藝場。皮條客放他過去，沒有用什麼葷話爲難他。

—別靠近他，這傢伙臭死了！

—把他弄出去。

這團破布和亂髮站在豪華北極獵場前面。小小的北極舞台上方架著一塊沒打燈光的彩繪玻璃板，上面畫著逼眞的北極熊、海豹、冰屋，與兩個滿臉鬍子裏著厚衣服的美國探險家。他們的國旗揷在一個雪丘上。畫面上有兩個地方空出來，看起來像兩扇窗子，分別用來計分和計時。架子上的槍指著幾排會移動的圖像。玻璃板一角用透明塑膠帶貼著一張遊戲規則，上面還黏著許多指紋。老人仔細閱讀遊戲規則。

企鵝一到十分，從第二次起算

海豹二分

冰屋門口亮燈時擊中靶心一〇〇分

北極點出現時一〇〇分

海象在北極點被擊中五次後出現，而且得一千分

他慢慢將遊戲規則交給記憶，在記憶中，它們只是他的遊戲的一部分。

—先生，那把槍壞了。

老人手掌貼緊刻著網紋的握把，指頭扣著斑駁的銀色板機。

—看他的手！

—它被火燒得面目全非！

—他沒有大拇指！

—他不就是今晚逃脫的恐怖份子領導人嗎？

—看起來更像他們在鄉下搜索的性變態，電視上有報。

—把他趕出去！

—讓他留下來！他是個愛國者！

—他是愛舔屌的性變態！

—他很快就會成爲我們國家的總統！

就在大街射擊遊藝場的工作人員和顧客正要臣服於一場齷齪的政治暴動時，一件奇妙的事情發生在老人身上。二十個男人湧向他，一半要驅逐噁心的闖入者，另一半要阻止驅逐者，結

果竟把這團觸目驚心的東西拱到他們的肩膀上。大街上的交通在霎那間停住，一大群人湧向沾滿水氣的玻璃窗口。有生以來第一次，這二十個人清楚感受到那種萬眾矚目的滋味，不管是屬於哪一邊。當他們朝著他們的目標聚攏的時候，每個人都不由自主發出快樂的叫聲。響成一片的警笛聲，像鬥牛場的交響樂團，把散亂群眾的情緒鼓盪起來。這是春天的第一個夜晚，街道屬於人民！幾條街外，有個警察將警徽塞進口袋，並且解開領扣。售票亭中的嚴厲女人評估了一下形勢，邊插上木窗的犁形栓子，邊對帶位的服務生竊竊私語。戲院的觀眾紛紛走掉，因爲他們面對的是錯誤的方向。動作突然出現在街道上！當他們向大街聚攏的時候，他們可以感覺到：重大事件就要發生在蒙特婁的歷史上！職業革命家和耶和華見證者的嘴唇上，可以看到一種苦笑，他們像在婚禮中對新人拉花炮一般，立即把所有的小冊子散發出去。每一個精神上的恐怖主義者都低聲說，終於。警察朝騷動現場集結，撕下臂章，彷彿那是可以拿來交易的瘡疤，但維持著他們的排隊形，準備以一種無法識別的紀律爲任何新政權效忠。詩人來到現場，希望將預期中的暴動變成一場彩排。母親來觀察，她們訓練孩子上廁所的方式，是否適用於這場危機。醫生成群結隊出現，他們天生是秩序的敵人。商業團體僞裝成消費者混入現場。雌雄同體的吸大麻者匆匆趕來找打炮的第二次機會。所有等待第二次機會的人都趕過來，離婚者，改信基督主者，過度受教育者，他們全趕來找他們的第二次機會，空手道高手，成人集郵者，人道主義者，給我們，給我們我們的第二次機會！這是革命！這是春天的第一個夜晚，屬於次要宗教的夜晚。再過一個月，螢火蟲和紫丁香就會到來。在追求悲憫的第二次機會中，一整群坦特拉教的完美主義者轉著離心圓，美麗地展現了一種適於街頭性交的擁抱，摧毀了自私的愛的公共建築。一小群青少年納粹黨投靠了騷動的群眾，感覺自己像個政治家。軍方圍在收音機前，正在研判形勢是否具有重大的歷史性，果眞如此，就要立刻派內戰烏龜去追趕革命。職業演員，所有的表演藝術工作者，包括魔術師，都趕來找尋他們最後的和第二次的機會。

—快看他！

—發生什麼事？

豪華北極獵場與大街射擊遊藝場的玻璃窗之間，開始傳出陣陣喘息聲，這聲音像大氣層的破洞一樣，將擴散到全體受震駭的群眾的頭頂上。老人已經開始他奇妙的表演（這我無意描述）。其實，說他慢慢解體就夠了：就像火山口周邊不斷發生微型崩塌，導致火山口規模不斷擴大一般，他由內部往外消解。在他要開始重新聚合的時候，他的存在並沒有完全消失。「沒有完全消失」其實是錯誤的理解方式。他的存在就像沙漏的形狀，最小的部分正是最強的部分。就在他最不存在的那個點，喘息聲開始傳出，因爲未來流向那個點，從兩邊往那個點匯集。那是沙漏美麗的腰身！那是淨光之點！讓它永遠改變我們未知的世界吧！有個短暫而美妙的時刻，所有的沙子都壓縮在兩個燒瓶之間。啊，這不是一個第二次機會。在發出一聲嘆息所需要的短暫時間內，他讓觀眾目睹了一種異象：所有的機會同時出現。對某些純粹主義者而言（他們一談起這個大家共享的信息，它立即被摧毀），這個最不存在的點是今天晚上的劇情片。現在，很快地，彷彿連他也感染了未知世界所引起的興奮一般，他貪婪地將自己重新聚合成——成一部雷・查爾斯的電影。然後他擴大銀幕，逐步擴大，像一部工業紀錄片一般。月亮占據他太陽眼鏡的一個鏡片，而他將他的鋼琴鍵排在空中的一個架子上，然後他斜斜靠在他身上，彷彿他們眞的是要用來餵飽眾人的一列大魚。一隊噴射機曳著他的聲音飛過我們頭上，我們手牽著手。

—我看，就坐下來好好地欣賞吧。

—感謝上帝，原來只是一場電影。

—嘿！一個新猶太人叫了一聲，他正努力在拉一台故障測力機的操縱桿。嘿，總算有人成功了！

這本書的結尾已經租給耶穌會士。耶穌會士要求當局正式給凱特琳・特卡魁塔封聖！

「要順利達成這個目標，讓奇蹟再度綻放光芒是必要的，如此一來，聖徒的崇拜者就會不斷增加，人們將在各個地方虔誠祈求她，而藉著她的祝禱，她的遺骸，以及她墳上的塵土，就如同從前，她將成爲奇蹟的播種者。」我們向全國人民徵求奇蹟的證據，而且我們呈上這個文件，不管它本身的旨趣爲何，我們將它呈上，當作對這印地安女孩的第一份新見證。「這是莫霍克與聖勞倫斯河邊最純潔的百合，與她保持聯繫，加拿大和美國將會獲得新的活力。」

可憐的人，可憐的人，和我們一樣的可憐的人，他們已經走了，逃得無影無蹤。我將從電塔上祈求。我將從飛機的炮塔上祈求。他將會揭開他的臉。他將不會拋下我不管。我將在國會中宣揚他的名字。我將在痛苦中迎接他的靜默。我已通過家庭與愛情的火。我和我的愛人一起抽煙，我和我的朋友一起睡覺。我們談到可憐的人，精神崩潰，逃逸無踪的可憐的人。在收音機的陪伴下，我舉起我的雙手。歡迎今天閱讀我的人們。歡迎把我的心寫下來的人們。愛人與朋友，歡迎你們，在走向終點的旅途中，你們將永遠懷念我。

國家圖書館出版品預行編目（CIP）資料

美麗失敗者 / 李歐納.科恩(Leonard Cohen)著 ;
李三沖譯. -- 二版. -- 臺北市 :
大塊文化, 2020.03
面 ;　公分. -- (to ; 22)
譯自 : Beautiful losers
ISBN 978-986-5406-55-4(平裝)

885.357　　109000339

LOCUS

LOCUS

LOCUS

LOCUS